ullstein

ROBERTA GREGORIO wurde 1976 in Fürstenfeldbruck in Bayern geboren und ist dort direkt an der Amper aufgewachsen. Auch heute lebt sie mit ihrer Familie am Wasser, nur nicht mehr am Fluss, sondern am Meer, genauer – in Süditalien. Gleich geblieben ist ihre große Leidenschaft für Worte, Texte und Manuskripte. Wenn sie nicht schreibt oder liest, übersetzt sie.

Von Roberta Gregorio sind in unserem Haus bereits erschienen:

Die kleine Eismanufaktur in Amalfi

Der zauberhafte Papierladen in Amalfi

Die Zitronenblüten von Amalfi

Capri bedeutet für immer

ROBERTA GREGORIO

Alles Glück beginnt auf Capri

Roman

Ullstein

Besuchen Sie uns im Internet:
www.ullstein.de

Wir verpflichten uns zu Nachhaltigkeit

- Papiere aus nachhaltiger Waldwirtschaft und anderen kontrollierten Quellen
- ullstein.de/nachhaltigkeit

MIX
Papier | Fördert gute Waldnutzung
FSC® C021394

Originalausgabe im Ullstein Taschenbuch
1. Auflage Juli 2025

Bei Fragen zur Produktsicherheit wenden Sie sich bitte an
produktsicherheit@ullstein.de
Umschlaggestaltung: zero-media.net, München
Titelabbildung: © FinePic®, München
Gesetzt aus der Quadraat Pro powered by *pepyrus*
Druck und Bindearbeiten: ScandBook, Litauen
ISBN 978-3-548-06925-8

Kapitel 1

Es war ein wundervoller, sonniger Morgen auf Capri. Von Letizias Balkon aus war das Meer zu sehen. Es hatte auch an diesem Tag eine ganz besondere Farbe. So eine Mischung aus allen Schattierungen von Blau und Grün.

Türkis?

Ja und nein.

Letizia wusste selbst nicht so recht, welche Bezeichnung am besten passte. Sie wusste nur, dass ein Blick darauf wie Balsam für ihre Seele war. Noch mehr, da das Meer sich an diesem Tag so hübsch bewegte, dass es den Wellen weiße Krönchen aufsetzte. Krönchen bis zum Horizont, Krönchen ins Unendliche. Ein Anblick, der sie immer wieder aufs Neue erfüllte. Sie war mit dem Meer groß geworden. Daran sattsehen konnte sie sich aber nicht.

»*Meraviglioso!*«, sagte Liberato, ihr Nachbar, der mit seiner Familie den Sommer über das Häuschen ihr gegenüber bewohnte. Anders als Letizia hatte er eine Dachterrasse, die zu dieser Uhrzeit exklusiv von ihm genutzt wurde. Seine Frau Anna und die beiden Söhne frühstückten lieber in der Küche, wie er Letizia mal erzählt hatte. Nicht so Liberato, der mit seinem ersten *caffè* an diesem Tag dasaß und verträumt den Ausblick genoss.

Letizia war ein bisschen stolz, dass *ihr* Meer für so viel Entzücken sorgte. Sie verstand ihn gut …

Nun nickte sie und winkte ihm. Der Wind rüttelte sanft an ihrem Rock, schob ihr ein paar lose Locken ins Gesicht und transportierte hoffentlich auch ihren Gruß direkt zu Liberato.

Letizia gab sich schließlich einen Ruck, pflückte eine noch unreife Zitrone von dem Bäumchen, das schon seit mindestens sechs Jahren im großen Terrakotta-Topf auf ihrem Balkon wuchs. Sie musste es aus Platzgründen immer wieder stutzen, und irgendwann würde sie sich schweren Herzens davon trennen müssen. Bäume waren nicht geschaffen für ein Leben auf Balkonen.

Sie schlüpfte durch das Balkonfenster zurück in die Küche und warf ihrer Schwester die Zitrone zu, um die sie sie gebeten hatte. Angelina trank ihren Tee morgens immer mit einer Scheibe davon. Doch jetzt blickte sie nur gelangweilt der Frucht hinterher, die durch die Luft flog und mit einem dumpfen Aufprall gegen die Küchenwand schlug, auf den Boden plumpste und sich noch ein paarmal auf den hellen Fliesen mit farbenfrohem Muster im Kreis drehte, bevor sie liegen blieb.

»Fangen wäre keine schlechte Idee gewesen«, bemerkte Letizia, bückte sich ächzend, um die noch grüne Zitrusfrucht aufzuheben und zu waschen. Das Waschbecken war noch aus Nonnas Zeiten, ein großes, tiefes Ding aus weißer Keramik, für das Leute heutzutage ein Vermögen ausgeben würden. Es trug Spuren der Zeit, war fleckig, aber auch eines der Stücke, die sie an Nonna sowie an ihre geliebte Mamma erinnerten. Letizia schluckte.

Mamma …

»Du hättest sie mir auch einfach überreichen können«, antwortete Angelina, holte damit Letizia aus ihren tristen Gedanken, blickte sie dabei aber gar nicht an. Angelina war jetzt vertieft in ihre Lektüre, saß mit angewinkelten Beinen am ausladenden Küchentisch in ihrem übergroßen Schlafshirt und der obligatorischen Strickjacke, die sie sich stets um den Körper wickelte. Ganz egal, zu welcher Jahreszeit. Ihre langen schwarzen Haare waren locker in einem hohen, unordentlichen Pferdeschwanz zusammengebunden. Im Gegensatz zu Letizias Locken war Angelinas Haarpracht so glatt wie schillernde Seide.

Blass und dürr war Angelina. Manchmal konnte Letizia gar nicht hinsehen, so krank sah sie aus. Sie drehte sich auch an diesem Morgen weg, wie sie es immer tat, schnitt die Zitrone auf, legte eine Scheibe in Angelinas Tee und reichte ihr die Tasse.

»Hast du …«, setzte Letizia an.

Angelina legte sofort ihr Buch weg und zeigte mit dem Zeigefinger auf Letizia, die vorsichtshalber die Tasse doch lieber wieder abstellte.

»Nein. Nein, nein, nein …«, wiederholte Angelina mit einem genervten, aber auch drohenden Ton. »Du wirst mich jetzt nicht schon wieder fragen, ob ich meine Tabletten genommen habe!« Sie stand sogar auf und wedelte mit den

Händen. Eine Angewohnheit, die sie schon als Kind gehabt und nie abgelegt hatte.

Letizia ging mit beschwichtigenden Armbewegungen auf sie zu. »Schon gut, tut mir leid.«

»Ich wünschte, ich könnte sie vergessen, diese bescheuerten Tabletten. Aber meinst du, ich kann das? Hm?« Die Wut hatte Angelinas Wangen eine hübsche Röte verliehen.

Doch obwohl es lebendig aussah, sorgte Letizia sich nur noch mehr. Sie stellte sich nah zu ihrer Schwester, nahm deren Hände in ihre, blickte ihr in die Augen. Angelina war einen Kopf kleiner, jünger und Letizias einzige Familie. »Es tut mir leid. Kannst du dich jetzt beruhigen?«, fragte sie sanft.

Ein paar Sekunden lang sahen sie sich stumm an. Letizia hatte einen Hundeblick aufgesetzt, und Angelina versuchte, nicht zu lachen. Sie wussten natürlich beide, dass alles gut werden würde. Kein Streit würde sie auseinanderbringen. Nie im Leben.

Als Angelina gerade etwas erwidern wollte, klopfte es an der Tür. Letizia bot sich an, aufzumachen, musste dafür über eine steile Treppe mit hohen Stufen in das Erdgeschoss. Dort hingen im kleinen Eingangsbereich unzählige Mobiles, die Angelina aus Strandgut anfertigte. Sie behauptete immer, dass sich darin die Seelen der guten Geister verfingen. Und manchmal, wenn ein Windhauch in der Nacht daran rüttelte, fragte Letizia sich, ob ihre Schwester nicht recht hatte.

Unten öffnete sie die schwere Holztür, die sie erst im letzten Sommer hellblau gestrichen hatte. Donatello stand vor ihr. Einer von Liberato und Annas Söhnen, der in etwa so alt war wie Angelina. Er kam immer mal wieder vorbei. Oft brachte er Angelina seine gelesenen Bücher. Sie kannte ihn zwar schon, seit er ganz klein war, aber die Freundschaft war erst in diesem Sommer so richtig aufgeblüht. Letizia hätte sich nicht mehr darüber freuen können. Ihre Schwester brauchte genau das: einen normalen Umgang mit Gleichaltrigen.

»Buongiorno!«, grüßte er mit einem Grinsen und hielt ihr ein zerfleddertes Buch entgegen – als wäre es seine Eintrittskarte. Letizia nahm es und konnte sich ein Kichern nicht verkneifen. Er sah ein bisschen wie ein Teenager aus, der sich durch einen Zauber in einen Erwachsenen verwandelt hatte, dabei aber noch immer etwas Schelmisches an sich hatte. Donatello hatte die Zerstreutheit seines Vaters und die Schönheit seiner Mutter geerbt. Mit seinen dunklen Haaren, feinen Gesichtszügen und den beinahe schwarzen ernsten Augen war er ein Hingucker, auch wenn er es gar nicht zu merken schien.

»Komm rein, Angelina ist in der Küche oben«, bot sie ihm an. Und schon war er weg. Mitsamt Buch, das er sich wieder geschnappt hatte.

Letizia schloss die Tür und verharrte einige Augenblicke lang so, angelehnt an den Türrahmen. Manchmal war ihr alles zu viel, manchmal wünschte sie sich ein einfacheres Leben. Aber dieses Gefühl, komplett ausgelaugt zu sein, dauerte zum Glück immer nur wenige Sekunden an. Auch an diesem Tag schüttelte Letizia alle Sorgen von sich, rief ihrer Schwester ein »bis später« zu, nahm die Handtasche vom

Haken und machte sich auf zu Mario, dem Lebensmittelverkäufer, dessen *Piccola Bottega* gleich an Capris berühmter Piazzetta in der Via Roma lag und der dort allerhand Leckeres und Landestypisches verkaufte. Es war nur ein Katzensprung von ihrem Haus zur Piazzetta, aber ein Tourist würde sich vermutlich verirren. Zumindest die ersten paar Mal. Das Wirrwarr an Gassen, treppauf, treppab, war nicht einfach zu durchschauen. Außer man war wie Letizia in der mittelalterlichen Altstadt geboren.

Ja, sie war ein Inselkind, und sie liebte Capri. Doch manchmal, und in letzter Zeit immer öfter, wurde es ihr zu eng.

Der Kontrast, sobald Letizia aus dem Teil der Insel, der eher von den Einheimischen frequentiert wurde, auf die komplett touristische Piazzetta trat, war meist sehr stark. Wie ein bebender Applaus nach einem Ave-Maria. Nicht unangenehm, eher überraschend, laut und bewegend. Der Andrang hatte in den letzten Jahren sogar noch zugenommen, sodass der kleine Marktplatz manchmal so voll war, dass man nur stehen oder schieben konnte. Noch war es überschaubar, weil die Tagestouristen so früh am Morgen erst allmählich an Land kamen. Die Piazza war natürlich trotzdem bereits gut besucht, die Tische vor den Bars rundherum besetzt mit heiteren Menschen aus aller Welt, die unentschlossen schienen, ob sie sich von der Sonne wärmen lassen oder sich lieber vor ihr schützen wollten. Und je mehr Letizia sich umblickte, umso besser wurde ihre Laune. Sonnenbrillen, Sommerkleider, Sonnenhüte. Lachen, Singen, Tanzen. Sonnencreme, Parfum, Zitronenduft. Wie glücklich sie alle aussahen! Und was für eine Lebensfreude! Diesem locker-leichten Sommergefühl konnte selbst Letizia sich nicht entziehen. Sommer auf Capri war der Moment, in dem alles möglich erschien, alles strahlte, die Magie sich entfaltete.

Angesteckt von der guten Laune, erreichte Letizia Marios Lebensmittelladen. Rechts davor hingen getrocknete Peperoncini, feuerrot, links davon wuchs ein Bougainvillea-Strauch das Gebäude empor und sah mit seinen prächtigen pinkfarbenen Blättern aus wie ein nie erlöschendes Feuerwerk. Etwas schlichter, aber ganz der Persönlichkeit des Besitzers angepasst, hing ein Schild über der Eingangstür. Einfaches Holz mit der Aufschrift *Piccola Bottega*.

Letizia trat ein in den eher kleinen Raum, in dem sich so viel Schmackhaftes befand, dass selbst sie, die sich auskannte, oft von den Eindrücken übermannt wurde. Es roch nach frischem Brot und gleichzeitig nach Zitronen und irgendetwas Würzigem. Sie bekam augenblicklich Hunger, obwohl sie eben erst gefrühstückt hatte. Alles war ordentlich angeordnet, besonders das Pasta-Sortiment war groß und hübsch aufgereiht in einem offenen Küchenschrank aus den Sechzigerjahren, den Letizia besonders mochte. Mario hatte dem Möbel einen neuen, sanftgrünen Anstrich verpasst, sodass es zur restlichen Einrichtung passte. Ein echter Augenschmaus.

Und in der Tat steuerte Letizia direkt auf die Ecke zu, in der es von Packungen mit kunstvoll zubereiteten Nudeln wimmelte. Sie nickte auf dem Weg dorthin Mario zu, der sofort seine übliche Kopfbedeckung – einen uralten, zerfledderten Strohhut mit dunkelblauem Stoffband – abnahm, um sie herzlich zu begrüßen. Er saß wie immer an seinem alten Holztisch, auf dem eine kleine, jedoch durchaus moderne Kasse stand.

»Bellezza, buongiorno. Tutto bene?«, fragte er freundlich, während er einer anderen Kundin Zitronenkekse in eine Tragetasche packte. Die Kundin verließ dann winkend und mit vielen kleinen, tänzelnden Schritten, die beim Aufschlagen auf Marios antiken Terrazzo *Klack-klack*-Geräusche machten, den Laden.

»Ja, alles gut, *grazie mille*. Selbst?«

Er zuckte mit den Achseln, fand wohl, dass es nun reichte mit den Höflichkeitsfloskeln. Und da holte er schon tief Luft und tat das, was er immer tat, wenn Letizia in den Laden kam: Er stimmte ein Lied an. *Das Lied*, wie er immer behauptete. *»Tu, luna, luna tu, luna caprese …«*, begann er mit erstaunlich fester und melodischer Stimme, den 1953 von Augusto Cesareo geschriebenen Weltschlager *Luna Caprese* zu singen. Es ging darin um den Mond, der über Capri atemberaubend schön aussah. Aber es ging auch um die Liebe. Wie denn auch nicht?

Mario sah Letizia aufmunternd an. In einer anderen Situation hätte sie bestimmt mit den Augen gerollt. Sie wollte nur Pasta für das Mittagessen einkaufen und nicht schon wieder singen, was sie zurzeit in der Hochzeits- und Sommersaison schon beinahe jeden Tag beruflich tat. Aber Mario war herzallerliebst, wirkte wie die Art von Nonno, die jeder gerne hätte, und bat sie zwischen den Liedzeilen darum, ihm eine kleine Freude zu bereiten. Also holte auch Letizia tief Luft. *»Ca faje sunnà ll'ammore ...«*, sang sie sanft in neapolitanischem Dialekt. Sie glich ihre Stimme gekonnt seiner an, womit sie den wundervollen Refrain harmonisch klingen ließ und die Aufmerksamkeit der anderen Kunden des Ladens auf sich zog, sodass diese sich umdrehten und sie verzückt anstarrten. Im Hinterkopf fragte sie sich, ob die Touristen diese kleine Szene als hübsche und ungewöhnliche Erinnerung an Capri mit nach Hause nehmen würden. Sie wünschte es sich plötzlich sehr und legte sich noch ein bisschen mehr ins Zeug. *»Tu, luna, luna tu, luna caprese!«*, schlossen sie den Gesang schließlich inbrünstig gemeinsam ab. Danach war es einen Augenblick lang ganz still, bevor die Kunden im Laden begeistert applaudierten. Letizia verbeugte sich und hörte jemanden sagen, dass es genau das war, was Italien so besonders machte.

»*Signore e signori*, unsere Letizia!«, stellte Mario sie nun auch noch laut vor, was ihr doch ein bisschen peinlich war. »Sie ist eine der begabtesten Sängerinnen hier auf Capri. Natürlich gleich nach mir«, erzählte er augenzwinkernd. »Falls Sie also jemanden brauchen, der Ihre Abende zu einem musikalischen Erlebnis macht, wenden Sie sich gerne an sie!«, machte er einfach weiter. Er reichte auch ihre Visitenkärtchen herum, die sie ihm vor einiger Zeit dagelassen hatte. Aber Letizia winkte nun deutlich ab.

Pasta.

Genau!

Entschlossen ging sie auf das Regal zu und entnahm eine Packung Paccheri, schritt dann gleich darauf zur Kasse, aber Mario winkte sie durch. »Lasst es euch daheim schmecken, die Pasta geht auf mich!«, sagte er leise und zwinkerte ihr zu.

Sie wollte schon protestieren, aber er duldete keine Widerrede, also steckte sie die Nudeln unter den Arm und ging.

So war es oft auf Capri. Die Einheimischen, die echten Insulaner, waren eine große Familie, die zusammenhielt.

Als Letizia durch die Gassen nach Hause ging, traf sie vor Ninettas Haustür auf ihren Nachbarn Liberato. Die Gasse war hier so eng, dass sie nur hintereinander durchgehen konnten. Ninettas Lieblingssendung lief. Eine Talkshow. Die Moderatorin war sehr deutlich zu hören, selbst auf der Gasse und durch das weit offene Fenster. Für Ninetta wahrscheinlich weniger deutlich, da sie zwar schwerhörig war, sich aber weigerte, sich ein Hörgerät zuzulegen. Zur Freude der Nachbarn.

Die Sonne schien Letizia ins Gesicht. Sie glaubte sogar, das Meer zu riechen. Und einen Augenblick lang war alles perfekt.

»Letizia, gut, dass ich dich erwische. Ich wollte dich schon länger fragen, aber ich habe nie den richtigen Moment dazu gefunden ...«, erklärte Liberato und schob seine Brille auf der Nase zurecht.

Letizia merkte förmlich, wie sich ihre Stirn in Falten legte. Liberato wirkte fast besorgt. »Ist alles in Ordnung?«, fragte sie direkt, während sie ganz automatisch darüber nachdachte, ob sie wohl etwas verbrochen hatte. Sie konnte sich plötzlich vorstellen, dass seine Studenten großen Respekt vor ihm hatten. Dabei war er gar nicht mal so streng.

Der Professor nickte mit Nachdruck, was seine Brille wieder dazu brachte, die Nase herunterzurutschen. »Ja, ja. Natürlich. Es ist alles in Ordnung. Ich habe mich nur gefragt, da Donatello in letzter Zeit öfter bei euch ist, ob er wohl etwas gesagt hat?«

»Er spricht eigentlich mehr mit Angelina als mit mir. Aber, was soll er denn gesagt haben?« Sie verstand noch immer nicht, was Liberato herausfinden wollte. Auch lenkte sie Ninettas Fernsehprogramm ein wenig von ihrem Nachbarn ab. Es ging gerade um Serena Autieri, eine von Letizias Lieblingssängerinnen und -schauspielerinnen aus Neapel.

»Nun, er hat Flausen im Kopf. Er ist ein guter Junge, aber er hat da diese Idee, ganz nach Capri zu ziehen, um hier ein Buchgeschäft zu eröffnen. Auf einer Insel, wo Ladenräume so viel kosten, dass ich eine Niere verkaufen müsste, um ihm dabei zu helfen. Mein Nachname ist ja weder Berlusconi noch Agnelli oder Briatore ...« Er kratzte sich etwas hilflos am Kopf.

»Davon wusste ich noch nichts.« Ihr fiel nicht viel mehr ein, was sie dazu hätte sagen können. Donatello war ja erwachsen.

»Ich hatte auch gehofft, ihr könntet es ihm ausreden. Er will sein Studium an den Nagel hängen. Das muss ich unterbinden. Er verbaut sich seine Zukunft.«

»Mal sehen, was sich da machen lässt ...«, sagte sie, um weiterzukommen, und nicht, weil sie wirklich glaubte, etwas ausrichten zu können. Sie streckte den freien Arm seitlich von sich und zog die Schultern zusammen – so gut es ging, ohne dass ihr die Nudeln herunterfielen.

»Danke, Letizia. Halte mich auf dem Laufenden, ja?«

Sie nickte, verabschiedete sich und ging weiter.

Es war schon manchmal seltsam im Leben. Ihr wurde es auf der Insel beinahe zu eng, und ein junger Mann vom Festland träumte davon, fest auf der Insel leben zu können.

Der Gedanke an Donatello verflog aber, noch bevor sie zu Hause war.

Kapitel 2

Graziano nahm seine Aufgabe als Konditor der wohl romantischsten Gasse in der Altstadt Neapels – der Via dell'Amore – sehr ernst. Zusammen mit den anderen Ladenbesitzern, die sich auf der gesamten Länge der Gasse befanden, bemühte er sich täglich darum, Paaren, die sich das Jawort geben wollten, jeden Wunsch zu erfüllen. Es gab kein Projekt, vor dem er zurückschreckte, keine Vorstellung, die ihm zu gewagt erschien. Er arbeitete mit Herz und Seele, gab immer alles. Manchmal sogar zu viel, wie seine Nonna Tommasina oft behauptete. Und sie musste es ja wissen, war sie doch die inoffizielle Königin der Gasse. Die Älteste und Erfahrenste, wenn es um Geschäftliches, aber auch Persönliches ging. Sie passte noch immer auf, dass in der gesamten Via alles unter Kontrolle war und reibungslos verlief, obwohl sie nicht mehr aktiv mitarbeitete. Manchmal vermittelte sie trotzdem noch Kundschaft.

»Graziano, *bello di nonna*. Kannst du dich noch an Billy erinnern?«, hatte sie vor einigen Monaten gefragt, als sie die Pasticceria betreten hatte, gewohnt gut gekleidet – nie ohne Kaftan – und perfekt geschminkt und frisiert. Sie war noch immer die Art von Frau, nach der man sich umblickte. Wie bei einer guten Show wurde man nie müde, sie in all ihren Bewegungen und Gewohnheiten zu beobachten. Ihre drei Chihuahuas Diego, Ciro und Fabio folgten ihr auf Schritt und Tritt. Man mochte zwar meinen, dass sie bei ihrer winzigen Körpergröße kaum gesehen wurden, doch waren sie zusammen das Element, das Tommasina charmant komplettierte. Tommasina ohne ihre Hunde ... das war unmöglich.

Graziano hatte aufgeblickt von seinem Laptop, an dem er einige Mails beantwortete. Denn, ja, als Inhaber hatte er zudem auch den ganzen Papierkram zu machen.

»Welcher Billy, Nonna?«, hatte er sich, noch immer in seine Anfrage vertieft, eher weniger interessiert erkundigt. Er hatte keinen blassen Schimmer, von wem Tommasina sprach. Und man wusste auch nie, in welche Richtung so ein Gespräch mit ihr führen würde, wenn man sich darauf einließ.

»Na, Mafaldina und Candidos Sohn, der in den Siebzigerjahren ausgewandert ist. Musste er, quasi. Er war in seltsame Kreise geraten. Weißt du noch?«, hatte sie ihn ermuntert.

Nein. Wusste er nicht. Da war er noch nicht mal geboren. Also hatte er unverfänglich mit den Schultern gezuckt.

»Lenas Bruder!« Nun war sie schon etwas ungeduldiger geworden.

Graziano klappte resigniert seinen Laptop zu, um seiner Nonna etwas konzentrierter zu folgen. Noch immer war ihm kein Licht aufgegangen.

»Nonna, um was genau geht es?« Da Arbeit auf ihn wartete, wollte er gerne direkt zum Punkt kommen.

Sie hatte ihm trotzdem lang und breit von diesem entfernten Verwandten aus den Staaten erzählt, dessen Tochter in Italien heiraten und eine Torte bei ihm bestellen wollte.

Und so hatte die ganze Sache damals angefangen.

Graziano hatte schon viele verrückte Anfragen in der Pasticceria bekommen. Kuchen in allen möglichen Farben und Formen. Seltsame Füllungen – einmal sogar Creme mit Curry-Geschmack. Das war zwar von der Ehefrau als Scherz für die indische Familie des Ehemanns gedacht gewesen, aber Graziano hatte die Creme trotzdem irgendwie schmackhaft machen müssen. Kein einfaches Unterfangen.

Er hatte Torten gemacht, die den Vesuv darstellen sollten. Selbstverständlich mit Lava-Kaskaden. Kuchen, die Geschlechtsteilen nachempfunden waren. Kuchen, die an einen verstorbenen Papageien erinnern sollten. Und Kuchen mit Guillotine. Klar, mit abgehacktem Kopf.

Nichts von alledem hatte ihn aus der Ruhe gebracht. Aber dieser Kuchen, den Billy bei ihm in der Pasticceria in der Via dell'Amore bestellt hatte, brachte ihn schier um den Verstand.

Billy hatte es sich nicht nehmen lassen, alles Wichtige für Catherines Hochzeit bei ihnen in der Gasse zu bestellen. Er war mit Catherine extra diverse Male aus den Staaten eingeflogen. Sie hatten sich dann stundenlang – manchmal auch tagelang – Zeit genommen, um sich bei Pamela im Brautmodenladen nach dem richtigen Kleid umzusehen, bei Cosimo im Schuhladen Schuhe anzuprobieren, bei Chiara in der Goldschmiede die Auswahl der Ringe zu bestaunen, bei Teresa die passende Blumendekoration zu diskutieren und mit Giosuè die musikalische Untermalung der Festlichkeiten zu bestimmen.

Bei ihm in der Pasticceria war anfangs auch alles sehr entspannt verlaufen. Die Braut wünschte sich eine klassische, dreistöckige Hochzeitstorte mit detailreicher Rosendekoration. Alles kein Problem. Doch dann hatte sich herausgestellt, dass die Hochzeit auf Capri stattfinden würde. Im Hochsommer. Graziano hatte sofort zu bedenken gegeben, dass die Sahnedekoration, die Catherine sich wünschte, den Transport vom Festland auf die Insel nur mit viel Glück schadenfrei überleben würde. Also hatten sie sich kurzzeitig auf Zuckerguss geeinigt, was Graziano nicht gerade entspannte. Immerhin dauerte die Überfahrt mit der Fähre trotzdem ihre Zeit. Zuckerguss war dann auch vom Tisch. Es ging so weit, dass er Billy vorgeschlagen hatte, die Torte bei einem anderen Konditor auf der Insel zu bestellen. Auch das war keine Option für Nonnas entfernten Verwandten und seine Tochter. Graziano hatte überlegt, die Torte erst auf Capri fertigzustellen. Doch fühlte er sich nirgendwo so sicher und kompetent wie in seinem eigenen Laden. Also hatte sich Billy kurzerhand entschlossen, die Torte direkt per Hubschrauber von Neapel aus auf den Landeplatz des Hotels, in dem die Hochzeit stattfand, nach Capri fliegen zu lassen. Natürlich nicht ohne Graziano.

Ein Wahnsinn. Ein Unsinn. Allein die Kosten waren so hoch, dass es gar keine Rechtfertigung dafür geben konnte.

Aber Billys Entschluss stand fest.

So machte sich Graziano jetzt also mit seinem besten Lehrling Arnaldo im Schlepptau in seinem Kühltransporter auf den Weg zum Hubschrauberlandeplatz. Es war weiß Gott nicht Grazianos erster Transport, aber in diesem Fall war er nervös. Er duldete keine Patzer, war, was Hochzeitstorten anbelangte, ein Perfektionist. Seine Schwester Chiara nahm ihn deswegen oft auf den Arm. Sie sagte immer, er solle sich mehr entspannen.

Entspannen.

Pffft.

»Vorsicht!«, rief Arnaldo und lenkte auf diese Weise Grazianos Aufmerksamkeit wieder dorthin, wo sie sein sollte: bei Neapels Verkehrschaos.

Er bremste scharf, musste sich dafür ein Hupkonzert anhören. Ihm war die Vorfahrt genommen worden. Was den Fahrern hinter ihm egal war.

Graziano fluchte nicht. Das hatte er sich abgewöhnt, seit Nonna Tommasina ihm als kleinem Jungen mal erklärt hatte, dass die Madonna jedes Mal weinte, wenn jemand ihren Sohn beleidigte. Das wollte Graziano noch immer nicht verantworten. Aber so ein winziges Schimpfwort hätte jetzt perfekt in die Situation gepasst.

»Entschuldige, Arnaldo. Ich weiß nicht, was mit mir los ist«, gab er zu. Doch nachdem er sich vom Schrecken erholt hatte, galt sein zweiter Gedanke der Torte. Er gab Arnaldo ein Zeichen, sich zu vergewissern, dass die Torte heil geblieben war. Der junge Mann sprang auch flink aus dem Auto, warf einen Blick in den Kühlraum und kam zum Glück schnell mit gehobenem Daumen wieder. Die ungeduldig hupenden Fahrer hinter sich ignorierte er. Graziano fuhr an. Möglichst schnell raus aus dem Chaos. Er blendete das penetrante Brummen der Roller aus, die so nah rechts und links von seinem Transportwagen fuhren, dass er sie eigentlich direkt hätte mit aufladen können.

»Gut, dass alles heil geblieben ist, Maestro. Ich bin selbst ganz nervös«, gestand Arnaldo ihm.

Maestro. Graziano konnte sich nicht wirklich mit der Anrede anfreunden. Aber Arnaldo ließ es sich auch nicht ausreden, denn, ja, Graziano war nun mal ein Konditormeister. Und Arnaldo der Lehrling. Graziano warf einen schnellen Blick zu dem jungen Mann hinüber, den er extra noch mal in eine einwandfreie Konditoruniform gesteckt hatte. Er sah professionell aus, wie Graziano zufrieden feststellte. Irgendwie versöhnte ihn diese Tatsache mit dem ganzen selbst auferlegten Stress. Er merkte, dass er allmählich ruhiger wurde. Und, hey, wer konnte von sich schon sagen, dass die eigenen Kreationen mit dem Hubschrauber eingeflogen wurden?

»Danke. Ich freue mich, dass du dabei bist«, sagte er schließlich und schlug Arnaldo ein paarmal scherzhaft aufs Bein.

Das Gesicht des Lehrlings erhellte sich und erinnerte Graziano kurz an die Sonne, wenn sie hinter dem Vesuv aufging.

»Es ist mir eine Ehre«, erwiderte Arnaldo und zögerte kurz, bevor er dann fortfuhr. Der Fahrtwind wirbelte seine Haare durcheinander. »Ich bewundere dich sehr, Maestro.«

Nun musste Graziano aber wirklich aufpassen, dass er

nicht rührselig wurde. Er räusperte sich, drehte das Autoradio an und fand eher zufällig einen unvergesslichen Song von Lucio Battisti, wohl aus den Siebzigerjahren. Der Titel lautete Sì, *viaggiare*. Darin ging es um einen Roadtrip, der gut getarnt eigentlich eine Metapher für das Leben selbst war. Der Refrain war heiter und ansteckend. So sehr, dass es Graziano gelang, die Autos – viele davon, in allen Formen und Farben – auszublenden und sich daran zu erfreuen, dass es Sommer war und es ihm an nichts fehlte. Ganz im Gegenteil. Er ertappte sich dabei, dass er begann mitzusingen. Keine hundert Meter später hatte auch Arnaldo miteingestimmt. Als sie an der nächsten Ampel standen – denn auch das passierte in Neapel, dass jemand mal an einer Ampel hielt –, schlugen sie sich beide rhythmisch auf die Beine und sangen aus Leibeskräften mit, während sie ihre Köpfe wild hin und her schwangen. Einige süße Momente lang war Graziano wieder der junge Mann, der er einst gewesen war. Ohne Verantwortung, ohne das Gewicht einer traditionsgeladenen Konditorei, das allein auf seinen Schultern lastete. Vor allem aber ohne die Sorge um diese Hochzeitstorte, von der er sich nichts sehnlicher wünschte, als sie bald in andere Hände abgeben zu können, damit sie nicht mehr sein Problem darstellte.

»Du musst lernen zu delegieren!«, pflegte seine jüngere Schwester Chiara oft zu sagen.

Genau das konnte er eben nicht.

Die Ampel sprang auf Grün, und er schaffte es nicht mal, in den ersten Gang zu schalten, um anzufahren, als die Autos hinter ihm schon zum Hupkonzert ansetzten. Doch jetzt war er viel gelassener, Lucio Battisti hallte noch immer in ihm nach. Neapel war eine Stadt mit so vielen schönen Seiten: Pflastersteine auf den Straßen, das Meer ein ständiger Begleiter, teilweise prächtige Gebäude, Geschichte, Kultur und Folklore quasi an jeder Ecke. Und eigentlich liebte er das alles heiß und innig. Daran wollte er festhalten. Was er auch tat.

Rückblickend hatte er den Moment, in dem sie mit der sicher verstauten Hochzeitstorte im Hubschrauber abhoben, wie in Trance erreicht. Als sie sich aber in die Lüfte hoben, begann er loszulassen. Er hatte es fast geschafft. Was konnte jetzt noch schiefgehen?

Capri aus der Vogelperspektive war derartig schön, dass es Graziano die Sprache verschlug. Nicht, dass er sonst im Hubschrauber, wo er und Arnaldo ohnehin eher verspannt rechts und links von der professionell verpackten Hochzeitstorte saßen, eine Konversation über Kopfhörer angestrebt hätte, die sie trugen. Manchmal waren Worte sowieso überflüssig.

Der Pilot flog nach einer eleganten Kehrtwende vom Südwesten aus auf die Insel zu, und Graziano war schlichtweg überwältigt von der Intensität der Farbenpracht. Der Anblick des Meeres, das sich pittoresk bis zur scharfen Linie am Horizont erstreckte, verursachte so etwas wie eine stille Explosion in seiner Brust. Er wollte es umarmen, er wollte dem Meer sein Herz schenken. Und er wollte, dass dieses Gefühl nie nachließ. Er war beeindruckt davon, wie schroff und hoch die Steilhangküste der Insel teilweise war. Doch diese Schroffheit wurde vom Meer versüßt, das es doch irgendwie schaffte, sich harmonisch anzuschmiegen, die Härte zu umschmeicheln. Auch die Natur ließ sich nicht überall von der unbeugsamen Beschaffenheit der Felsformationen beeindrucken und bedeckte das Land gekonnt und teilweise sogar üppig mit sattgrüner Mittelmeervegetation. Graziano konnte ein paar prächtige Aleppo-Pinien ausmachen, die sich erst auf so einem Boden richtig wohlzufühlen schienen und sich gern windschief, aber absolut elegant dem Umfeld anpassten.

Sie flogen gerade über dem Südwestkap der Insel, dem Punta Carena, auf dem der Leuchtturm in seinem roten Gewand mit weißen Längsstreifen seinen Dienst tat. Seit 1867 schon. Graziano lächelte. Das war kein Wissen, das er zufällig besaß. Wie so oft hatte ihn seine Kundschaft herausgefordert. Irgendwer hatte mal einen Leuchtturm-Kuchen bestellt. Und Graziano hatte sich von diesem inspirieren lassen.

Es ging weiter in Richtung Anacapri, wo reizende weiße Häuschen standen. Keine Minute später senkte sich der Hubschrauber und brachte sie endlich auf sicheren Boden zurück. Ein kleines Hotelteam wartete mit einem Schiebewägelchen auf sie. Graziano und Arnaldo luden die Hochzeitstorte mit aller Vorsicht darauf ab. Bei jedem Schritt, den Graziano mit den anderen weiter in Richtung Küche ging, fühlte er sich ein wenig erleichterter. Er war stolz darauf, dass sie es nun fast geschafft hatten. Er wollte nur noch in der Küche und dann im Kühlraum in den Karton schauen und sich vergewissern, dass seine reinweiße dreistöckige

Kreation mitsamt Rosen, Röschen und Perlendekoration noch exakt so aussah, wie es sich gehörte.

Als sie im Hotelgebäude alle gemeinsam auf den Fahrstuhl warteten, der sie in das Untergeschoss transportieren sollte, wo sich die Küche befand, informierte ihn eine Dame, die sich als Margherita vorstellte und wohl so etwas wie die Rolle einer Managerin hatte, dass der Hubschrauber in höchstens einer Viertelstunde wieder wegmusste.

»Das reicht vollkommen«, behauptete Graziano und nickte Margherita zu, die bereits ein Telefonat auf ihrem Handy führte, während sie mit einer Heftmappe bei ihnen stand.

Der Fahrstuhl kam endlich an, die Türen öffneten sich mit einem dezenten *Plong*. Dann passierten ein paar Dinge auf einmal: Margherita fiel die Heftmappe aus der Hand, sie bückte sich, um sie aufzuheben. Da sie aber in der Bewegung leicht aus dem Gleichgewicht kam, kippte sie seitlich in Richtung Arnaldo, der sie zwar abfing, sich dabei aber an einem jungen Mann aus dem Team festhielt, der gekommen war, um sie am Hubschrauber abzuholen. Letzterer hatte es nicht kommen sehen. Er strauchelte, landete unschön seitlich auf dem Karton, in dem sich die Hochzeitstorte befand.

Graziano schloss die Augen. Dann fluchte er. Diesmal hatte er keine Rücksicht auf die Madonna genommen, weil ihm nämlich selbst nach Weinen zumute war.

Kapitel 3

Sie fuhren die dreistöckige Hochzeitstorte in die Hotelküche, als wären sie ein Rettungsteam mit einem Patienten ohne Puls. Mit dem Unterschied, dass die wahnsinnig große, helle, geschäftige Küche ganz andere Gefühle hervorrief als ein Krankenhaus.

Trotzdem nahm Graziano nur am Rande wahr, was um ihn herum geschah. Er war wie blind für all die sicherlich talentierten Köche, die munter Pfannen hantierten, Soßen abschmeckten und Teller füllten. Er roch die appetitanregenden Düfte kaum, die in der Luft lagen wie wahr gewordene Prophezeiungen. Auch hatte er im Moment kein Auge für die unsagbar hohen Wände, die über und über versehen waren mit feinster, handbemalter Keramik. Graziano sah nur den Knick in der Verpackung, der so weit reichte, dass die Torte mit Sicherheit betroffen war.

»Vielleicht ist es nicht so schlimm, vielleicht ist es nicht so schlimm, vielleicht ist es nicht so schlimm …«, wiederholte Arnaldo wie ein Mantra. So lange, dass Graziano tatsächlich überlegte, ob er ihn ohrfeigen sollte, um ihn aus seiner anschwellenden Hysterie zu befreien.

»Ich hasse es, Sie zur Eile anzutreiben, aber der Hubschrauber ...«, setzte die Managerin Margherita an. Sie verstummte aber sofort, sobald sie sich Grazianos Blick einfing. Er hatte nun wirklich nicht den Nerv dafür, konnte schon gar nicht diplomatisch freundlich sein. Aber er musste jetzt handeln. So viel war klar. Kurzerhand ging er auf das Transportwägelchen zu und begann, den Karton zu öffnen, der innen für den langen Transport in sommerlicher Hitze mit Styropor versehen war. Der Rest der Belegschaft trat respektvoll – wahrscheinlich aber auch glücklich darüber, die Verantwortung nicht tragen zu müssen – zurück.

Es wurde schnell klar, dass die Styroporbeschichtung zerbrochen war und ein kleines Eck davon seitlich in den zweiten Stock der Torte drückte. Graziano löste das Stück mit Fingerspitzengefühl. Doch bei aller Vorsicht sah man eine Delle im reinweißen sahnigen Teil der Dekoration. Zum Glück war keine Rose betroffen. Alles in allem hatte sich die Torte sehr gut gehalten. Doch der Patzer gefiel Graziano selbstverständlich trotzdem nicht.

Arnaldo trat an seine Seite. »Das sieht niemand, Maestro«, behauptete er. Und Graziano konnte seine Erleichterung regelrecht spüren. Irgendwo im Nacken.

»Würdet ihr mich bitte kurz alle allein lassen?«, fragte Graziano. Er brauchte einen Moment für sich, wollte abwägen, ob es Sinn machte, kurz mit einem Spachtel drüberzufahren. Andererseits hatte er seinen eigenen nicht dabei. Und es würde wahrscheinlich zu lange dauern, sich einen zu leihen.

Er hörte mehr, als er sah, dass die anderen sich zurückzogen. Noch immer wusste er nicht, ob er es mit einem Tortenspachtel nicht noch schlimmer machte. Er betrachtete die Torte von allen Seiten.

Dann hörte Graziano wieder Schritte, diesmal waren sie irgendwie anders, er konnte gar nicht mal sagen, warum. Aber sie ließen ihn aufblicken. Direkt ins Gesicht einer Frau, die zielsicher auf die Hochzeitstorte zuging und einen Spachtel zückte. Die Frau, elegant gekleidet in einem kurzen Kleid, dessen Farbe an Flieder erinnerte – so sehr, dass Graziano fast glaubte, den Duft danach in der Nase zu spüren –, fackelte nicht lange. Sie strich mit einer unglaublichen Sanftheit über die malträtierte Seite der Torte. Die Bewegung schien Graziano irgendwo in seiner Brust zu spüren. Das Ausbessern dauerte keine drei Sekunden, aber es geschah mit einer derartigen Anmut, dass er keinen Moment den Drang verspürt hatte, sie daran zu hindern. Abgesehen davon schien die Frau so entschlossen gewesen zu sein, dass er sie wahrscheinlich auch gar nicht hätte aufhalten können.

Sie begutachtete kurz ihr Werk, drehte sich zu ihm, ging auf ihn zu und drückte ihm den Tortenspachtel in die Hand. Dann war sie auch schon weg.

Ohne ein Wort.

Wie eine Vision.

Er war die ganze Zeit über viel zu verwirrt gewesen, um auch nur an ein Handeln zu denken. Und sie war gekommen und hatte das getan, was eigentlich seine Aufgabe gewesen wäre. Endlich gab sich Graziano einen Ruck, ging auf die Torte zu und stellte fest, dass die Unbekannte einwandfrei gearbeitet hatte. Die Oberfläche war wieder perfekt glatt.

Die gesamte Torte war es. Einfach und sehr klassisch, aber wunderschön und genau so, wie man sich eine Hochzeitstorte vorstellt.

Er blickte auf. Wohin war die Frau verschwunden?

Endlich war Graziano wieder bei sich, wieder präsent mit seiner gesamten Aufmerksamkeit, seinem Tun und Handeln. Es war, als hätte er jetzt erst realisiert, wo er sich überhaupt befand. Gerüche, Geräusche. Mit einem Mal war alles laut, alles lebendig. So als hätte er bis zu diesem Moment unter Schock gestanden. Und vielleicht war da auch was dran. Er hatte von Anfang an so ein schlechtes Gefühl gehabt mit dieser Torte, und er hatte gefürchtet, dass seine Vorahnung sich bewahrheitete. Doch eigentlich war gar nichts Schlimmes passiert. Er winkte die anderen wieder zu sich und veranlasste, dass die Torte sicher in den Kühlraum kam. Was von jetzt an damit passierte, konnte er nicht mehr kontrollieren, doch er ließ es sich nicht nehmen, die schwere Tür selbst zu schließen und noch einen letzten Blick durch das kleine Fensterchen darin zu werfen.

»Alles perfekt!«, sagte er zu Arnaldo, der ihm wieder folgte wie ein Schatten.

»Nichts anderes hatte ich erwartet«, behauptete der Lehrling, dessen Vertrauen in sich selbst, aber auch in alles andere, fast schon ein bisschen an Arroganz grenzte. Die Art von Arroganz jedoch, die sein junges Alter mit sich brachte und die einzig aus dem Grund so dominant war, weil er sich noch keine Sorgen machte. Weder um die Gegenwart noch um die Zukunft.

»Wo ist die Frau? Ich muss mich noch bedanken!«, fiel

Graziano ein. Während er sich nach ihr umblickte, wich er einem Koch aus, der eine Kiste Salat durch die Küche trug und irgendetwas rief, was einen anderen Koch dazu veranlasste, Pasta in einen riesigen Topf zu schütten. Das Gewusel um sie herum war beeindruckend. Es mussten um die zwanzig Leute, aufgeteilt in diverse Bereiche, am Werk sein. Graziano war fasziniert davon, wie sich alle bewegten, ohne sich im Weg zu stehen.

Arnaldo zuckte mit den Schultern.

So auch alle anderen, die Graziano fragte. Und Margherita stand schon bereit, um Graziano zur Eile anzutreiben.

Sie wollte er gerade nicht fragen. Er nahm ihr noch immer übel, dass sie so ungelenk gewesen und quasi für das ganze Malheur eben verantwortlich war. Außerdem war sie nicht gerade Signora Simpatia. Also fand er sich damit ab, der Unbekannten, die ihm geholfen hatte, nicht danken zu können. Was eigentlich gar nicht seine Art war. Und wenn er ehrlich war, war er auch einfach neugierig, jetzt, wo das ganze Wirrwarr in seinem Hirn sich gelichtet hatte und er wieder klar denken konnte.

Die Frau ging ihm nicht aus dem Kopf.

Wer war sie? Eine Köchin, die es nicht rechtzeitig geschafft hatte, sich umzuziehen? Wohl kaum.

Die Konditorin des Hotels, die an diesem Tag freihatte, sich aber trotzdem in der Küche aufhielt?

Hm. Auch eher unwahrscheinlich.

Wohin war sie so schnell verschwunden?

Während er und Arnaldo sich von allen in der Küche verabschiedeten und sie sich von Margherita wieder ganz nach oben auf das Hoteldach begleiten ließen, um von dort aus zurück nach Neapel geflogen zu werden, war Graziano schweigsam, seine Gedanken aber wieder sehr laut.

Es stellte sich heraus, dass der Pilot, trotz seiner großen Eile, gerade erst den Hubschrauber verlassen hatte, um die Toilette aufzusuchen, was Margherita dazu veranlasste, pikiert eine Augenbraue zu heben. Sie ging aufgeregt auf und ab, bellte irgendwelche Anweisungen in ihr Handy und war insgesamt so entspannt wie Grazianos steif geschlagenes Eiweiß, wenn er Baiser-Hauben machte. Er und Arnaldo tauschten einen Blick aus und grinsten in sich hinein. Graziano ging zum Geländer, das die große Dachterrasse mitsamt Hubschrauberlandeplatz umfasste. Das Gebäude war riesig, bestimmt eines der größten Capris. Sehr exklusiv, rundherum viel Grün, der Blick aufs Meer war ungestört, reichte weit, ganz bis zum Horizont. Ein paar Möwen drehten ihre Runden, die Sonne tauchte alles in ein wundervoll sommerliches Licht, verlieh dem gesamten Umfeld diesen einzigartigen Schein. Zikaden veranstalteten ihr Dauerkonzert. Der Sommer hatte zwar keinen spezifischen Laut, hätte Graziano aber die Augen geschlossen, hätte er trotzdem erkannt, dass es Sommer war.

Ach, herrlich, Graziano entdeckte gerade die Hochzeitsgesellschaft, die in einer sehr viel niedriger gelegenen Gartenanlage an langen Tischen saß. Die Tische waren um eine kleine Bühne herumdrapiert, die zentral aufgebaut war. Graziano bemerkte als Erstes die Farbe des Kleides der Sängerin. Hören konnte er aus der Distanz nichts. Doch, ja, es war unverkennbar die Frau, die seine Torte wieder schön gemacht hatte.

Eine Sängerin ...

Er stieß Arnaldo, der neben ihm stand, mit dem Ellenbogen in die Seite. »Schau, die Frau, die mir mit der Torte geholfen hat!« Graziano musste es irgendwem erzählen. Er war unerwartet froh, sie doch noch gesehen zu haben, obwohl er ihr auf diese Weise trotzdem nicht danken konnte. Sein Herz galoppierte spontan. Was er geflissentlich zu ignorieren versuchte. Er war gut darin geworden, seinem Beruf die absolute Priorität zu geben, während er Persönliches wie Gefühle, so gut es ging, wegschob. Es waren zwei Welten, die nicht perfekt nebeneinander bestehen konnten. Wenn man beides wollte, blieb zwangsläufig ein Teil auf der Strecke.

»Wo denn?« Arnaldo hatte selbstverständlich keine Ahnung, wovon Graziano sprach. Für den Lehrling war sie nur irgendeine Frau gewesen, für Graziano hingegen ... ja, was eigentlich?

»Die Sängerin auf der Bühne!«, erklärte er und konnte die Augen noch immer nicht von ihr abwenden. Er strengte sich an, um ihre Stimme zu hören oder sie besser zu sehen. Doch aus der Distanz waren die Details ihrer Hochsteckfrisur oder ihre dunklen, wissenden Augen natürlich weniger definiert als in seiner Erinnerung. Ihr hübsches, herzförmiges Gesicht, ihre gerade Nase, ihre vollen Lippen ...

»Oh, okay ...«, bemerkte Arnaldo vage.

Und seine Reaktion war gerechtfertigt. Warum sollte sich der junge Mann auch für eine x-beliebige Sängerin interessieren. Die Frage war viel eher, warum Graziano sich absolut nicht von dem Anblick lösen konnte.

Schließlich trat Margherita an sie heran und wies sie darauf hin, dass es Zeit war, im Hubschrauber Platz zu nehmen. Graziano hasste sie ein bisschen dafür. Noch ein Grund. Die Liste wurde lang. Als er den Blick von der Sängerin abwenden musste, fühlte er sich ein bisschen so, als hätte er eben eine ganz wichtige Chance verpasst, weggeworfen oder einfach nicht aufgegriffen.

Den ganzen Flug über verbrachte Graziano in einer Art stummer Reflexion oder wie auch immer seine seltsame Laune genannt werden konnte. Er delegierte quasi nie, legte immer selbst Hand an. Und doch ... diesmal war es anders gewesen.

Als sie später mit Arnaldo zurück in Richtung Via dell'Amore fuhren, wurde der Gedanke an die Unbekannte zum Glück immer leichter, erschien ihm wie eine Feder, die nach langem Tanz durch die Lüfte endlich den Boden berührt hatte. Sobald er dann seine Pasticceria betrat, war der Gedanke nichts anderes mehr als eine ganz entfernte Erinnerung, die Graziano auf Capri gelassen hatte. Er ging sofort weiter in seine Backstube, die sich im hinteren Bereich der Pasticceria befand. Die Aufträge häuften sich sowieso. Noch dazu stand seine Schwester Chiara ihm im Weg. Sie redete auf ihn ein, aber er hörte nur »Nonna«.

Graziano holte tief Luft und blieb in seiner Backstube stehen, während um ihn herum seine vier Lehrlinge fleißig rührten, probierten und Wohlriechendes in die Öfen schoben. Er stemmte seine Hände in die Hüfte, versuchte, sich zu konzentrieren, und vernahm schließlich »Nonna«, »Geschenk«, »Torte«. Chiara konnte aber auch viel auf einmal und schnell artikulieren. Das hatte sie wohl in ihrer Zeit in Mailand gelernt. War doch so! Waren Mailänder nicht besonders effizient?

»Musst du nicht mal atmen, Chiara? *Mamma mia!*«, beklagte sich Graziano. Er musste sich richtig zwingen, nicht schon wieder in den Kühlraum zu gehen, um Eier für eine Creme zu holen. Nur um ihr zu entkommen.

»Du musst doch nur sagen, ob ja oder nein ...« Sie machte ein Gesicht wie jemand, der von seinem Gegenüber glaubte, dass es vollkommen bescheuert war. Das hatte sie als Kind schon dauernd gemacht. Noch so eine Angewohnheit, die ihn auf die Palme brachte.

»Was war die Frage noch mal?« Er war sich gar nicht mehr sicher, waren es doch mindestens einhundertdreiundzwanzig Fragen in einer Minute gewesen. Gefühlt.

Chiara schlug sich an die Stirn, schloss die Augen. »Teilen wir uns die Extrakosten für Nonnas Geschenk morgen oder nicht? Mehr will ich doch gar nicht wissen.«

Oh, verdammt. Den Geburtstag von Nonna Tommasina hatte er komplett vergessen. War da nicht auch etwas mit einem Kuchen gewesen? Er suchte nach Informationen diesbezüglich in seinem Gehirn, aber da stapelte sich schon allerhand.

»Du hast den Kuchen vergessen, oder?« Chiara konnte ihn lesen wie ein offenes Buch.

»Natürlich nicht!«, betonte er, was selbst in seinen eigenen Ohren wie eine Lüge klang.

»Die Zitronen aus Capri sind schon da? Nonna soll einen Zitronenkuchen bekommen, wie schon vor einem Monat ausgemacht. Das weißt du doch noch?«

Wer besprach Details wie den Kuchen zum Geburtstag der Großmutter denn bitte einen Monat vorher? »Wann ist der Geburtstag noch mal genau?«

Sie boxte ihn verzweifelt in den Arm. Was in etwa so wehtat wie die Berührung eines Schmetterlings. »Morgen, Graziano! Wir sind alle zum Mittagessen eingeladen. Und du bringst den Kuchen mit, ich schenke ihr ein von mir gefertigtes Armband. Da es aber ein bisschen teurer wurde als gedacht, habe ich eben gefragt, ob du vielleicht noch einen Teil dazu beitragen möchtest. Alles klar?«

Ja. Jetzt war tatsächlich alles klar. Und er steckte ein kleines bisschen in Schwierigkeiten, weil er diesen Kuchen ganz und gar nicht mehr auf dem Schirm gehabt hatte. Dann würde er eben eine Extraschicht einlegen. Es war ja nicht so, als hätte er das nicht schon gestern und vorgestern getan. Und am Tag davor. Und … eigentlich immer.

Kapitel 4

Tommasina war gerührt. Ihre Haushaltshilfe Alfonsa stand mit einem Päckchen vor ihr und lächelte sie an. Ihr Blick war weich und ehrlich und ... fast liebevoll. Tommasina musste schlucken, denn obwohl sie ihre Differenzen mit Alfonsa hatte, liebte sie sie wie eine Tochter. Ja, Tommasina war gerührt. Aber sie würde den Teufel tun und Alfonsa das zeigen. Wenn man einmal eine Schwäche zuließ, dann nahm das kein Ende mehr. Nein, nein. So weit war Tommasina noch nicht. Sie packte ihr für kurze Zeit erweichtes Herz also wieder in die Schutzvorrichtung und nahm das Geschenk entgegen, wobei sie sich höflich bedankte. Nicht halb so überschwänglich, wie sie sich eigentlich fühlte.

»Du hättest mir doch nichts schenken müssen!«, sagte Tommasina und meinte es ehrlich. Schließlich schenkte Alfonsa ihr schon ihre Zeit. Obwohl sie natürlich dafür bezahlt wurde, war es doch das Kostbarste, das es gab.

Resolut und direkt, wie nur Alfonsa sein konnte, zog sie schlicht die Schultern nach oben und ging an Tommasina vorbei in die Küche. »Selbstverständlich möchte ich dir an deinem *piep*-sten Geburtstag etwas schenken. Nimm es einfach an und freu dich. *Caffè?*« Alfonsa wartete keine Antwort ab und nahm schon das Alukännchen aus dem Küchenschrank, um den ersten Kaffee des Tages zuzubereiten. Sie war ganz Herrin der Lage, schlich nicht nur unnütz herum. Und auch das war so eine Eigenschaft, die Tommasina an ihr schätzte. Es blieb ihr also nichts anderes übrig, als Alfonsa zu folgen. In der Küche legte Tommasina das Päckchen auf dem Tisch ab und drückte sich mit beiden Händen die Ohren ein paarmal auf und zu. Sie hörte in letzter Zeit schlecht. Vor allem, was Zahlen anbelangte, hatte sie so etwas wie eine gezielte Schwerhörigkeit entwickelt. Mehr noch, wenn es um ihr eigenes Alter ging. Es war ja nicht so, als wüsste sie nicht, wie alt sie wurde. Irgendetwas mit sieben. Oder war es acht?

War doch vollkommen egal!

So.

Sie konzentrierte sich lieber auf das Paket.

»Was ist denn drin?«, fragte Tommasina, weil sie das einfacher als Auspacken fand.

»Mach es auf!«, suggerierte Alfonsa das Offensichtliche und stellte ihr den *caffè* hin, serviert in Tommasinas Lieblingstässchen. »Und jetzt muss ich mich ranhalten, die paar Stunden bis zum Mittagessen werden in null Komma nichts herum sein. Ich freue mich auf die Gäste, und sie sollen es schön haben. Du kommst allein zurecht?« Alfonsa wartete keine Antwort ab. Sie hantierte schon am Herd, denn auch wenn sowohl sie als auch Tommasina selbst vieles vorgekocht hatten, war doch noch einiges zu tun. Schließlich wollten sie beide nicht schlecht dastehen. Und ein süditalienisches festliches Mittagessen sah nun mal diverse Gänge vor. Vorspeise, Pasta, Fisch, Fleisch, Beilagen. Frisches Weißbrot, Wein, Obstsalat. Tommasina wurde ganz aufgeregt, wenn sie daran dachte und die Menüfolge in ihrem Kopf abspielte. Eigentlich war sie eher selten aufgeregt, hatte immer alles unter Kontrolle. Aber heute kam ein ganz besonderer Gast.

Peppino.

Er war seit dem letzten Sommer ein guter Freund – so nannte man das doch heutzutage? –, und sie verbrachten viel Zeit miteinander, gingen aus, besuchten Ausstellungen, spazierten, unterhielten sich, gestanden sich gegenseitig ihre Gefühle, berührten sich, küssten sich. Aber bisher war die Haustür beider so etwas wie eine nur schwer zu überwindende Grenze gewesen. Ja, Peppino war schon einige Male bei ihr in der Wohnung gewesen, die direkt in der Via dell'Amore lag, aber eher so zwischen Tür und Angel. Nicht so heute. Er würde mit am Tisch sitzen. Wie ein Familienmitglied.

Tommasina verschluckte sich beim Gedanken daran am *caffè*, hustete, bis sogar ihre Hunde alarmiert aufblickten und Alfonsa ihr ein paarmal entschlossen auf den Rücken schlagen musste.

»*Tutto bene?*«, fragte die Haushaltshilfe ein bisschen besorgt, aber auch gleichzeitig subtil amüsiert, was Tommasina zwar verstand, aber auch ein wenig nervte.

»Ja, sicher. Alles gut. Ich wäre ja nur fast gestorben«, erwiderte sie daher etwas pikiert.

Alfonsa nickte nur und grinste. Als wüsste sie nicht,

dass ihr Grinsen Tommasina nun endgültig auf die Palme bringen würde.

»Mach das Geschenk auf und denk nicht so viel nach. Heute ist ein guter Tag, genieß ihn endlich!«, schlug Alfonsa vor und wandte sich wieder dem Kochen zu. Sie schälte gerade Kartoffeln.

Tommasina gab sich einen Ruck und öffnete vorsichtig das Geschenkpapier. Im Päckchen befand sich so etwas wie ein in Schutzpapier gewickelter Klumpen, und sie überlegte, ob ihre Haushaltshilfe ihr wohl einen Streich spielte. Doch dann wickelte Tommasina langsam das Papier ab, und eine kleine Statue kam zum Vorschein, die Tommasina zum Verwechseln ähnlich sah.

»Gefällt sie dir? Ich habe sie extra im San-Gregorio-Armeno-Viertel anfertigen lassen«, erklärte Alfonsa stolz.

Tommasina hatte etwas an den Augen, musste sich die Winkel mit dem Tuch abwischen, da sie – aus welchem Grund auch immer – tränten. So was aber auch!

Nun hatte ihre Haushaltshilfe doch tatsächlich einen der Künstler in der berühmten Gasse, in der seit dem achtzehnten Jahrhundert Krippen hergestellt wurden, beauftragt, eine Tommasina-Statue zu basteln. Das taten sie eigentlich nur, um Nachbildungen von Berühmtheiten, die gerade in aller Munde waren, anzufertigen und auszustellen. Diese Statuen waren dann für Touristen, die die Gasse das ganze Jahr über besuchen konnten, ein besonderer Hingucker. Es entsprach zwar nicht dem Geschmack aller, den Fußballer Maradona, die Queen oder Putin nebst äußerst fein ausgearbeiteten Schäfern oder den Heiligen Drei Königen auszumachen. Aber letztendlich war doch alles Kunst. Und nun hatte Tommasina ein kleines Püppchen, teils aus Terrakotta, teils aus Holz, das so aussah wie sie! *Mamma mia*, ihre Augen schon wieder. »Sehr hübsch!«, gab sie zu, packte die Figur aber hastig weg. Sie konnte schließlich nicht jetzt schon anfangen, gerührt zu sein.

Entschlossen stand sie auf und ging zum Balkon, um sich abzulenken von all der Liebe, die sie umgab. Was hatte sie getan, um diese Zuneigung zu verdienen? Sie glaubte eigentlich, dass ihre ruppige Art, die sie seit dem Tod ihres Mannes in jungen Jahren zu so etwas wie ihrem Schutzschild gemacht hatte, Menschen von ihr fernhalten würde. Sie setzte sie ein, um sich zu schützen, weil sie wusste, wie schwer es war, wenn ein geliebter Mensch plötzlich nicht mehr da war. Da hielt sie doch lieber gleich alle ein bisschen auf Distanz.

Ihr kleiner Balkon, auf den sie jetzt, gefolgt von Diego, Ciro und Fabio, schritt, hatte einen direkten Blick auf die Via dell'Amore und war ihr liebster Platz auf der ganzen Welt. Die Gasse, auf die sie blickte, war der Ort, an dem sie sich geborgen fühlte, der Ort, der ihr vermittelte, dass sie dazugehörte, dass sie zu Hause war. Sie liebte es, wie sich die Gebäude auf beiden Seiten in den Himmel reckten und einen bezaubernden Rahmen bildeten. Sie konnte sich nie an den kleinen Läden sattsehen, die fast alle schon seit Generationen mit ganz viel Herz geführt wurden. Sie winkte Cosimo zu, der Schuhe für Braut, Bräutigam und geladene Gäste verkaufte und so charmant und elegant daherkam wie ein Star aus vergangenen Tagen. Er stand vor seiner Ladentür und beobachtete die Passanten.

Viele. Aber doch weniger als noch in den Monaten zuvor.

Es wurde deutlich weniger geheiratet. Das war der Trend des Jahres. Junge Paare fragten sich immer öfter, ob es sich wirklich lohnte, in ein großes Fest zu investieren. Und neben der ganzen Geldfrage hatten viele auch einfach keine Lust, sich für immer aneinander zu binden. So war es gerade. Tommasina hatte es schon einige Male miterlebt. Heiraten geriet ab und an aus der Mode. Aber dann passierte meist irgendetwas, wie die Traumhochzeit einer Adligen, und die Via dell'Amore wurde wieder zum Brennpunkt Neapels in Sachen Hochzeitsvorbereitung. Da Tommasina aber die Zukunft der Via dell'Amore kaum von der Laune einer Prinzessin abhängig machen konnte, beschäftigte sie sich schon seit einigen Tagen mit einer Idee.

Plötzlich voller Tatendrang, verließ sie den Balkon, was die Hunde einen Augenblick lang verwirrte, und ging in ihr Schlafzimmer, wo sie einen Kaftan aus dem Schrank holte. Heute entschied sie sich für ein intensives Smaragdgrün, von dem ihre Enkelin Chiara behauptet hatte, dass nicht jede Frau diese Farbe tragen könne. Tommasina war es egal, was andere Frauen tragen konnten oder nicht. Es hatte sie nie auch nur annähernd interessiert, denn sie zog sowieso immer nur das an, was ihr gefiel, ganz unabhängig davon, was gerade von den Modemachern diktiert wurde. Und heute war es ihr grüner Kaftan, der natürlich bis zum Boden reichte. Sie zog das Gewand über, drehte sich damit schwungvoll um, erwischte dabei mit dem Stoff Ciro, der wie immer viel zu nah bei ihr stand. Irgendwann würde sie noch auf ihn drauftreten! Der kleine Hund schüttelte sich, hatte keine Ahnung, gerade sein Leben riskiert zu haben, und setzte sich mit den anderen beiden in Bewegung, um ihr zu folgen.

»Ich muss noch mal kurz weg!«, rief sie Alfonsa zu und verließ auch schon die Wohnung. Wenn Tommasina eine Entscheidung traf, dann machte sie Nägel mit Köpfen.

Die Sonne schien schon intensiv auf die Via dell'Amore und ließ sie in ihren schönen Farben regelrecht erstrahlen und sie wie eine zur Feier herausgeputzte Signora wirken, die es kaum erwarten konnte, ihre Gäste hereinzubitten. Noch war es nicht laut, und Tommasina konnte die Schritte der Bummler hören, während sie auf die fast glatt getretenen Pflastersteine schlugen. Die Blumen, die Teresa aus dem Blumenladen gespendet und an jedem Laden gepflanzt hatte, sahen wunderbar aus. Teresa kümmerte sich täglich darum, frühmorgens, brachte Wasser und Düngemittel, die sie wie eine kleine Blumenfee zusammenmischte und präzise dosierte. Teresa war ein Geschenk des Himmels, die Freude und Farbe in die Gasse gebracht hatte. Und sie passte so gut auf. Cosimos Blumen waren blau und weiß wie sein Ladenschild: Eine Kombination aus weißem Hintergrund und großer blauer Schreibschrift zeigte potenziellen Kunden schon von außen, was sie im Ladeninneren erwartete, da die Einrichtung in den gleichen Farben gehalten war. Cosimo stand noch immer vor der Ladentür und winkte Tommasina zu. Sie lobte sich selbst dafür, ihren Geburtstag geheim gehalten zu haben. Nicht jeder musste wissen, dass sie wieder um ein Jahr gealtert war. Vor allem nicht Pamela, die Brautmodenladenbesitzerin. Tommasina lief daran vorbei und musste sich eingestehen, dass die Dekoration in der Vitrine geradezu märchenhaft schön war. Und Pamela war ja auch talentiert, das konnte niemand leugnen. Nur war sie trotzdem ein heimtückisches Biest. Es ärgerte Tommasina noch immer, dass sie als junges Mädchen, als gute Freundin ihrer Enkelin Chiara, immer bei ihr zu Hause willkommen gewesen war. Nie hatte Tommasina auch nur geahnt, wie hinterhältig Pamela sein konnte. Nun aber waren sie alle schlauer. Pamela verhielt sich zwar seit ihrem letzten groben Ausrutscher im letzten Sommer, während dessen sie Tommasina vom Thron hatte stürzen wollen, unauffällig. Aber trauen konnte man ihr trotzdem nicht.

Tommasina nickte auf dem Weg zu ihrem Ziel allen Ladenbesitzern und Passanten zu, ließ sich von der guten Laune anstecken, die trotz noch überschaubaren Betriebs herrschte, und gelangte endlich zu ihrem Ziel: Giosuès Agentur. Der junge Mann war gerade in ein Telefonat vertieft. Als er jedoch Tommasina entdeckte, legte er sofort auf und bat sie herein. Auch er hatte im letzten Sommer einiges falsch gemacht. Sein größter Fehler war es gewesen, sich mit Pamela zusammenzutun und gegen Chiara, Tommasinas Enkelin, zu intrigieren. Doch im Gegensatz zu Pamela war er im Grunde genommen kein schlechter Mensch. Er hatte sich nur die falsche Verbündete ausgesucht. Tommasinas sechster Sinn sagte ganz klar, dass man ihm trotz allem trauen konnte. Vielleicht war das hier seine Chance, um es auch den anderen Ladenbesitzern der Via dell'Amore zu beweisen.

»*Buongiorno …*«, sagte er zögerlich, aber aufgeschlossen.

Tommasina nickte. »Kann ich kurz stören?« Sie faltete ihre Hände und trat näher an seinen großen Schreibtisch, der fast penibel sauber und aufgeräumt war. Rundherum standen Regale mit Fächern. Soweit Tommasina es beurteilen konnte, befanden sich darin alphabetisch geordnete Unterlagen.

»Du störst doch nicht. Setz dich bitte!« Er zeigte galant auf den Stuhl am anderen Ende des Schreibtisches. Tommasina nahm Platz, Giosuè setzte sich erst nach ihr. Manieren hatte er immerhin. Er hätte sie sicherlich niemals geduzt, wenn sie es ihm nicht ausdrücklich zu Beginn seiner Karriere hier in der Gasse angeboten hätte.

»Danke. Ich will dich nicht lange aufhalten, möchte nur deine Dienste in Anspruch nehmen.« Tommasina lehnte sich im Stuhl zurück. »Wir werden nämlich einen Werbespot für die Via dell'Amore drehen. Und du wirst mir dabei helfen!«

Als Tommasina sah, wie seine Augen leuchteten, wusste sie, dass sie genau das Richtige tat.

Kapitel 5

Capri, viele Jahre zuvor

»Zum Geburtstag viel Glück, zum Geburtstag viel Glück, zum Geburtstag, liebe Leti, zum Geburtstag viel Glück!«, sangen Mamma Giulia und Nonna Michela enthusiastisch. Sie klatschten laut, als Letizia ihre Kerzen auspustete. Es waren sechs an der Zahl, sie brauchte ganz schön viel Puste. Nonna sagte immer, dass sie nun ein großes Mädchen war. Und manchmal fühlte sie sich auch schon so. Groß. Fast erwachsen. Vor allem, wenn sie mit Mamma backen durfte. Und das passierte in letzter Zeit sehr oft. Mamma war die Tortenbäckerin von Capri. Alle kamen zu ihr, um Geburtstagstorten zu bestellen. Sie bekam meist die Zutaten und noch ein Taschengeld dafür. Das hatte Letizia alles mit eigenen Augen gesehen. Wie sie kamen, mit Tüten voller Mehl, Zucker und Eiern. Manchmal waren die Eier sogar noch verdreckt von den Hühnern, die so mancher im Garten hielt. Letizia durfte sie dann waschen. Aber mit Vorsicht. Einmal war ihr eines aus der Hand gefallen und aufgesprungen. Oh, wie schrecklich hatte sie sich daraufhin gefühlt. Mamma hatte ihr aber versichert, dass es nicht weiter schlimm war, weil sie sowieso immer zu viele Eier hatten.

»Wünsch dir was!«, rief Mamma erfreut.

Letizia war aufgeregt. Sie rieb sich die Hände und wurde dabei hibbelig. Denn eigentlich hatte sie keine Wünsche. Außer einem. Und von dem wusste sie selbst mit sechs Jahren schon, dass Mamma nicht einfach in den Supermarkt gehen und den Wunsch dort kaufen konnte. Nein. Doch immerhin war heute Letizias Geburtstag. Und wenn sie die Möglichkeit hatte, dann wollte sie sie auch nutzen. Sie schloss also die Augen und bat um ein Geschwisterchen.

Dass Mamma dazu Papà brauchte, wusste Letizia, weil die Signorina Carmela es im Unterricht erwähnt hatte, als Bruno, ein Klassenkamerad, sie direkt danach gefragt hatte. Der einzige Papà, der infrage kam, war der, der ab und an vom Festland kam und sie besuchte. Das letzte Mal ... Letizia konnte sich nicht mehr erinnern. Aber er blieb dann immer ein paar Tage und war eigentlich sehr nett. Vielleicht nicht so nett wie andere Papàs. Doch wen kümmerte es schon? Letizia hatte Mamma und Nonna. Nur eben kein Geschwisterchen.

Schade. Sie wollte so dringend jemanden haben, den sie lieb haben konnte. Mit dem sie spielen konnte.

»Nun, Leti, hast du dir was gewünscht?«, wollte die Großmutter wissen.

»Lass sie doch in Frieden, Mamma!«, mischte ihre Mutter sich ein und begann, die Kerzen aus der Torte zu nehmen, um sie dann in dicke Scheiben zu schneiden. Letizia bekam das dickste und größte Stück, obwohl sie die Kleinste unter ihnen war. Sie fand es lustig, sagte aber nichts.

Mamma und Nonna zankten sich immer. In einer Tour. Doch Letizia wusste, dass sie sich trotzdem lieb hatten. Denn wenn Mamma mal traurig war, dann ließ sie sich immer von Nonna umarmen und trösten. Mamma versuchte stets, sich stark und unbesiegbar zu zeigen. Nur manchmal eben nicht. Manchmal war sie auch einfach nur eine Tochter, die sich an ihre Mutter anlehnte. Letizia wusste, dass es in Ordnung war, Gefühle zu zeigen. Trotzdem hielt sie sich oft zurück. Sie wollte Mamma keinen Grund geben, traurig zu sein.

Und so traute sich Letizia auch in diesem Moment nicht richtig, ihren innigen Wunsch zu äußern. Doch Nonna schien ihre Frage bereits abgehakt zu haben, denn während sie die Torte aß, schlug sie sich an die Stirn. »Das Geschenk, Giulia! Wir haben ganz vergessen, der *bambina* das Geschenk zu überreichen.« Der Ton war vorwurfsvoll.

»Verdammt, stimmt! Ich hole es gleich, Leti, ja?« Mamma eilte in ihrer stets leicht hektischen Art aus der Küche Richtung Schlafzimmer.

Verdammt. *Maledizione*. Das sagte sie oft. Manchmal auch andere Wörter, von denen Letizia wusste, dass sie nicht nett waren. Sie wiederholte sie auch nie laut, kannte sie aber natürlich trotzdem. Und manchmal sagte sie ein paar davon auf. Wenn auch nur in ihrem Kopf.

Mamma kam zurück, sah glücklich aus, reichte Letizia ein Päckchen und gab ihr einen Kuss auf den Kopf. »Für dich, mein Liebling. Ich liebe dich mehr als alles auf der

Welt. Das weißt du, oder?« Mamma sah sie an, und Letizia glaubte in ihrem Blick die Liebe der ganzen weiten Welt zu sehen. Ein bisschen kratzte dieser Blick in ihrer Brust. Ein bisschen spürte sie ein Brennen in der Nase. Alles in allem war sie von Mammas Worten so überwältigt, dass sie kein Wort herausbekam und nur nicken konnte. Aber Mamma schien auch mit einem Nicken zufrieden zu sein. Sie tätschelte jedenfalls Letizias Kopf und ging zurück an ihren Platz, um selbst von der Torte zu essen.

»Mach schon auf!«, forderte Nonna sie freudig auf.

Letizia hielt das Päckchen in den Händen und fand es, auch ohne zu wissen, was es enthielt, einfach wundervoll. Es war unförmig und schwer. Das Papier war bunt und fest. Sie fuhr mit dem Finger darüber. Glatt. Mit einem wilden Muster. In Rot, Orange und Pink. Es war so hübsch. So, so hübsch. Letizia würde das Papier aufheben. Deshalb löste sie das Klebeband auch vorsichtig. Sie spürte die Blicke von Mamma und Nonna.

»Danke ...«, flüsterte Letizia ehrfürchtig.

»Du weißt doch noch gar nicht, was es ist!«, gab Nonna lachend zu bedenken.

»Ich mag es jetzt schon!« Das war die volle Wahrheit.

Es war nicht so, dass sie arm waren. Nonna sorgte dafür, dass es ihnen gut ging. Und Mamma nahm jede Arbeit an, die sie finden konnte. Trotzdem schmissen sie das Geld nicht zum Fenster hinaus. Geschenke für Letizia waren daher eher eine Seltenheit. Sie bekam etwas zum Geburtstag, zu Weihnachten und zum Schulanfang. Deshalb waren Momente wie dieser für sie etwas ganz Besonderes.

Nonna begann, ein Lied zu singen. Sie sang oft, einfach so. Sie sang, wenn sie kochte, aber auch, wenn sie nähte. Sie sang morgens, aber auch abends. Sie sang, wenn Letizia zur Schule ging oder wenn sie zu Bett ging. Und Letizia hatte alle Lieder gelernt, ertappte sich oft dabei, wie sie mitsang. Genau wie in diesem Moment. Sie sangen beide, während Letizia das Papier öffnete und ein Nudelholz aus Porzellan mit Griffen aus Holz auspackte. Das Mittelstück war weiß mit winzigen rosafarbenen Rosen. Passend dazu zog Letizia eine Schürze mit Rosen, außerdem noch Tortenspachtel in verschiedenen Formen, allesamt mit Blumen versehen, aus dem Paket.

»Damit du deine eigenen Torten backen kannst«, erklärte Mamma. Und Letizia warf sich ihr um den Hals, hielt sie ganz fest und bedankte sich, weil sie das schönste Geschenk überhaupt bekommen hatte. Nonna begann zu tanzen, sah dabei aus wie ein junges Mädchen. Sie sang und tanzte und zeigte mit dem Finger auf Letizia, die angesteckt wurde und auch zu tanzen begann. Wenig später machte Mamma ebenfalls mit. Es war ein Lied von Loredana Bertè, die Nonna so sehr bewunderte. *Sei bellissima* hieß es. Letizia kannte den Text zwar auswendig, so oft hatte sie ihn gehört, aber sie stimmte meistens nur beim Refrain mit ein. So auch heute, an ihrem Geburtstag. Noch während sie lauthals sang und sich mit ihren liebsten Menschen im Kreis drehte, dachte Letizia, dass heute wohl der schönste Tag in ihrem Leben war. Solange sie Mamma und Nonna hatte, konnte auch zukünftig nichts schiefgehen.

Später ging Mamma wie versprochen mit Letizia ans Meer. Mamma versuchte immer wieder, sich dafür Zeit zu nehmen, aber meist klappte es nicht, weil sie so viel arbeitete. Den Sommer über meist in Hotels. Einmal auch in einer Bar. Dann kamen noch die vielen Torten dazu. Letizia mochte es am liebsten, wenn ihre Mamma in der Küche hantierte. Manchmal begann sie so früh am Morgen, dass Letizia vom Scheppern der Schüsseln geweckt wurde. Sie schlich sich dann immer in die Küche und sah ihr dabei zu, wie sie Zutaten mischte und verrührte. Und, oh, es roch so wundervoll, wenn die Mischung dann in den Ofen kam und sich dort in einen weichen, so herrlich duftenden Tortenboden verwandelte. Mamma sah beim Backen aus wie eine Fee. Irgendwie zart, aber gleichzeitig unbesiegbar.

Magisch.

Ja, Mamma war magisch.

Das war der Gedanke, der Letizia begleitete, während sie mit Mamma Hand in Hand durch die Gassen lief, um das Meer zu erreichen.

Letizia fand, dass es in Capris Gassen ganz besonders roch. Feucht, ein bisschen aber nur, und heimisch. Manchmal roch sie auch frisch gewaschene Wäsche. An einigen Tagen klar und deutlich das Meer. Dann wieder Fisch. Ab und an sogar *sugo*. Alles Gerüche, die sich vertraut anfühlten. In den Gassen war Letizia sicher, sie hatte keine Angst, obwohl sie nie wissen konnte, was sich hinter dem nächsten Eck versteckte.

»Ich sehne mich so nach dem Meer, Leti. Es ist kaum zu glauben, dass wir auf einer winzigen Insel leben und beinahe nie dazu kommen, an den Strand zu gehen! Das muss sich ändern. Wir sollten einen Tag pro Woche ausmachen und dann einfach ins Meer springen. Komme, was wolle!« Mamma hatte diese aufrechte Körperhaltung, die so typisch für sie war und sie ein bisschen wie eine Kriegerin erscheinen ließ. Ihre Badelatschen aus Holz verursachten bei jedem Schritt Geräusche. Letizia hätte auch gern solche gehabt, aber dann wieder befürchtete sie, damit auf dem glatten Pflasterstein der Gassen auszurutschen.

»Das wäre schön, Mamma«, erwiderte Letizia und musste fast laufen, um mit ihr Schritt zu halten. Mamma hatte es immer eilig. *Nun mach doch mal langsam, Kind!*, schimpfte Nonna oft. Und Mamma erwiderte dann stets: *Man weiß nie, wie viel Zeit man wirklich hat.* Letizia hatte nie vollends verstanden, was Mamma damit meinte.

»Bist du glücklich, meine wundervolle *figlia?*«, fragte Mamma nun wie aus dem Nichts.

Letizia war ein bisschen aus der Puste, aber so glücklich wie schon lange nicht mehr. »Natürlich, Mamma! Danke für den wundervollen Tag.«

Mamma blieb unerwartet stehen und drehte sich um, sodass Letizia, die beinahe rannte, um den Anschluss nicht zu verlieren, ein paar Schritte zurücktrat. Mamma kniete sich hin. Einfach so. Nacktes Knie auf hartem Pflasterstein. Das musste höllisch wehtun. Doch Mamma schien es kaum zu merken. Sie nahm Letizias Hände und suchte ihren Blick. Dann strich sie Letizia eine widerspenstige Locke aus der Stirn. »Du bist so ein gutes Kind, und ich weiß wirklich nicht, was ich getan habe, um eine derartig liebe Tochter zu verdienen. Ich möchte nur sichergehen, dass du weißt, wie sehr du geliebt wirst. Von mir. Aber auch von Nonna. Vergiss das niemals. Und lass dir auch nie etwas anderes einreden. *Va bene?*«

Letizia nickte. Ihre Gedanken gingen wie von selbst zu ihrem Papà, über den nie geredet wurde. Ob er sie wohl auch liebte? Der Moment schien gerade richtig, um diese Frage laut auszusprechen, also gab Letizia sich einen Ruck.

»Glaubst du, Papà mag mich auch?«

Mamma blinzelte, als hätte ein Windhauch sie erwischt. Nur war es windstill. Trocken, sommerlich heiß. Doch sie fing sich schnell wieder. »Mit deinem Vater ist es ein bisschen schwierig, Leti, weißt du? Ich denke, er mag dich sehr. Vielleicht mag er mich auch. Nur mag er sich selbst immer ein bisschen mehr. Es geht immer um ihn. Seine Träume, seine Projekte, sein Leben, seine Pläne. Und ich bin mir nicht sicher, ob das in unser Leben passt. Verstehst du?«

Letizia nickte, weil es sich so gehörte, aber nicht, weil sie diese Ansage wirklich verstanden hatte. Oder verstehen wollte. »Dafür haben wir Nonna!«, sagte sie, froh darüber, dass sie mit etwas Gutem auftrumpfen konnte, das sie stattdessen hatten.

Etwas umständlich richtete sich Giulia wieder auf. Letizia konnte den Abdruck des Pflastersteins auf ihren Knien erkennen. Doch Mamma lachte, als spürte sie nichts davon. »Genau! Wir haben Nonna. Und jetzt ab ans Meer, du liebes Geburtstagskind.«

Als sie den Strand erreichten, kam Roberto, der alte Besitzer des Lidos, an dem sie immer badeten, gleich auf Mamma zu. »Giulia, Giulietta, wie geht es? Und dir, *piccola* Letizia?«

Giulia, Giulietta. Das sagte er immer zu Mamma. Letizia fand, es hörte sich an, als würde er einen Teil von Mamma kennen, den Letizia nie gesehen hatte. Einen sorgloseren Teil, die junge Giulia. Roberto war ein guter Freund ihres Nonnos gewesen. Das hatte Mamma ihr erzählt. An Nonno konnte Letizia sich aber nicht erinnern. Ein Fischer sollte er gewesen sein. Und ein guter noch dazu. Immer auf dem Meer. Bei Sonnenschein, Regen oder Sturm. Wie ein Held, der das Wasser besänftigen konnte, wenn es nötig war.

Roberto wartete keine Antwort ab, er fuhr fort: »Meine Frau hat am Sonntag Geburtstag. Kannst du ihr wohl eine deiner unschlagbaren Torten backen?«

So war es immer. Egal, wohin sie gingen, irgendwer bat um einen Kuchen.

»Selbstverständlich, sehr gern!«

Sie unterhielten sich noch über Details wie die Schrift, die Creme. Letizia war das alles vertraut. Innerlich ging sie die Vorgänge durch, konnte Mamma quasi schon in der Küche stehen sehen. Konnte den Duft riechen, das Mehl durch die Luft wirbeln sehen. Mamma würde ihre Magie vollbringen.

Letizia stutzte. Hatte sie sich heute das Falsche gewünscht? Dass sie ein Geschwisterchen bekommen würde, war unwahrscheinlich. Sie hätte den Wunsch äußern sollen, Tortenbäckerin zu werden! Genau wie ihre Mamma.

»Was ist denn das für ein sorgenvoller Blick, *piccolina*

mia?« Mamma sah sie fragend an, ihr Gespräch mit Roberto war wohl beendet.

»Was passiert eigentlich, wenn man es sich anders überlegt und seinen Geburtstagswunsch noch mal neu formulieren will? Meinst du, das geht?« Der Sand begann, sich heiß unter den Sohlen ihrer dünnen Sandalen anzufühlen. Das Wasser zog sie an wie ein Magnet. Ein bisschen beneidete sie die Kinder und Erwachsenen, die schon im Wasser standen. Wahrscheinlich schon seit Stunden.

»Am Geburtstag ist alles möglich. Sogar, dass gleich zwei Wünsche auf einmal erfüllt werden. Aber jetzt komm, das Meer wartet auf uns.«

Letizia vergaß ihre Wünsche, noch bevor ihr großer Zeh endlich das Wasser erreichte. Was für ein wunderbarer Tag! Sie war so dankbar, wusste aber nicht, wohin mit ihrer Dankbarkeit. Also erzählte sie dem Meer, wie glücklich sie war, denn sie war sich sicher, dass ihre Geschichte sich auf ewig darin hin und her bewegen würde, irgendwo zwischen den Wellen.

Kapitel 6

Graziano war mal wieder in Eile, aber um nichts in der Welt würde er Nonna Tommasinas Geburtstag verpassen. Er hatte noch darauf gewartet, dass einiges in seiner Backstube für eine spätere Überraschung fertig sein würde, und schloss nun die Pasticceria für eine wohlverdiente Mittagspause ab. Als er auf die Via dell'Amore schritt, kam er sich vor wie ein Vampir. Die Sonne blendete ihn, und er fürchtete fast, zu Staub zu zerfallen. Manchmal hielt er sich so lange in seiner Backstube auf, dass er gar nicht mehr wusste, ob noch Tag oder schon wieder Nacht war.

Er nahm sich einen Moment, um ganz tief einzuatmen und den Sonnenstrahlen zu erlauben, sein Gesicht zu wärmen. Da er noch immer nicht zu Staub zerfallen war, musste er wohl noch lebendig sein. Er blickte die Gasse auf und ab. Hübsch sah sie aus, wenn auch gerade ein bisschen leer, was wohl an der Tageszeit liegen musste. Es war Sommer, es war heiß, in der Stadt legten sich die meisten nach dem Mittagessen zur Siesta hin, um der schlimmsten Hitze, mit Unterstützung von unermüdlichen Ventilatoren, weitestgehend zu entkommen. Graziano konnte es der Kundschaft nicht verübeln, wenn Heiraten gerade nicht ihre Priorität war. Er war sowieso ein Heiratsgegner, was er in einer Gasse, in der es quasi um nichts anderes ging, besser nicht zu laut sagte. Sonst traf ihn noch der Blitz. Oder, schlimmer noch, Amors Pfeil. Gott bewahre!

Das sagst du nur, weil dir die Richtige noch nicht über den Weg gelaufen ist, pflegte seine Schwester Chiara immer zu sagen. Er konnte ihre quengelige Stimme fast hören. Sie war eine Nervensäge. So viel stand fest. Aber er konnte sie trotzdem gut leiden. Sehr sogar. Er war ausgesprochen froh, dass sie nach Jahren in Mailand wieder hier in Neapel war und Paolos Goldschmiede übernommen hatte, der sich zum Glück recht gut von seinem Schlaganfall erholt hatte. Seine talentierte kleine Schwester hatte es sogar geschafft, eine freie Mitarbeit bei ihrem ehemaligen Arbeitgeber in der lombardischen Hauptstadt für sich herauszuholen. Sie durfte noch immer ganze Kollektionen für *MM-Gioielli* entwerfen. Darauf hatte der Geschäftsführer Gianmaria bestanden, als Chiara sein Angebot, in die Echtgoldabteilung aufzusteigen, ausgeschlagen hatte. Und sie war zwar etwas gestresst, aber sehr zufrieden. Nicht zuletzt, weil sie wieder fest mit ihrem Checco zusammen war, nachdem wegen der biestigen Pamela einige Jahre Funkstille zwischen ihnen geherrscht hatte. Es würde Graziano nicht wundern, wenn Chiara und Checco bald heiraten würden. Nonna Tommasina versuchte sich zwar zurückzuhalten, aber ein bisschen drängte sie trotzdem zu dieser Hochzeit. Nonna war romantisch veranlagt. Aber auch nur, wenn es nicht um sie persönlich ging.

Während er auf das windschiefe Gebäude mit dem teilweise abgebröckelten gelben Putz zuging, in dem Tommasina lebte, merkte er, wie er lächelte und wahrscheinlich einen dümmlichen Ausdruck auf dem Gesicht hatte. Das Wohnhaus mochte zwar nicht das schönste sein, aber er liebte es. Er liebte all die Momente, die er darin erlebt hatte. Und allem voran liebte er natürlich Tommasina, die eine Wucht war und noch so viel Energie und Scharfsinn besaß, dass sie alle Ladenbesitzer der Via dell'Amore in die Tasche stecken konnte. Er war so froh, dass sie sich hatte überreden lassen, ihren Geburtstag zu feiern. Sie war nämlich ein bisschen wie er oder eher er wie sie: Beide mochten sie Geburtstagsfeiern nicht, und beide hatten sie einen butterweichen Kern, nur versteckten sie ihr gutes Herz oft aus Angst, verletzt zu werden. So war Graziano auch. Er hatte keine traumatischen Erlebnisse gehabt, das nicht. Seine bisherigen Beziehungen waren alle reibungslos verlaufen. Nein, das stimmte nicht. Vielmehr hatte er sich selbst immer so weit auf Distanz gehalten, dass es gar nicht erst dazu kommen konnte, dass er verletzt wurde. Woher diese Angst kam, konnte er selbst nicht sagen. Vielleicht war sie angeboren, so präzise hatte er sich nie selbst analysiert. Es war aber auch egal. Fakt war, dass er sich nicht ernsthaft binden wollte und konnte. Denn wo um alles in der Welt sollte er eine Frau ausfindig machen, die seine verrückten Arbeitszeiten akzeptieren würde?

Er betrat das Gebäude, stieg die Treppen zu Tommasinas Wohnung hoch und konnte schon riechen, dass Alfonsa sich richtig ins Zeug gelegt hatte. Kindheitserinnerungen wurden wach. Er und Chiara waren bei Nonna aufgewachsen.

Manchmal fragte er sich, wo sie ohne Tommasinas Fürsorge gelandet wären. Sie hatte immer ein Auge auf sie geworfen, sie war immer präsent gewesen. Als er endlich vor Nonnas Haustür stand, klopfte er an. Dem Kläffen nach zu urteilen, hatten Diego, Ciro und Fabio ihn zuerst gehört. Der Trubel ging los. Schaben von Stühlen, Heiterkeit und Freude. Wie erwartet öffnete Alfonsa, die er spontan in den Arm nahm und an sich drückte. Sie gehörte zur Familie, sie war Familie, obwohl sie sich manchmal mit Tommasina zankte und mindestens einmal pro Woche damit drohte zu kündigen. Glauben tat ihr das niemand mehr.

»Bin ich zu spät? Kannst du mir verzeihen?« Die Frage war rein rhetorisch.

Und in der Tat richtete Alfonsa die Augen gen Himmel. »Es bleibt mir ja nichts anderes übrig, oder?«

Graziano lachte, musste sich erst zwei der drei Hunde, die er nur schwer auseinanderhalten konnte, vom rechten Fuß schütteln, bevor er eintreten konnte. Und dann kam auch schon Tommasina mit schwingendem Kaftan und einer beeindruckenden Hochfrisur auf ihn zu. *»Bello di nonna!«*, rief sie mit einer derartig authentischen Freude, dass man meinen konnte, sie hätten sich seit Jahren nicht gesehen, dabei war sie erst am Tag zuvor bei ihm in der Pasticceria gewesen. Das Schöne daran war, dass sie sich *wirklich* so sehr freute. Sie drückte ihn an sich, die Umarmung tat unwahrscheinlich gut. Er ließ sich einen Augenblick lang fallen in den vertrauten Duft, in das einzigartige Gefühl von Geborgenheit und Schutz, und gratulierte ihr herzlich. Tommasina mochte von vielen gefürchtet werden, aber sie war seine Nonna, mit der er die schönsten Kindheitserinnerungen verband. Sie hatte massiv dazu beigetragen, dass er heute ein zufriedener Mann war.

»Er wird wieder begrüßt wie ein Prinz. Principe Graziano … tsss …«, beschwerte Chiara sich laut. Natürlich nahm sie niemand wirklich ernst. Ihre Sticheleien waren nie böse gemeint. Sie waren ihre Art zu kommunizieren, ihre Art der Vertrautheit. Und in der Tat lachte Checco, er kannte die Geschwister lange genug. Er saß schon am Tisch neben Chiara, himmelte sie an. Das war schon immer so gewesen. Gut, dass Graziano an Süßes gewöhnt war, andernfalls hätte er wahrscheinlich einen Zuckerschock erlitten. Checco war so verliebt, dass er sogar noch täglich eine Kette mit Fischanhänger trug, die Chiara ihm vor Jahren gemacht hatte, sogar noch bevor sie nach Mailand gegangen war, um zur Goldschmiedin ausgebildet zu werden.

»Ich kann nichts dafür, dass ich Nonnas Liebling bin!«, gab er trocken zurück und grüßte Checco per Handschlag. Wahrscheinlich eine willkommene Ablenkung, da er versuchte, sich ein Lachen zu verkneifen.

»Nonna? Stimmt das? Ist er dein Liebling?« Chiara schmollte. Auch das konnte sie besonders gut.

»Du weißt, dass das nicht stimmt, *bella di nonna*. Ich liebe euch beide auf genau die gleiche Art und Weise.«

Graziano setzte sich an den Mittagstisch, der festlich gedeckt war. Nonnas gutes Geschirr. Die Tischdecke war auch sehr fein, aus weißem, penibel ordentlich gebügeltem Stoff, der bunt bestickt war. Graziano vermutete, dass es sich um Handarbeit handelte. Er achtete auf solche Details, da er immer auf der Suche nach neuen Ideen für Tortendekorationen war. Graziano genoss diesen Tag. Wenn er ehrlich war, dann hatte er solche Tage vermisst. Tage, an denen er wieder der Enkelsohn sein konnte. Der große Bruder. Tage, an denen er ein bisschen entspannen konnte. Auch wenn es bei Nonna gerade so aussah, als wären Adlige zu Gast. Sie hatte keine Kosten und Mühen gescheut. Er lehnte sich im Stuhl zurück. Es tat so gut.

»Auf wen warten wir eigentlich?«, flüsterte er Chiara zu und ließ dabei Nonna und Alfonsa nicht aus dem Blick, die in der Küche hin und her rannten wie aufgescheuchte Hühner.

»Peppino ...«, gab Chiara zurück und hob die Augenbrauen, grinste verschmitzt.

»Das sind ja ganz neue Töne ... Wird das heute eine Verlobung hier?« Wie alle anderen in der Via dell'Amore wusste auch Graziano, dass Peppino schon seit Jahren eine Ehefrau suchte.

Chiara hob die Schultern so weit nach oben, dass sie gegen ihre langen Ohrringe stießen.

»Sie hat bei mir jedenfalls feinsten Fisch bestellt ...«, mischte sich nun auch Checco ein. Er war Fischgroßhändler, hatte seinen Betrieb von seinem Nonno geerbt und dann professionell in ein florierendes Geschäft verwandelt.

Chiara machte große Augen.

»Hätte ich ja nicht gedacht, dass ausgerechnet Nonna schneller sein würde als ihr beiden!« Graziano konnte nicht anders, als Chiara zu ärgern. Da sie immer auf seine Sticheleien einging, hatte er großen Spaß daran.

Er bekam allmählich Hunger, hatte eigentlich gedacht, sowieso schon zu spät dran zu sein. Doch diesmal hatte ihn Peppino geschlagen. Schlauer Kerl.

Peppino kam, als Nonnas Küchenuhr, so ein riesiges Ding aus den Siebzigerjahren, exakt dreizehn Uhr dreißig anzeigte. »Meinst du, er hat draußen gewartet, bis der Minutenzeiger Punkt genau auf der Sechs stand?«, fragte Chiara ihn unauffällig.

»Garantiert!«

Graziano sah sie amüsiert an und dann zu Peppino, der gewohnt gut – vor allem aber knitterfrei – angezogen war und aussah wie ein *gentiluomo* aus vergangenen Tagen. Um ehrlich zu sein, hatte Graziano sich nie Gedanken darüber gemacht, ob Peppino so etwas wie ein gut aussehender Mann war. Für Graziano war Peppino lange ... na eben Peppino gewesen, also jemand, der sich gerne und oft in der Via dell'Amore aufhielt, um dem bunten Treiben zu folgen. Seit er mit Nonna Tommasina ausging – also seit gut einem Jahr –, hatte Graziano zwar angefangen, sich mehr für ihn zu interessieren. Doch dann hatte er angenommen, dass Nonna und Peppino doch nur gut befreundet waren, und seine Aufmerksamkeit hatte wieder nachgelassen. Nun fragte er sich, ob es ein Fehler gewesen war.

Peppino jedenfalls hatte einen zauberhaften Luftballon für Nonna dabei, schön verziert und mit Helium gefüllt. Es stand *Auguri* drauf, in hübsch geschwungenen Lettern. Schade nur, dass die Hunde davon ausgingen, das Ding sei für sie gedacht. Sie hüpften, was sie für ihre Körpergröße erstaunlich gut konnten, um die Leine zu erwischen, die am Ballon hing. Wieso sie dabei bellten, erschloss sich Graziano nicht ganz, aber er mochte die drei Winzlinge genug, um es ihnen nicht allzu übel zu nehmen. Doch es war nicht das einzige Geschenk, das Peppino dabeihatte, denn er reichte Tommasina auch einen Briefumschlag. Graziano wechselte einen schnellen Blick mit Chiara, die ebenso neugierig auf den Inhalt zu sein schien wie er.

»Vielen Dank, Peppino, setz dich doch, damit wir beginnen können«, bot Nonna an. Dabei benutzte sie eine etwas nasale Stimme, die Graziano im Normalfall zum Lachen gebracht hätte. Aber er konnte sich beherrschen. *Jetzt nur nicht zu Chiara blicken!*, befahl er sich stumm.

Nonna machte den Umschlag gleich auf, wurde rot wie eines der Hörner, die in Neapel als Amulette gegen Unglück benutzt wurden. »Oh, ein Gutschein für einen Aufenthalt für zwei Personen auf Capri. Danke, Peppino!«

»Sehr gerne! Sobald du Zeit hast, fahren wir! Ich freue mich.« Er zwinkerte ihr zu. Und Nonna wurde sogar noch etwas röter.

Graziano war nicht entgangen, dass Peppinos Begleitung Teil des Gutscheins war. Damit nahm Peppino ihm jeglichen Zweifel: Zwischen den beiden lief etwas.

Als sie alle saßen, machte Alfonsa mit ihrem Handy ein Foto von ihnen. Sie hatte bestimmt geschuftet, dem appetitanregenden Geruch nach zu urteilen, der aus Töpfen und Pfannen stieg. Dennoch sah sie so frisch aus wie eine Blume bei Morgentau. Sie stand quasi in den Startlöchern. Sobald das Geburtstagskind das Mittagessen offiziell eröffnet hatte, war Alfonsa nicht mehr zu halten. Sie tischte Antipasti auf, die für ein ganzes Regiment ausgereicht hätten. Meeresfrüchte in allen Formen und Farben, Zucchini – gratiniert, gerollt, geraspelt –, Oliven, Paprika – gefüllt, frittiert –, kleine Omelett-Schnittchen, Pizzabrot mit Knoblauch und diverse Soßen zum Dippen. Und irgendwann hörte Graziano auf zu zählen, was er bereits gegessen hatte, aber er war sich ziemlich sicher, dass sie Stunden später noch immer bei den Antipasti waren.

Als er auf sein Handy blickte, zeigte es eingegangene Nachrichten an. Cosimo erkundigte sich, wo sie denn seien. Es war nämlich eine Überraschung bei Graziano in der Pasticceria geplant gewesen. Chiara hatte organisiert, dass sich nach dem Mittagessen alle aus der Via dell'Amore bei ihm treffen würden, um Tommasina, die sie mit irgendeinem Vorwand dorthin locken wollte, zu überraschen und ihr zu gratulieren. Graziano hatte extra noch ein paar Bleche Profiterols gemacht.

Er fackelte nicht lange und bat Cosimo, allen mitzuteilen, dass sie sich direkt bei Tommasina treffen würden. Er kannte seine Nonna gut genug, um zu wissen, dass sie sich über jeden Besuch freute. Selbst wenn sie versucht hatte, ihren Geburtstag geheim zu halten.

Cosimo erschien ein paar Minuten später. Alfonsa war kein bisschen beeindruckt und hatte sofort Geschirr und Speise parat. Cosimo behauptete zwar fest, bereits gegessen zu haben, nachdem Alfonsa ihm einen Teller mit Antipasti hingestellt hatte, aß er aber trotzdem. Nach Cosimo kam Teresa, dann Giacomino aus der Bar, eine kleinlaute Pamela, die aber *wirklich* nichts essen wollte und zur Erleichterung aller auch schnell wieder ging, nachdem sie halbherzig gratuliert hatte, und schließlich Giosuè. Alfonsa wirbelte herum und stopfte sie alle so voll, dass sie am Ende drohten zu platzen. Aber für den Zitronenkuchen war dann doch noch Platz. Und für die Profiterols. Und den *caffè*. Und den Limoncello.

Graziano musste zugeben, dass Peppino sich problemlos angepasst hatte. Er war zuvorkommend, freundlich und gut zu Tommasina, aber auch charmant und für jedes Gespräch aufgeschlossen. Er passte so nahtlos ins Bild, dass Graziano schon sehr bald gar nicht mehr besonders auf ihn achtete. Er war einfach da, als neuer Teil der Familie. Die Tatsache, dass Nonna kein großes Tamtam machte, ließ Graziano spüren, dass sie ihn genau so bei sich haben wollte: nicht als Gast, sondern als festen Bestandteil ihres Lebens.

»Ich glaube, sie mag ihn wirklich«, sagte Graziano irgendwann leise zu Chiara. Seine viel zu rührselige Schwester bekam förmlich Herzchen-Augen und lehnte sich daraufhin an ihren Checco.

Graziano konnte nicht erklären, warum, aber plötzlich fiel ihm die Frau aus dem Hotel ein, die seine Torte wieder heil gemacht hatte.

Nonna suchte sich jedoch just diesen Moment aus, um mit der Gabel gegen ihr Glas zu schlagen und die Aufmerksamkeit aller auf sich zu ziehen. Graziano glaubte, dass der Moment tatsächlich gekommen war: Tommasina verkündete nun sicher eine Art Verlobung mit Peppino.

»Meine Lieben, da ihr schon mal alle da seid, wollte ich euch offiziell etwas mitteilen.« Nonna machte eine theatralische Pause – darin war sie besonders gut. Graziano wagte es kaum, Peppino anzusehen. Chiara krallte sich unter dem Tisch an sein Bein. Es ging ihr wohl wie Graziano. »Wie ihr sicher selbst schon bemerkt habt, hat der Betrieb in den letzten Monaten abgenommen bei uns in der Via dell'Amore«, fuhr sie fort. Graziano spürte regelrecht, wie sich seine Stirn in Falten legte. Er war so sicher gewesen, von einer Verlobung zu hören, dass er an seinem Gehör zweifelte. »Aus diesem Grund habe ich beschlossen, einen Werbespot drehen zu lassen, der auf einigen Lokalsendern gezeigt werden wird. Giosuè unterstützt mich bei der Organisation. Und auf eure aktive Hilfe kann ich bestimmt auch zählen, nicht wahr?« Nonna schaute in die Runde, wartete aber keine Antwort ab. »Die Dreharbeiten beginnen nächste Woche.« Wieder eine kleine Pause. Niemand sagte etwas. Nur Diegos Gähnen war zu hören. »So, singt ihr mir jetzt ein Geburtstagslied, oder nicht?«

Graziano schüttelte amüsiert den Kopf. Nun, die Königin der Via dell'Amore hatte gesprochen …

Kapitel 7

»Bist du sicher, dass du zurechtkommst?«, fragte Letizia bestimmt schon zum dritten Mal. Und natürlich war Angelinas Reaktion ein Augenrollen.

»Ich habe doch schon gesagt, dass es mir gut geht. Hör auf, dir ständig Sorgen zu machen!«, erwiderte Angelina mit Nachdruck.

»Kommt Donatello nachher wie versprochen?« Letizia musste einfach wissen, dass jemand da war, jemand erreichbar war. Nur für den Fall …

»Ja, wir wollen zusammen eine Buchliste zusammenstellen. Er kommt also ganz bestimmt.« Angelina lächelte sie jetzt an.

Eine Buchliste zusammenstellen? Nannte man das jetzt so? Letizia grinste – trotz der Sorge um ihre Schwester.

Letizia hatte einen Auftrag in Neapel angenommen. Diesmal nicht als Sängerin, sondern als Model. Früh am Morgen hatte sie schon vom Balkon aus auf das Meer geblickt: Es war glatt. Neapel lag zwar in unmittelbarer Nähe, aber sie hatte oft Angst, nicht mehr zurück auf die Insel zu kommen, weil das Meer plötzlich wütete und die Fähren oder Katamarane nicht mehr anlegen konnten. Sie wollte immer in Angelinas Nähe sein.

Nur für den Fall ...

Aber arbeiten musste Letizia ebenso.

»Ich bin immer erreichbar, wie du schon weißt. Und im Notfall kann ich in ... ein paar Stunden hier sein!«, versprach sie.

Nur für den Fall ...

»Schlimmstenfalls bin ich dann tot.« Angelina sprach den Satz so trocken aus, dass Letizia zwar erschrak, aber dann gleich darauf hysterisch kicherte. Angelina lachte mit, entschärfte den Moment. »Nun geh endlich! Es wird schon nichts passieren.« Sie schob Letizia zur Treppe, die in das Erdgeschoss führte. Und es war wirklich an der Zeit, dass sie ging, wenn sie rechtzeitig am vereinbarten Treffpunkt in Neapel sein wollte. Sie umarmte ihre Schwester heftig, drückte sie wahrscheinlich viel zu fest an sich, bevor sie schließlich ging. Nicht mit gutem Gewissen, das nicht.

Sie riss die hellblaue Haustür auf, wo ihr Donatello quasi entgegenfiel, der, wie immer, ein Buch bei sich trug.

»Oh, guten Morgen?«, sagte er überrascht. Es klang wie eine Frage.

»Ja, hoffentlich!«, war das Schlauste, was ihr dazu einfiel. »Passt du ein bisschen auf sie auf?« Letizia zeigte mit dem Daumen nach oben, Richtung Angelina, die sie von der Küche aus nicht hören konnte.

»Na klar. Mach ich doch immer!«, erwiderte Donatello augenzwinkernd und war schon weg. Letizia blickte ihm hinterher, beobachtete, mit welcher Leichtigkeit er die sehr hohen Stufen nach oben sprang, und bewunderte dabei seine jugendliche Energie. Seine langen Beine schienen keinerlei Anstrengung zu spüren. Und Letizia wünschte sich für ihn, dass er immer diese Art von spontaner Lebensfreude beibehalten möge.

Ein Windhauch fuhr unerwartet durch Angelinas Mobiles, die sich leicht bewegten und leise klappernd gegeneinanderstießen. So leicht, dass sie glaubte, sich das Ganze nur eingebildet zu haben. Denn eigentlich war es ein windstiller Tag.

Sie hörte Angelina und Donatello im ersten Stockwerk lachen und schloss Frieden damit, eine Zeit lang nicht auf der Insel zu sein und ihre Schwester derweil in die Obhut anderer geben zu müssen. Letizia wünschte nur, es würde ihr etwas leichter fallen.

Sie schickte sich seufzend an, das Haus zu verlassen, und kam zügig am Hafen an, wo sie auch gleich Zutritt zur Fähre hatte und zusammen mit anderen Passagieren an Bord ging. Es war schon eine Weile her, als sie das letzte Mal hier gewesen war. Mit Angelina. Es war der Abend gewesen, an dem Capris Schutzpatron San Costanzo gefeiert wurde, am vierzehnten Mai. Zum ersten Mal hatte ihm zu Ehren ein Feuerwerk mit musikalischer Untermalung stattgefunden. Dazu waren zwei Plattformen im Meer am Hafen aufgebaut worden, von dort war dann das Feuerwerk gezündet worden, choreografisch im Rhythmus von unter anderem *Champagne* von Peppino di Capri. *'O sole mio* hatte natürlich auch nicht gefehlt. Letizia erinnerte sich gerne daran zurück, da der Abend wunderschön gewesen war. Ein Spektakel mit dem Vesuv und den Lichtern Neapels im Hintergrund.

Sie musste wohl gelächelt haben, denn ein Mann ihr gegenüber lächelte zurück. Er sah nett aus. Ein Amerikaner vermutlich. Einen Moment lang war sie versucht, ein Gespräch mit ihm zu suchen. Sie hatte schon so lange kein Date mehr gehabt. Zum Glück brauchte sie jedoch keinen Mann, um sich selbst zu verwirklichen. Außerdem hatte sie keine Zeit dafür, wenn sie nicht arbeitete, dann war sie ohnehin mit Angelina beschäftigt. Nein, einen Mann brauchte Letizia nicht. Sie war in dieser Hinsicht ganz nach Mamma geraten.

Mamma …

Wie immer, wenn ihre Gedanken zu ihrer Mutter wanderten, schnürte sich ihr die Kehle zu. Mamma war unvergessen, die schönste, stärkste Frau überhaupt. Eine Welle der Zuneigung, Trauer und Nostalgie drohte über Letizia zu rollen, also lenkte sie sich schnell ab, indem sie noch einmal zu dem Mann ihr gegenüber blickte. Es war nicht der richtige Moment, um emotional zu werden.

»Entschuldigen Sie, ich glaube, ich kenne Sie …«, sagte der Mann. Um sie herum suchten noch immer Passagiere nach einem Sitzplatz. Letizia fiel auf, dass es sich hauptsächlich um Paare handelte. Capri schrieb aber auch die schönsten Liebesgeschichten.

Letizias Aufmerksamkeit wanderte zurück zu dem Mann. Sein Satz war nicht sehr originell gewesen. Trotzdem versuchte sie, ihn einzuordnen, sich an ihn zu erinnern. Aber da gab es nichts, woran sie sich erinnern konnte. Sie kannte ihn ganz bestimmt nicht. Sein goldblonder Bart wäre ihr bestimmt im Gedächtnis geblieben. Männer mit Bart waren keine Seltenheit, meist fand sie Haare im Gesicht auch nicht sonderlich attraktiv. An ihm sah er aber gut aus. »Nein, ich denke nicht, dass wir uns kennen«, gab sie so höflich wie möglich zurück.

»Ach herrje, ich merke jetzt erst, wie das geklungen haben muss. Aber ich versichere Ihnen, dass ich nicht versuche, Sie anzubaggern. Meine Frage hätte eigentlich lauten sollen: Haben Sie nicht neulich auf der Hochzeit von Billys Tochter gesungen?«

»Doch! Das war ich. Sie waren auch dort? Tut mir leid, wenn ich singe, werde ich wie blind für die Gesichter des Publikums. Ich glaube, es hat mit meiner Konzentration zu tun. Vielleicht bin ich viel zu sehr mit den Texten und den Noten beschäftigt.« Nun war es ihr ein bisschen peinlich, ihn nicht erkannt zu haben. Sie musste sehr hochnäsig gewirkt haben.

»Das war Ihnen anzusehen. Kompliment für Ihren Auftritt. Haben Sie vielleicht eine Visitenkarte?« Er schlug die Beine übereinander und sah sie so freundlich an, dass sie sofort in ihrer Tasche wühlte, um ein Kärtchen zu finden, das sie ihm gerne überreichte. Er nahm dankend an, stellte sich als Eric vor, schien wirklich nett und an ihr interessiert zu sein. Warum also das Gespräch nicht ein wenig vertiefen?

»Sie haben noch ein paar weitere Tage auf Capri verbracht?«, fragte sie recht unverfänglich, während das Tragflügelboot zu manövrieren begann.

»Oh ja. Ich habe eine Woche drangehängt, weil ich durch

die Hochzeit auch Lust aufs Heiraten bekommen habe. Deshalb habe ich Sie um Ihre Visitenkarte gebeten. Ich werde meiner Freundin einen Antrag machen, den sie hoffentlich annimmt, und dann würde ich auch gerne auf Capri feiern. Es wäre wundervoll, wenn Sie dann für uns singen könnten.« Er war so begeistert, dass er gar nicht mehr aufhörte zu schwärmen. Letizia hörte ihm höflich zu, schlug sich aber innerlich an die Stirn. Sie war schon so sehr aus der Übung, dass sie ein freundliches, geschäftliches Interesse für ein persönliches gehalten hatte. Das würde ihr sicherlich nicht noch einmal passieren.

Als Letizia etwa eine Stunde später am Hafen von Neapel, genauer an der Anlegestelle Molo Beverello, ankam und an Land ging, merkte sie erst, dass sie, abgelenkt von Erics Plänen für seine Hochzeit, gar nicht an Angelina gedacht hatte. Fast panisch zog sie ihr Handy aus der Tasche, während die Passagiere an ihr vorbei und in alle Richtungen ausströmten, und kontrollierte, ob Nachrichten eingegangen waren.

Nein, keine eingegangene Nachricht.

Letizia war sich nicht sicher, ob sie das als gutes oder schlechtes Zeichen deuten sollte. Was, wenn etwas passiert war und Angelina es nicht rechtzeitig geschafft hatte, ihr zu schreiben?

Getrieben von ihrer Sorge, begann sie, die Nummer ihrer Schwester zu wählen. Zum Glück machte ihr Handy das wohlbekannte Geräusch, mit dem eingegangene Nachrichten angekündigt wurden, bevor Letizia den Anruf tätigen konnte.

Hier alles okay. Ich hoffe, bei dir läuft es auch. Baci!, hatte Angelina geschrieben. Kurz darauf folgte ein Selfie am Küchentisch. Im Hintergrund war Donatello zu sehen, der sich wohl gerade etwas aus dem Kühlschrank nahm. In dem Moment fiel Letizia das Gespräch ein, das sie mit Liberato in der Gasse gehabt hatte. Sie hatte es noch gar nicht geschafft, die Idee des Buchladens auf Capri Angelina gegenüber zu erwähnen. Wahrscheinlich war es aber auch nur eine fixe Idee. Letizia zweifelte daran, dass Donatello auf die Insel ziehen würde.

Doch nun musste Letizia weiter. Für später, wenn sie vom Molo Beverello aus wieder zurück auf die Insel übersetzen würde, nahm sie sich vor, im Shoppingcenter des Kreuzfahrtterminals mit dem wohlklingenden Namen *Galleria del Mare* nach einem Mitbringsel für Angelina zu schauen. Ihr Auftraggeber hatte ihr geschrieben, am Hafen ein Taxi auf seine Kosten zu nehmen. Und daran hielt sie sich, weil es sonst zu knapp werden würde. Normalerweise brauchte sie keinen Luxus, sie fuhr auch gerne mit den öffentlichen Verkehrsmitteln. Schließlich hieß sie nicht Monica Bellucci. Sie nahm ihre Tätigkeit als Model nicht allzu ernst. Es war gutes Geld, aber sicher nicht ihr Traumjob. Als Kind und junges Mädchen hatte sie andere Wünsche und Träume gehabt. Aber das war lange her.

Letizia eilte zu den Taxis, stellte sich an, wartete auf einen freien Fahrer und begann, die ganz eigene neapolitanische Stimmung zu genießen. Dieses quirlige Chaos, das überall um sie herum stattfand. Hupende Autos, ratternde Roller, laute Unterhaltungen, die totale Absenz von Regeln, dafür viel Sonnenschein und diese absurd gute Laune, die jeden sofort erfasste, der es zuließ. Letizia nahm ihre Sonnenbrille aus der Tasche und fühlte sich einen süßen Augenblick lang sorgenfrei.

»Taxi, *bellezza?*«, fragte ein Fahrer am Steuer eines vorfahrenden weißen Wagens, der schon einmal bessere Tage erlebt hatte. Genauer betrachtet hatte auch der Fahrer einmal bessere Tage erlebt. Der nicht mehr ganz junge Mann hatte ein beinahe zahnloses Lächeln, wirkte trotz seiner zerknitterten Erscheinung aber sehr sympathisch.

»Ja, danke!«, rief Letizia und nahm auf der Rückbank Platz.

»Wohin darf ich dich fahren, *bellezza?*«, wollte er wissen.

Sie hielt ihm das Handy hin, damit er die Adresse lesen konnte.

Er nickte und schaltete in den ersten Gang, bevor er holpernd losfuhr. Ohne in irgendeine Richtung zu schauen, wohlgemerkt.

»Eine Capresin?«, erkundigte er sich und fädelte sich in den Verkehr ein.

»So offensichtlich?« Sie war amüsiert, fühlte sich bei ihm trotz seines Fahrstils, den er sehr frei interpretierte, sicher und gut aufgehoben. Oscar hieß er. So stand es zumindest auf einem mehr schlecht als recht von hinten an die Kopflehne des Beifahrersitzes angehefteten Zettel.

L'autista si chiama Oscar.

Auf der Insel fuhr Letizia, wenn überhaupt, nur mit dem Bus. Alles andere war zu Fuß zu erreichen. Oder mit der Seilbahn. Sie selbst hatte keinen Führerschein. Wozu auch?

Aber wenn sie ehrlich war, genoss sie die Fahrt mit Oscar beinahe.

Er zog die Schultern hoch, nahm dann beide Hände vom Steuer, um seine Worte mit Gesten zu begleiten. Bei dem Anblick wurde Letizia dann doch mulmig zumute. Zum Glück dauerte die Fahrt ohne Hände am Steuer keine drei Sekunden. »Ihr Mädchen von Capri seid besonders hübsch. Ein alter Fischer hat mir mal erzählt, dass ihr von den Sirenen abstammt und die Männer nun nicht mehr mit euren Stimmen, sondern mit eurer Schönheit anlockt.« Oscar blieb sehr ernst, als er das erzählte. Trotzdem musste Letizia lachen. Sie fühlte sich aber auch ein wenig geschmeichelt, wenn sie ehrlich war. Sie wurde nicht jeden Tag mit einem Fabelwesen verglichen.

»Lustig, dass Sie das sagen ...«, bemerkte sie und blickte aus dem Autofenster auf die Bürgersteige voller Menschen, die so bunt gemischt daherkamen wie in keiner anderen Stadt, in der sie jemals gewesen war. Sie sah Straßenmusiker, die ihre Instrumente stimmten, Nonnen, die lachten und auf verwirrende Weise auch nicht so anders aussahen als ein Grüppchen heiterer Mädchen, und einen Hundesitter, der sogar einen Papageien dabeihatte, der auf seiner Schulter saß.

»Es sollte eigentlich gar nicht lustig klingen«, erwiderte Oscar etwas verunsichert.

»Ich bin Sängerin«, erklärte sie ihm deshalb.

»Na, da hätten wir's doch! Eine singende Sirene aus Capri, so weit war ich gar nicht von der Wahrheit entfernt. So, *bellezza*, wir sind gleich da. Ich lasse dich vorne raus, weil die Gasse zu eng ist, um durchzufahren, ja?«

»Kein Problem. Die paar Schritte gehe ich dann zu Fuß.«

Oscar hielt, sie bezahlte, steckte die Quittung in die Tasche und verabschiedete sich von ihrem lustigen Fahrer, der sie in gute Laune versetzt hatte.

Als er weg war, nahm Letizia sich einen Moment, um ihre Haare glatt zu streichen, die bestimmt in alle Richtungen schauten, so widerspenstig, wie sie waren. Dann kniff sie sich ein paarmal in die Wangen, biss sich leicht in die Unterlippe und machte sich auf in Richtung Gasse. Sie blieb davor stehen, hob den Kopf zu einem Schild, das neu aussah und deshalb besonders hervorstach. Es verlief über die Gasse und war rechts und links an den Gebäuden befestigt.

Benvenuti nella Via dell'Amore!

Der Schriftzug war schön geschwungen, aber auch leicht leserlich. Schwarz auf weißem Hintergrund. Dazwischen waren rote Herzchen aufgemalt, die die Buchstaben heiter umgaben.

Das war sie also, die berühmte Gasse im Herzen Neapels, in der es alles gab, was man zum Heiraten brauchte. Letizia schoss ein Selfie von sich und der Aufschrift und schickte es Angelina.

Als Antwort kam zurück: *Pass auf, dass du dort nicht deinen zukünftigen Ehemann triffst.* Dann ein lachendes Emoji.

Und Letizia lächelte bei dem Kommentar in sich hinein, denn sie war – wie das Erlebnis mit Eric auf dem Katamaran bewiesen hatte – total verrostet, was Flirten und Romantik anbelangte. Außerdem wollte sie gar keinen Mann. Aber arbeiten musste sie. Deshalb packte sie das Handy weg und spazierte endlich in die Via dell'Amore.

Kapitel 8

Tommasina war ganz aufgeregt, stand schon mitten auf der Via dell'Amore und koordinierte die Vorbereitungen. Die Aufnahmen für den besten Werbespot aller Zeiten würden schon bald beginnen. Sie hatten sich einen Titel dafür ausgedacht: *Via all'amore nella Via dell'Amore!*, was so viel bedeutete wie *Ebne der Liebe in der Via dell'Amore den Weg*.

Peppino hatte sich den Titel ausgedacht. Und Tommasina war ganz stolz auf Peppino. Er stand ihr auch jetzt zur Seite, selbst wenn er sich nur um scheinbar kleine Dinge kümmerte, wie die Hunde vom Trubel fernzuhalten oder Tommasina daran zu erinnern, etwas zu trinken. Die ersten Male hatte sie ihn fast entrüstet angesehen, wenn er ihr die Flasche Wasser hinhielt. Aber die Geste war liebevoll gemeint, also hatte sie getrunken, und *basta*. Schließlich war sie tatsächlich nicht mehr die Jüngste, und der Tag versprach, ein sehr heißer zu werden.

Peppino kam schon wieder mit der Flasche, Diego, Ciro und Fabio dackelten heute mal *ihm* hinterher, die kleinen Verräter! Sie quittierte es mit einem Lächeln, war eigentlich ganz froh, dass ihre Lieblinge nicht im großen Wirrwarr hin und her liefen. Am Ende wurden sie noch verletzt! Man übersah sie aber auch so leicht.

Tommasina nahm das Wasser an, trank einen Schluck. »*Grazie*, Peppino!« Sie reichte ihm die Flasche zurück. Ihre Hände berührten sich dabei. Im ersten Moment war sie versucht, ihre wegzuziehen, doch ihr Gehirn hatte den Befehl auf halbem Weg blockiert. Er sah sie an, lächelte dabei. So als wollte er ihr versichern, dass es in Ordnung war, sich zu berühren.

»Ist das Wasser noch kühl genug?«, erkundigte er sich fürsorglich, ihre Hände noch immer übereinander. Er ließ sie nicht los, auch nicht mit seinem Blick.

Tommasina war ein bisschen übermannt von der Intensität des Gefühls, das sich in ihrer Brust breitmachte wie eine Flüssigkeit. Warm und gleichzeitig in alle Richtungen fließend. »Hm?« Sie schob es auf die beginnende Hitze, dass sie keine Ahnung hatte, wovon er sprach.

Er lächelte nur, fuhr ihr sanft über die Wange und nahm die Flasche und die Hunde wieder mit auf seine Lieblingsbank in der Via dell'Amore, die zum Glück noch im Schatten stand. Tommasina sah ihm hinterher. Als er saß, trafen sich ihre Blicke erneut. Er zwinkerte ihr zu. Tommasinas Beine verwandelten sich so rapide in Pudding, dass sie beinahe weggeknickt wäre. *Dio santo*, was hatte sie diese Art von Vertrautheit vermisst! Sie musste sich regelrecht aus dem Bann ziehen, in dem sie plötzlich wie gefangen war. Das konnte ja noch heiter werden. Sie freute sich auf den Ausflug mit ihm nach Capri.

Mit Übernachtung …

»Nonna, kommst du mal?« Chiara zupfte an ihrem Ärmel, was Tommasina ganz recht war. Eben hatte es bei ihr verdächtig an Stellen zu zucken begonnen, die sie tot geglaubt hatte und die wohl besser auch tot blieben. *Buon Dio …*

»Natürlich …« Ganz bei der Sache war sie noch immer nicht, aber sie bemühte sich, zumindest danach auszusehen.

Das Stimmengewirr um sie herum erreichte sie wieder gänzlich, nicht durch einen seltsamen Schleier wie eben noch. »Wo brennt's denn?«

»Bei mir in der Goldschmiede!«, erwiderte Chiara.

»Im wahrsten Sinne des Wortes?« Tommasina überlegte schon, wie sie die Feuerwehr durchwinken konnte. Sie war daran gewöhnt, Probleme jeglicher Art zu lösen. Leicht war ihr Leben nämlich zeitweise nicht gewesen. Da lernte man eine Menge. Musste man.

»*Dio*, nein, Nonna. Natürlich nicht. Ich wollte dich nur etwas fragen. Privat.«

Chiara nahm ihre Hand und schleppte sie mit in Richtung Goldschmiede. Teresa hatte in Sachen Dekoration schon ganze Arbeit geleistet, ganz früh am Morgen. Abgesehen von noch mehr Blumen und Pflanzen an jeder Ecke, hatte sie überall weiße, mit *Via dell'Amore* bedruckte Luftballons verteilt. Strategisch an den Läden, aber auch an den Bänken, Balkonen und überall dort, wo man sie festbinden konnte. Der Effekt war grandios. Verträumt und gleichzeitig heiter. Die Blumen verströmten sogar einen dezenten Duft, was nie schaden konnte. Tommasina war sehr zufrieden. Sie schaute sich um und hatte die gesamte Gasse im Blickfeld. Sie war so hübsch und lebendig, mit Blumen, Luftballons und Ladenbesitzern, aber auch Kunden und einem Kamerateam, das sich besprach und plante. Tommasina fiel mit Schrecken ein, dass sie noch gar nicht die Models gesehen hatte, die sich doch allmählich frisieren, schminken und anziehen sollten. Ein Paar, natürlich. Sie würde nachher gleich bei Giosuè gegenüber nachsehen.

Doch nun zerrte Chiara sie quasi in die Goldschmiede, schloss die Tür hinter ihnen ab, und plötzlich waren sie abgeschirmt vom Trubel, in einer kleinen Oase der Ruhe und Eleganz. Die Goldschmiede, die Chiara aufgrund der gesundheitlichen Probleme des Vorbesitzers Paolo übernommen hatte, war winzig, aber sehr hübsch, auf einfache Weise. Chiara hatte zwei große Pflanzen gekauft, die an den Vitrinen standen. Es waren nur wenige Teile ausgestellt, aber die hatten es in sich. Tommasina mochte besonders Chiaras Ketten, auch wenn in der Via dell'Amore natürlich eher Ringe gefragt waren. Sowohl Ehe- als auch Verlobungsringe. Tommasina fuhr mit dem Finger über das Armband, das Chiara ihr zum Geburtstag gemacht hatte. Es war ein *Via-dell'Amore*-Armband. Ein Prototyp sozusagen, den Chiara eventuell auch für andere herstellen wollte. Tommasina liebte es innig. Es war ein zum Schriftzug gebogener Reifen. Solch kreative Ideen hatte Chiara. Sie war ein Talent! Ein viel größeres, als Tommasina jemals zu hoffen gewagt hätte.

»Nun? Was wolltest du Dringendes mit mir besprechen?«

Chiara setzte sich an ihre Werkbank, die im hinteren Teil der Goldschmiede stand. Es war noch die Originalbank von

Paolo. Ein altes charmantes Teil, das zum Laden gehörte wie die Wände, der Boden und all der Rest.

»Ich glaube, Pamela will die Aufnahmen boykottieren«, sagte Chiara, ohne Luft zu holen.

Tommasina seufzte tief und resigniert. Wirklich überrascht war sie nicht. »Was hat sie denn diesmal vor?« Wenn sie wenigstens wusste, wogegen sie sich wehren musste, war die halbe Arbeit schon getan.

»Genau das weiß ich eben nicht. Ich habe zufällig bei Giacomino in der Bar ein paar Worte von einem Telefonat aufgeschnappt, das sie dort geführt hat.«

»Und die Worte wären?«

»Die werden schon sehen, wer hier das Sagen hat!« Chiara rieb sich die Stirn. »Diesen Satz habe ich deutlich gehört.«

Tommasina ging in der Goldschmiede auf und ab, brachte mit ihrem Kaftan, der um ihre Beine schlug, sogar die Pflanzenblätter leicht in Bewegung.

Sie hatte keinen Zweifel, dass Pamela mit keinem ihrer Pläne Erfolg haben würde, deshalb war Tommasina auch nicht sonderlich besorgt. Sie ärgerte sich nur über die verschwendete Zeit. Immer und immer wieder war Pamela Gesprächsthema, immer und immer wieder musste Tommasina ihre Energie dafür aufbringen, sie von irgendeinem Unfug abzuhalten. Wie lange konnte sie das noch machen? Dann aber sah sie ihre Enkelin an und erkannte, dass sie sich um die Zukunft der Via dell'Amore keine Sorgen zu machen brauchte. Irgendwann würde Chiara übernehmen, denn sie hatte ihren Scharfsinn, ihre Intelligenz und ihre Leidenschaft geerbt.

»Gut aufgepasst, *bella di nonna*! Dann lass uns Augen und Ohren offen halten.«

»Wie immer.«

»Ja, wie immer!« Tommasina warf Chiara eine Kusshand zu und verließ die Goldschmiede. Giosuès Agentur, die am heutigen Tag zur Umkleide der Models umfunktioniert worden war, lag schräg gegenüber. Sie wollte einen Blick auf diejenigen werfen, die ihren Werbespot hoffentlich zu etwas ganz Besonderem machen würden.

Doch noch bevor Tommasina die Agentur erreichen konnte, kam Giosuè ihr schon entgegen. Sie merkte an seiner Körperhaltung, dass etwas nicht stimmte. »Ich hab's verbockt. Ich hab's verbockt. Ich hab's verbockt«, wiederholte er so oft, dass sie sich schon fragte, ob sie sich ernsthaft Sorgen um ihn machen musste. Zum Glück beruhigte er sich gleich darauf von selbst.

»Sag schon!«, forderte sie ihn auf. Weder freundlich noch unfreundlich. Eher neutral. Sie versuchte, ihren Emotionen, die ihr suggerierten, ihm den Kopf abzureißen, kein Gehör zu verschaffen.

»Das männliche Model hat mir gerade abgesagt.« Giosuè ließ Kopf und Arme hängen, sah dabei aus wie ein *tifoso*, dessen Lieblingsmannschaft gerade haushoch verloren hatte. Und das als Favorit.

Gut, dass sie gerade mitten auf der Via dell'Amore standen und um sie herum so viel los war. Denn einen klitzekleinen Moment lang war Tommasina sauer auf ihn. Aber so richtig.

Statt ihrem Ärger Luft zu machen, sagte sie nur: »Lass mich raten: Er ist ein Freund oder Bekannter von Pamela?«

»Woher …?« Die Einsicht kam, erdrückte ihn fast. Und das war Strafe genug.

»Dein Problem, mein Lieber, ist, dass du unserem Barbie-Püppchen noch immer vertraust.« Es war offensichtlich, dass Pamela das männliche Model, sofern es überhaupt eines gegeben hatte, manipuliert hatte.

Tommasina tätschelte Giosuès Arm.

Er schlug sich wütend an die Stirn und stapfte mit dem Fuß auf. »Was machen wir denn nun?«

»Ich weiß nicht, was du machst, aber ich gehe jetzt und treibe jemanden auf, der den Bräutigam spielt.«

Er blickte betreten zu Boden. Und irgendwie konnte man ihm nicht lange böse sein. Das würde sich anfühlen, wie nach einem Welpen zu treten.

»Ist denn wenigstens die Braut da?«

»Ja. Sie wird gerade geschminkt …«

Zu gerne hätte Tommasina das Model gesehen, aber sie hatte nun Wichtigeres zu tun.

»Kannst du aufpassen, dass sie nicht verschwindet?«

»Ich garantiere mit meinem Leben dafür.«

Nun, das hörte sich ein bisschen dramatisch an, aber immerhin überzeugte Giosuè sie mit seiner Inbrunst.

Tommasina stapfte los, hatte aber nicht wirklich ein Ziel. Sie musste nachdenken und sich überlegen, wo sie so schnell einen Ersatz finden sollte. Und nachdenken konnte sie noch immer am besten in der Backstube der Pasticceria, die jetzt zwar Graziano gehörte, in der sie aber so viele Stunden ihres Lebens verbracht hatte, dass sie sich trotzdem noch ein bisschen so anfühlte, als wäre sie ihre. Sie ging also ein Stückchen weiter die Via dell'Amore entlang, konnte sich gerade nur bedingt an den Luftballons erfreuen, die sich sanft hin und her bewegten. Einen Augenblick lang hatte sie den Eindruck, sich diesmal zu viel aufgehalst zu haben. Ein Anflug von Müdigkeit, der nichts mit der Uhrzeit oder mit dem Schlaf der vergangenen Nacht zu tun hatte, überkam sie. Doch sie fasste sich und ging einfach weiter in Richtung Pasticceria, die sie dann auch betrat, nur um direkt die Tür zur Backstube anzusteuern, die einen Spalt weit offen stand, sodass sie direkt eintreten konnte. Der vertraute Geruch, die gewohnten Geräusche beruhigten sie sofort. Sie war so abgelenkt von ihren Gedanken gewesen, dass sie im Gästebereich der Konditorei nicht weiter darauf geachtet hatte, ob er gut besucht oder leer gewesen war. Pamela hatte immer wieder diese mehr oder weniger heimtückischen Momente, in denen sie zeigen wollte, dass sie durchaus zu fürchten war. Beeindrucken konnte sie Tommasina damit aber nicht. Dazu musste Pamela sich erst einmal ihren Respekt verdienen. Und davon war sie meilenweit entfernt.

»Nonna?«, hörte Tommasina die vertraute Stimme Grazianos rufen. »Ist alles in Ordnung? Ich meine, du stehst da einfach so und starrst in die Luft ...«

Graziano stand am Arbeitstisch. Seine Lehrlinge waren mit ihren täglichen Aufgaben beschäftigt. Tommasina wusste sehr genau, woran die Lehrlinge arbeiteten, selbst wenn es für den Laien nur so aussah, als würden sie wahllos irgendwelche Zutaten zusammenmischen. Sie vergaß es manchmal, aber sie war eine grandiose Konditormeisterin gewesen. Damals, noch ohne Ausbildung, hatte sie alles vom Zuschauen gelernt. Und Graziano hatte sich später vieles von ihr abgeschaut. Ihr Wissen war die Basis seiner Ausbildung. Ein Gedanke, der ihr vorkam wie eine Matroschka, die unzählige kleinere Püppchen in sich trug.

»Ich starre nicht in die Luft, ich denke nach«, erklärte sie.

»Und worüber, wenn ich fragen darf?« Er kam mit sorgenvollem Gesicht auf sie zu. Sah dabei in seiner Konditoruniform so nett und attraktiv aus. Und er war überhaupt zu einem hübschen jungen Mann herangewachsen.

Irgendwas machte *klick* in ihr. Alles passte wieder, das Problem war gelöst! »Du musst mir helfen, *bello di nonna*!«

Graziano blickte sich nervös nach den Öfen um, in denen süßes Gebäck gerade eine goldbraune Kruste bekam. »Ich werde mein Bestes tun. Worum geht's?«

Er war so ein Schatz! Hilfsbereit, freundlich. Ein Goldjunge. »Kannst du heute der Bräutigam sein?«, fragte sie und setzte ihr unschuldigstes Lächeln auf.

Kapitel 9

»Nonna, nein! Ganz egal, was genau du mit deiner Frage meinst, die Antwort ist und bleibt: Nein!«, stellte Graziano sofort klar, bevor die Situation aus dem Ruder lief. Er hatte zu tun, er musste unzählige Bestellungen abarbeiten. Er war schwer beschäftigt. Da konnte er Nonnas absurde Ideen nun wirklich nicht gebrauchen. Er hatte sowieso schon die Torte für den Werbespot gebacken, und das allein hatte seinen Zeitplan völlig durcheinandergebracht.

»Nun hör mir doch erst mal zu, dann kannst du noch immer ablehnen«, versuchte Nonna es weiter.

Er sah sie an, seine imposante Großmutter. Imposant nicht etwa, weil sie groß war, das nicht. Es war ihr Auftreten, der Charakter. Und doch sah er auch gleichzeitig ihre Verletzlichkeit, das voranschreitende Alter, ihr gutes Herz. Sie war der beste Mensch, den er kannte. Das allein war Grund genug, um ihr wenigstens zuzuhören. Keine einfache Aufgabe, wie sich nach nur wenigen Sekunden herausstellte, in denen Nonna von Giosuè erzählte, der sich von Pamela hinters Licht hatte führen lassen – erneut! Es war der Beginn einer unendlichen Geschichte, bis Graziano sie schließlich unterbrach. »Ich habe keine Zeit dafür, Nonna!«

»Mit Verlaub, Maestro, aber wir haben wie immer hervorragend vorgearbeitet. Viel ist nicht mehr zu tun. Und das bisschen, das noch anfällt, bekommen wir hin«, mischte Arnaldo sich ein. Der Lehrling hatte das Gespräch in der überschaubaren Backstube natürlich mitangehört.

»Du bist ja auch nicht aus der Welt, Graziano, nur hier in der Via dell'Amore, um ein paar Szenen zu drehen. Wir werden ganz schnell fertig sein.« Nonna blinzelte ihn mit ihren falschen Wimpern an.

»Falls doch etwas sein sollte, melde ich mich. Versprochen!« Arnaldo legte sich eine Hand aufs Herz und sah ihn ernst an.

Graziano gab sich geschlagen. Einfach so. Ein bisschen wegen Nonna, ein bisschen aber auch wegen Arnaldo, dem er in diesem Fall vertrauen musste. Und wollte.

Graziano zog sich geschwind um und folgte seiner überglücklichen Nonna, die beinahe durch die Via dell'Amore zu tanzen schien. Es entging Graziano nicht, dass alle sich nach ihr umblickten. Mit Bewunderung.

»Wo sind eigentlich deine Hunde?«, wollte Graziano wissen. Er war es gar nicht mehr gewohnt, Nonna ohne ihre drei treuen Begleiter zu erleben.

»Peppino passt auf sie auf«, erwiderte sie ganz selbstverständlich.

»Soso. Peppino.« Er zog sie ein bisschen auf. Er kam gut mit Peppino aus, solange er lieb zu Tommasina war und sie glücklich machte.

»Ja …« Nonna wurde still. Sie schien nicht verlegen zu sein, eher nachdenklich.

»Siehst du mit ihm eine Zukunft?«

Tommasina hakte sich bei ihm unter und lehnte ihren Kopf an seine Schulter, gemeinsam schritten sie weiter in Richtung Ende der Via dell'Amore und zogen dabei nicht wenige interessierte Blicke auf sich. »Weißt du, in meinem Alter denkt man nicht so sehr an die Zukunft, sondern ans Hier und Jetzt. Jeder Tag ist ein Geschenk und bereits ein Erfolg. Wenn ich morgens aufwache und es bis zum Abend schaffe, bin ich schon dankbar und glücklich.«

»Lass mich raten: Aber du findest es am schönsten, wenn Peppino dir die Zeit im Hier und Jetzt ein bisschen versüßt.«

»Ich mag ihn«, gab sie etwas schüchtern zu, ohne auf Grazianos letzte Bemerkung direkt einzugehen.

»Aber du liebst ihn nicht?«, bohrte er etwas weiter, denn wo konnte man sich besser über die Liebe unterhalten als in der Via dell'Amore?

»Was ist denn das für eine Frage, *bello di nonna!*« Tommasina tat entrüstet, aber Graziano konnte sehen, dass sich ihre Wangen leicht gerötet hatten. Er tätschelte ihre Hand, und sie hielt sich noch fester an seinem Arm fest. Dann waren sie aber auch schon da und das Thema Peppino somit beendet. Trotzdem behielt Graziano den kurzen vertrauten Moment mit seiner Nonna im Herzen.

Giosuès Agentur war kaum wiederzuerkennen. Ein kleines Team hatte sich dort eingerichtet, drei Leute standen um einen Stuhl herum, auf dem jemand saß. Wer genau, das konnte Graziano nicht erkennen. Die ganze Hektik ließ ihn jedoch bereits bedauern, dass er sich von Nonna zu dieser Sache hatte überreden lassen. Was hatte er sich nur dabei gedacht? Er war doch kein Model, es kam sogar vor, dass er morgens vor lauter Eile nicht mal in den Spiegel sah.

»Der Bräutigam, bitte schön!«, rief Tommasina viel zu laut und schob Graziano einfach in die Agentur.

Das musste aber aufhören, dass Nonna ihn als Bräutigam vorstellte. »Also, nein, ich muss das gleich richtigstellen. Ich helfe hier nur aus, habe es auch ziemlich eilig. Was jetzt alles erst einmal negativ klingt, ich weiß, aber eigentlich bin ich recht unkompliziert.« Graziano konnte nicht glauben, dass er gerade so eine Anhäufung an Unsinn von sich gegeben hatte. Manchmal war er ein bisschen unkoordiniert, wenn er nervös war.

»Ich bin sicher, ihr kommt von jetzt an allein zurecht. *Ciao, ciao*, ihr Lieben!« Tommasina verabschiedete sich wie der Star, der sie war.

»Hervorragend«, sagte ein Mann aus dem Team, der sich als Daniele vorstellte. Er musste in etwa so alt sein wie Graziano. »Wir sind hier gleich fertig mit der Braut und können dann mit dir anfangen. Wir schminken und frisieren dich.« Sein Blick wanderte von Grazianos Füßen zu seinem Gesicht und wieder zurück. »Und für die ersten Szenen bist du recht angemessen gekleidet. Das kann so bleiben. Willst du inzwischen den Ablauf der Dreharbeiten lesen?«

Nein, Graziano wollte weder geschminkt noch gekämmt werden, und einen Ablaufplan wollte er erst recht nicht lesen. Aber was konnte er jetzt noch machen? Er musste wohl oder übel das Beste aus der Situation herausholen. Deshalb nahm er dankend eine Mappe entgegen.

»Ihr kennt euch?«, wollte Daniele wissen und zeigte auf das weibliche Model, um das noch immer zwei Menschen herumstanden, die sie schminkten und etwas mit ihren Haaren anstellten. Bisher hatte Graziano die Frau nicht richtig gesehen. Dass er sie kannte, schloss er aber aus. Woher auch? Er kannte keine Models, deshalb schüttelte er den Kopf. »Nun, ihr müsstet sehr bald wie ein innig verliebtes Paar aussehen, das die Zuschauer davon überzeugen soll, hier in der Via dell'Amore einzukaufen. Macht euch also bitte miteinander vertraut, bevor es losgeht!«

Die Mitarbeiter lasen den letzten Satz als eine Art Befehl, vom weiblichen Model wegzutreten, damit sie einander vorstellen konnten. Grazianos Gehirn begann regelrecht zu rattern, denn er glaubte instinktiv, die Frau doch zu kennen. Nur wollte ihm nicht gleich einfallen, woher. Er war sich sicher, dass seine wirren Gedankengänge eine Art Kurzschluss verursacht hatten, denn seine Kehle wurde trocken, und sein Sprachzentrum war lahmgelegt. Und noch immer jagte er einer Erinnerung hinterher, die ihm groß und wichtig erschien. Zu groß vielleicht.

»Hallo! Ich bin Letizia«, stellte die Frau sich vor, erhob sich und gab ihm ihre Hand.

Die Berührung gab Graziano den Rest. Ja, er hielt die Hand viel zu lange. Ja, er gaffte sie mit offenem Mund an, denn sein Gehirn hatte begonnen zu verstehen. »Sie sind die Frau, die meine Torte gerichtet hat. Auf Capri«, stellte er fest und klang dabei besonders originell.

Nicht.

Ihm war nicht klar, in welches Fettnäpfchen er getreten war, weil ihr Gesicht sich ein wenig verfinsterte. Einen Augenblick lang nur, sodass Graziano davon ausgehen musste, sich getäuscht zu haben. Er war verwirrt und überfordert und fühlte sich wie nach einem Rennen die gesamte Via Spaccanapoli entlang. In den heißesten Stunden des Tages. Wie war das alles möglich? Wie konnte sie hier sein?

»Der Maestro aus Napoli?« Auch sie schien verwirrt, aber zumindest hatte sie ihn auch erkannt. Oder so etwas in der Art.

»Graziano«, sagte er. »Und vielleicht sollten wir uns duzen, wenn es in Ordnung ist?«

»Das könnte von Vorteil sein, wenn man bedenkt, dass wir noch heute heiraten sollen.« Sie lachte, ganz hell. Es war mit Sicherheit das schönste Lachen, das er jemals gehört hatte. Was hätte er auch anderes von der schönsten Frau, die er jemals gesehen hatte, erwarten sollen?

»Wie …? Was …?«, stammelte und stotterte er und war alles andere als stolz auf seine Performance. »Ich meine, zuerst habe ich dich für eine Konditorin gehalten, dann habe ich dich singen gesehen, und am Ende bist du Model? Ich bin etwas verwirrt«, gab er zu.

Die Heiterkeit verschwand erneut aus ihrem Gesicht, was Graziano leidtat, da er, ganz im Gegenteil, liebend gern wieder ein Lächeln auf ihr Gesicht gezaubert hätte.

»Ich unterbreche euch nur sehr ungern«, mischte Daniele sich ein. »Wir sind schon spät dran und müssen unbedingt noch etwas mit deinem Gesicht machen«, fügte er hinzu und zeigte auf ihn.

»Was stimmt mit meinem Gesicht nicht?« Instinktiv fasste er sich an die Wangen.

»Es glänzt …«, deutete Daniele an, während Letizia sich diskret zurückzog und in der Mappe zu lesen begann, in der der Drehablauf stand.

»Glänzen ist doch gut«, fand Graziano.

»Nicht im Fernsehen, *amico mio!*« Daniele streckte beide Arme von sich und zuckte gleichzeitig mit den Achseln. »Sei so gut und setz dich auf den Stuhl, unsere Leute kümmern sich drum!«

Graziano hatte keine Lust auf Schminken, aber aus der Nummer würde er nicht mehr herauskommen, also ergab er sich besser in sein Schicksal.

Geschminkt, frisiert und aus Übungszwecken Hand in Hand mit seiner Verlobten für den Dreh, die er noch dazu im echten Leben für sehr attraktiv hielt, verließen Graziano und Letizia die Agentur. Giosuè räumte darin bereits auf, weil später auch eine Aufnahme bei ihm geplant war. Bis auf die Dekoration war alles wie gehabt in der Via dell'Amore, obwohl die Stimmung einen Tick festlicher war als sonst. Vielleicht bildete Graziano es sich aber auch nur ein. Vielleicht versuchte er sich davon abzulenken, wie aufregend es sich anfühlte, mit Letizia Händchen zu halten. Es war so absurd, dass er zu träumen glaubte.

Er wurde nicht so recht schlau aus ihr, mal glaubte er, einen guten Draht zu ihr zu haben, mal war er vom genauen

Gegenteil überzeugt. Es war offensichtlich, dass sie hier einfach nur ihre Arbeit machte. Nichts weiter. Was hätte sie denn auch sonst tun sollen? Es war ja nichts passiert zwischen ihnen, sie hatten sich kaum ein paar Minuten gesehen auf Capri. Dass ihr kurzes Treffen bei ihm einen bleibenden Eindruck hinterlassen hatte – wusste der Geier, warum –, musste noch lange nicht bedeuten, dass es für Letizia ebenso gewesen war.

Er hatte sich schon lange nicht mehr so gefühlt. So interessiert an einer anderen Person. Und er konnte auch nicht genau sagen, was es war, das er so interessant fand. Die Tatsache, dass sie die Torte gerichtet hatte? Ihre vielen Talente? Das Aussehen? Die Schwierigkeit, sie gleich einzuschätzen?

Er wusste es nicht. Aber sie war toll. Ihre Augen hatten die Farbe von dunkler Schokolade und schienen tausend Geheimnisse zu verstecken und so viel gesehen zu haben.

»Bist du nervös?«, flüsterte sie ihm zu, sodass niemand es hörte. Gerade hatte er sich selbst davon überzeugt, dass sie hier nur ihre Arbeit tat, und dann kam eine persönliche Frage, die seine Theorie wieder komplett zunichtemachte.

»Oh Gott, meine Hand schwitzt, oder?« Er hatte den plötzlichen Drang, sie ihr zu entziehen.

»Nein, gar nicht!«, erwiderte sie lachend. »Ich meinte nur … weil das alles hier neu für dich ist.«

Er zuckte mit den Achseln. »Ach, weißt du, ich bin hier aufgewachsen. Die Via dell'Amore ist mein sicherer Hafen, selbst wenn ich heute etwas aus mir herausgehen muss.«

»Wieso hat es überhaupt dich getroffen? Das männliche

Model hat ja in letzter Sekunde abgesagt. Und du bist kein Model, oder?«

»Nun hör mal, willst du mir etwa sagen, dass ich nicht gut genug aussehe?«, tat er empört.

Zum Glück fasste sie seine selbstironische Frage genau richtig auf und lachte.

»Du bist sogar sehr attraktiv«, fügte sie hinzu.

Hätte Graziano es nicht besser gewusst, hätte er angenommen, dass sie mit ihm zu flirten versuchte. Da er an diesem Tag aber nicht ganz Herr seiner Sinne war, verließ er sich nicht auf seine Einschätzung.

»Um deine Frage zu beantworten, ich bin der Enkel der Königin der Via dell'Amore. Deshalb durfte ich den Part des Bräutigams übernehmen. Aber auch nur, weil der echte ausgefallen ist.«

»Dann bist du also der Prinz der Via dell'Amore?«, fragte sie vollkommen ernst.

Er grinste, mochte ihr Pokerface.

Sie fingen sich interessierte Blicke ein. Wahrscheinlich fragten sich die Passanten, ob sie berühmt waren, aber nein, damit konnte er nicht dienen.

Endlich schienen die Dreharbeiten zu beginnen. Daniele erklärte ihnen, wohin sie zu gehen hatten, wo sie anhalten sollten, wohin sie blicken mussten. Graziano hatte das Gefühl, dass es Hunderte Anweisungen waren. »Gebt euch ganz natürlich, als wären wir gar nicht hier!«, sagte Daniele dann abschließend. Beinahe hätte Graziano hysterisch gelacht. Was denn nun? Da er sich die ganzen Anweisungen zuvor nicht gemerkt hatte, hielt er sich spontan an den letzten Tipp und versuchte, sich vorzustellen, dass er hier mit seiner Verlobten war, um mit ihr all das auszusuchen und einzukaufen, was sie für ihre bevorstehende Hochzeit brauchten. Damit konnte er etwas anfangen.

Die erste geplante Etappe des Drehplans sah einen Halt bei Chiara in der Goldschmiede vor. So schlimm konnte es bei seiner Schwester nicht werden. Sie mussten so tun, als würden sie bei ihr die Eheringe aussuchen.

Einfach.

Ja, so einfach, dass Graziano bald schon vergaß, dass eine Kamera dabei war, die alles aufnahm. Es fühlte sich verwirrend echt an, mit Letizia Ringe anzuprobieren. Sie hatte eine schöne Hand, jeder Ring sah gut an ihr aus.

»Ich mag es schlicht«, gab sie während der Aufnahmen bei Chiara irgendwann zu.

»Ich auch«, erwiderte Graziano.

Sie sahen sich in die Augen.

Und da war etwas. Etwas Magisches.

Kapitel 10

Capri, viele Jahre zuvor

»Ich mag es am liebsten, wenn die Torten schlicht sind«, erklärte Mamma, während Letizia ihr zusah. Sie saßen in der Küche, dem Lieblingsort im Haus. Hier spielte sich alles ab. All die Liebe, all der Zusammenhalt.

Mamma schlug gerade Eiweiß steif, musste ihre Arbeit aber immer wieder unterbrechen. Es ging ihr heute nicht gut. Seit Papà gegangen war, immer öfter.

Er war an einem Tag im Frühling aufgetaucht, einfach so. Freundlich war er gewesen, aber nie liebevoll, immer etwas distanziert. Wie ein Besucher, aber nicht wie ein Familienmitglied. Er hatte auch nie mit ihnen in der Küche gesessen, außer zu den Mahlzeiten. Aber das konnte ja jeder.

Er war geblieben, hatte damit alle überrascht. Allen voran vielleicht sogar Letizia, die nicht mit ihm gerechnet hatte. Das hatte sie noch nie getan. Dann tat es weniger weh, wenn er sowieso nicht da war.

Auch wenn es vielleicht keine Absicht gewesen war, hatte Papà Unruhe in ihre Routine gebracht. Er brachte einfach alles durcheinander. Das Schlafen, das Duschen, das Essen. Und wenn Letizia ganz ehrlich war, ging es ihnen besser ohne ihn. Das hatte er vermutlich auch eingesehen, denn so plötzlich, wie er gekommen war, so ging er auch wieder. Ohne sich von Letizia zu verabschieden. Sie befolgte dann auch die Regel, die besagte, dass nicht über Papà gesprochen wurde. Tief im Herzen war sie froh, dass er weg war.

Mamma war schon wieder im Bad, aber das Eiweiß musste bearbeitet werden, sonst würde es nie und nimmer steif werden. Kurzerhand nahm Letizia Mammas Rührgerät zur Hand und tauchte die zwei bereits eingesteckten Rührbesen in die blassgelbe Masse, die unappetitlich aussah. Aber der Anblick würde sich schon bald ändern. Letizia wusste bereits, dass sie das kleine gelbe Gerät fest in der Hand halten musste, weil es sich sonst wild bewegte. *Du musst es sanft führen!*, hatte Mamma ihr erklärt.

Unzählige Male hatte Letizia ihr dabei zugesehen, sie hatte genau Mammas Hand und Handgelenk vor Augen, während sie das Rührgerät festhielt. Mamma tat nichts anderes, als ständig Kuchen und Torten zu backen. Doch egal, wie oft sie es tat, strahlte sie jedes Mal dabei. Es war etwas, das sie unglaublich fröhlich stimmte. Sie war stolz auf jede fertige Torte, dankbar für jeden Kunden. Manchmal sagte sie auch so etwas wie: *Irgendwann mache ich das mal professionell, in einer richtigen Backstube, mit allen nötigen Genehmigungen!* Aber dieses Irgendwann schien nie zu kommen, sie ging ihrer Arbeit auf freundschaftlicher Basis nach, bat nie um Geld, war aber dankbar, wenn ihr Trinkgeld zugesteckt wurde.

In der Küche stand ein großes Konservenglas in der Anrichte, in das sie dieses Geld dann steckte. Es war immer voll. So voll, dass das Geld oft hervorquoll und sie es förmlich hineindrücken musste. Das Backen war ein Segen. Letizia empfand es als so etwas wie eine Gabe. Abgesehen davon war alles gut, was Mamma so glücklich machte.

Letizia schaltete nun das Rührgerät ein, auf höchster Stufe, und sah dabei zu, wie die zähe Flüssigkeit im Behälter herumwirbelte, kontrollierte die Kraft des Geräts dabei aber sehr gut, wie sie fand. Es faszinierte sie, wie das Eiweiß durch die Bewegung nach und nach tatsächlich weiß wurde und sich die Konsistenz veränderte. Es machte Sinn, dass das Eiweiß Eiweiß hieß, und nicht etwa Eiblassgelb. Letizia bewegte das Rührgerät sehr instinktiv, mal tiefer, mal etwas weniger tief, so dass die beiden Rührbesen fast nur die Oberfläche der Masse berührten. Sie hatte kein gutes Zeitgefühl, glaubte aber, dass es keine paar Minuten gedauert hatte, bis sie meinte, fertig zu sein. Sie schaltete das Gerät aus, nahm es aus der Masse, die perfekt steif aussah. Sie wollte zu Mamma ins Bad und fragen, was sie nun damit anstellen sollte, doch Mamma stand schon in der Küche. Letizia hatte es gar nicht bemerkt.

»Leti, das war perfekt. Einfach perfekt. Du bist ein Naturtalent, *dolcezza mia!*«

Und kein Kompliment hatte Letizia jemals so sehr gefreut!

Mamma kam auf sie zu, gab ihr einen Kuss auf den Kopf, wie so oft. »Hol doch deine Schürze, dann hilfst du mir noch ein bisschen. Heute geht es mir nicht besonders, aber wir wollen niemanden enttäuschen und die Torte für Gabriele trotzdem fertig machen, nicht wahr?«

Es war das erste Mal, dass Letizia beinahe selbstständig eine Torte für jemanden buk, der bei Mamma bestellt hatte.

Dass mit Mamma etwas ernsthaft nicht stimmte, begriff Letizia einige Wochen später, als Nonna begann, darauf zu bestehen, dass Mamma sich schonte. »Nimm dich endlich ein bisschen zurück, *figlia mia!*«, hörte Letizia Nonna sagen.

Letizia lauschte eigentlich nicht, aber sie wussten ja auch, dass sie zu Hause war. Zwar unterhielten sie sich in Mammas Schlafzimmer, aber es war klar, dass Letizia in der Küche alles hören würde. Einen Moment lang war sie versucht, sich die Ohren zuzuhalten.

»Das geht nicht, Mamma. Du weißt, dass wir das Geld brauchen. Jetzt sogar noch mehr.«

»Du hast so viel zusammengespart, Kind. Meine Rente reicht sowieso. Du musst nicht so schuften.«

Letizia wollte nicht noch mehr hören, deshalb stand sie auf und ging auf den Balkon. Von dort aus konnte sie das Meer sehen. Und es war schön. Wie ein Gemälde, das jeden Tag neue Formen und Farben bekam.

»Buongiorno!«, sagte jemand.

Es war der Mann, der im Haus gegenüber wohnte. Allerdings nur im Sommer. Mamma hatte erzählt, dass er es geerbt hatte. Wie war noch sein Name? Liberato?

Sie winkte zurück. Und er nickte, lächelte. In den Gassen war man zwar getrennt von den Nachbarn, aber irgendwie auch nicht. Er konnte von seiner etwas höher gelegenen

Dachterrasse zu ihnen hinunter auf den Balkon blicken. Und er verbrachte eine Menge Zeit da oben, werkelte, pflanzte, strich frisch, begutachtete. Die Dachterrasse musste sein Lieblingsort im Haus sein. Wie für Letizia, Mamma und Nonna die Küche.

»Das Meer ist heute besonders schön, findest du nicht?«, fragte er, hielt in seiner Arbeit inne und blickte hinaus auf das Wasser, das so weit weg war und doch ganz nah erschien.

»Es ist immer schön, selbst wenn es grau und aufgewühlt ist, finde ich.« Sie hatte es schon immer ungerecht dem Meer gegenüber empfunden, dass es meist nur dann angehimmelt wurde, wenn es sich von seiner besten Seite zeigte. Eine Mutter liebte ihr Kind schließlich auch immer, selbst dann, wenn es unartig war.

Der Nachbar dachte nach. »*Piccolina*, ich denke, du hast gerade etwas ganz Schlaues gesagt!« Dann verabschiedete er sich und wandte sich wieder der Arbeit auf der Terrasse zu, die sicher eines Tages ein wahres Schmuckstück werden würde, wie alles, wenn man nur genug Liebe hineinsteckte.

Letizia ging wieder ins Haus, noch getragen vom Hochgefühl, gerade von einem Erwachsenen gelobt worden zu sein. Wenn sie sich etwas im Leben aussuchen könnte, dann wäre es, schlau zu sein.

Es war schön kühl in der Küche. Mamma und Nonna saßen jetzt am großen Tisch, sahen beide zu ihr.

»Willst du dich kurz zu uns setzen, Leti?«, fragte Mamma und schlug ein paarmal leicht mit der flachen Hand auf die Sitzfläche des Stuhls neben sich. Sofort überlegte Letizia, ob sie etwas verbrochen hatte. Doch Nonna sang, während sie den Fisch putzte, den sie am Morgen geholt hatte. Sie bekam ihn jedes Mal geschenkt. Von Nonnos Freunden und Kollegen. Deshalb gab es bei ihnen den besten, frischesten Fisch, sooft sie Lust hatten. Aber Nonna konnte ihn auf so viele verschiedene Arten zubereiten, dass er Letizia nie langweilig wurde. Sie rümpfte auch nie die Nase, wie ihre Freundinnen es vermutlich tun würden, wenn der starke Geruch von Fisch in der Küche lag. Letizia war nichts anderes gewohnt.

Sie ging um den Tisch herum und setzte sich zu Mamma, lehnte sich an sie, atmete ihren Duft ein. So vertraut. Mamma legte den Arm um sie und zog sie an sich, hielt sie ganz lange und sagte erst einmal gar nichts. Letizia genoss jede Sekunde. Dann löste Mamma sich jedoch und sah sie lächelnd an. Sie war ein bisschen blass, aber wunderschön.

»Leti, ich habe eine tolle Nachricht für dich: Du bekommst bald ein Geschwisterchen«, sagte Mamma, einfach so.

Der Satz schien eine Weile in der Luft zu schweben bei ihnen in der Küche, ohne zu wissen, wohin mit sich.

Letizia hatte noch nie erlebt, wie es sich anfühlte, durch ihre Freude wie gelähmt zu sein. Sie wollte gleichzeitig springen, tanzen und singen, schreien, weinen und lachen. Stattdessen konnte sie nur weiter auf ihrem Stuhl sitzen und den Mund auf- und zumachen im Versuch, vielleicht doch endlich ein Wort herauszubekommen.

»Ich habe es mir so gewünscht …«, stammelte sie schließlich.

Mamma sah sie verwundert an. »Wirklich? Hast du dich allein gefühlt? Du hast nie etwas gesagt, *amore mio!*«

»Als ob sie jemals etwas sagen würde, als ob sie sich jemals über irgendetwas beklagen würde!«, sagte Nonna wie zu sich selbst, ohne vom Fisch aufzublicken. Letizia war sich nicht sicher, ob es ein Lob oder ein Vorwurf war. Ihre Freude über Mammas Nachricht war jedoch so groß, dass sie durch nichts getrübt werden konnte. Sie umarmte ihre Mamma und vergrub ihr Gesicht an ihrer Brust, legte ihre Hand auf Mammas Bauch und sprach mit ihrem Geschwisterchen.

»Darf ich mir einen Namen aussuchen?«, wagte Letizia zu fragen.

»Wir wissen doch noch gar nicht, ob es ein Mädchen oder ein Junge ist«, lachte Mamma.

Letizia fand es seltsam, dass ihre Mamma das gesagt hatte. Sie selbst hatte nämlich keinen Augenblick damit verschwendet, an Jungennamen zu denken. Für sie war sofort klar, dass ein Schwesterchen in Mammas Bauch stecken musste. Aber sie konnte nicht weiter erklären, warum sie so sicher war. »Falls es ein Mädchen wird, darf es dann Angelina heißen?«, bat sie.

»Ein wundervoller Name, *amore mio*. Angelina ist eine ganz hübsche Idee. Was meinst du, Mamma?« Giulia blickte zu ihrer eigenen Mutter.

»Zauberhaft. Mit ein bisschen Glück werden wir also bald einen Engel unter uns haben.« Nonna spielte auf die lateinische Bedeutung des Namens an. Und schon stimmte sie froh ein Lied an.

Letizia überlegte, dass sie in Zukunft vorsichtig sein

musste, was ihre Wünsche anbelangte, da sie offenbar wirklich in Erfüllung gingen.

Nonna verschwand eine Weile, kam aber bald wieder, hatte Eis für alle in einer Tragetasche dabei. »Lasst uns feiern. Bald kommt Nachwuchs. Wenn das kein Grund zur Freude ist.«

Während Letizia die Packung öffnete, in der ihr Eis – ein Cornetto von Algida – steckte, dachte sie, wie gut sie es hatte und wie gut ihr Geschwisterchen es ohne Zweifel auch haben würde.

Letizia konnte nicht genau sagen, wie viel Zeit vergangen war, bis Mamma, vermutlich Wochen später, weinend von einem Arzttermin zurückkam. Jegliche Freude war mitsamt der Farbe aus ihrem Gesicht gewichen. Sie schien plötzlich um Jahre gealtert, sprach flüsternd mit Nonna, die ausnahmsweise nicht sang, nicht tanzte, nur dasaß und die Hand ihrer Tochter hielt.

Letizia wagte es nicht, zu fragen, sie war sich auch nicht sicher, ob sie überhaupt wissen wollte, was passiert war. Manchmal war es doch besser, ein Kind zu sein. Sie konnte Mamma auch nicht wirklich zeigen, wie sehr sie sie lieb hatte, wie sehr sie versuchen würde, sie zu unterstützen, was auch immer geschehen sein mochte. Also tat Letizia das, was sie inzwischen am besten konnte, sie nahm Mammas Büchlein, in dem die Bestellungen der Kuchen und Torten standen, aus der Anrichte und begann, den für den Abend geplanten Kuchen vorzubereiten. Die Zutaten waren schon geliefert worden. Letizia kannte sich inzwischen bestens mit allem aus.

Es fühlte sich seltsam an, dass es diesmal nicht Mamma, sondern sie war, die mit dem Backen anfing. Gleichzeitig entschärfte es aber die Lage auf magische Weise. Der vertraute Geruch nach Mehl, das Klappern der Schüsseln, das Rattern des Rührgeräts und noch so viel mehr. In jeder kleinen Geste entfaltete sich die nötige Ruhe. Auch Mamma schien sich zu entspannen und Mut zu fassen.

»Angelina geht es nicht so gut, weißt du?«, erklärte sie behutsam.

»Vielleicht wird sie ja wieder gesund?«, wagte Letizia zu fragen, während sie Zucker abwog. Und sie war froh, dass sie auf die alte Waage von Mamma schauen musste, die zum Glück große Zahlen hatte und einen roten Zeiger, der sich langsam bewegte, je mehr Zucker sie nachschüttete. Sie war froh, dass die Zahlen die andere, viel größere Sorge in den Hintergrund schoben.

»Ja. Vielleicht. Aber es ist nicht wie ein Schnupfen, Leti. Es ist etwas mit ihrem Herzen. Das Herz ist ein ganz wichtiges Organ. Verstehst du das, *amore mio?*«

Dass mit Angelinas Herzen etwas nicht in Ordnung sein sollte, machte *ihr* Herz schwer. Sie liebte das Neugeborene schon so sehr. Aber der Zucker, das Abwiegen, die nächsten Schritte in der Zubereitung der Torte halfen ihr, nicht zu weinen. Backen war Liebe. Noch nie hatte Letizia diese Weisheit so sehr verstanden wie in diesem Moment.

»Ich glaube schon. Und ich denke, wir sollten Angelina

vertrauen.« Denn Letizia vertraute ihrer Schwester schon jetzt.

In der Tat kam Angelina Monate später auf die Welt. Nein, nicht gesund, sondern mit einem angeborenen Herzfehler. Hypoplastisches Linksherzsyndrom. So hieß die Krankheit. Letizia hatte den Begriff nur einmal gelesen, auf einem Papier, auf das Mamma diese zwei Wörter geschrieben hatte. Letizia hatte sie so oft in ihrem Kopf aufgesagt, um irgendeinen Sinn darin zu finden. Und nun kannte sie sie auswendig. Angelina war krank, aber sie lebte, wenngleich Mamma aufs Festland musste, um sie auf die Welt zu bringen, damit die Ärzte sich gleich um sie kümmern konnten.

Als Letizia mit Nonna von Capri nach Neapel übersetzte und Angelina zum ersten Mal im Santobono-Krankenhaus besuchen durfte, war es nur möglich, sie durch eine Scheibe zu sehen. Sie lag in einem Glaskasten, allerhand Schläuche hingen an ihr. Und ihre Haut schimmerte bläulich. Mamma erzählte, dass für Angelinas Operation extra auch Ärzte aus dem Cardarelli-Krankenhaus gekommen waren, um das Team zu unterstützen. Letizia hörte nur mit halbem Ohr zu. Sie war fasziniert von ihrer Schwester, die so klein war und sie schon so sehr in Atem hielt. Letizia hatte gar keinen Zweifel daran, dass Angelina Großes erreichen würde in ihrem Leben. Wenn der Beginn sich auch ein wenig holprig gestaltete.

Ja, Angelina überlebte.

Doch noch bevor sie ihren ersten Geburtstag feierte,

starb Papà unerwartet. Und er hatte Angelina nicht mal kennenlernen wollen.

Kapitel 11

Wie unerwartet war es für Letizia gewesen, den Konditormeister, dem sie zufällig auf Capri begegnet war, hier als ihren Drehpartner wiedergetroffen zu haben. Wie hoch war die Wahrscheinlichkeit, dass so etwas passierte?

Andererseits hatte sie im Leben doch recht früh lernen müssen, dass Unwahrscheinliches in der Tat sehr oft eintraf.

Letizia ertappte sich dabei, wie sie sich bei diesem Job köstlich amüsierte. Graziano war nett und attraktiv. Er hatte so eine Art an sich, die ihr ausgesprochen gut gefiel, weil sie sich bei ihm wohlfühlen konnte, ohne sich anstrengen zu müssen. Alles, was passierte, passierte auf natürliche Weise.

Sie mochte es, wie sehr er Herr der Lage war, obwohl er als Model nur eingesprungen war und im Leben eigentlich ganz anderes tat. Sie fand es auch verwirrend anziehend, wie sehr er mit dem Umfeld vertraut war. Sie konnte ihm ansehen, dass er sich in der Via dell'Amore auskannte. Es war sein Zuhause, auf das er stolz war. Passend dazu führte er sie herum, wies sie auf kleine Details hin, die besonders hübsch waren. Wie das Herz, das in die Rückenlehne einer Holzbank eingraviert worden war, die an einer Hauswand zwischen zwei Ladeneingängen stand. Oder die unzähligen Schlösser, die am Geländer einer Treppe hingen, die seitlich in eine Durchgangsgasse führte. Ohne ihn wäre sie vermutlich daran vorbeigelaufen, ohne sie zu bemerken.

»Hängt dein Schloss denn auch an der Treppe?«, fragte Letizia. Die Stimmung war ausgelassen, sie ließ sich ein bisschen gehen.

»Das letzte Mal, als ich es gesehen habe, hing es an meinem Fahrrad«, scherzte er. »Aber um ehrlich zu sein, bin ich kein großer Fan dieser kitschigen Art von Liebesbeweisen.«

»Wir Frauen lieben so was aber!«, protestierte sie betont empört.

»Gut zu wissen«, sagte er und sah sie an.

Und es kribbelte ganz schön in ihrem Bauch. So sehr, dass sie froh war, als sie weitergingen.

Letizia selbst hatte natürlich schon oft von der Via dell'Amore gehört, denn wer kannte sie nicht? Persönlich war sie aber noch nie hier gewesen. Weder als Begleitperson noch als Protagonistin. Sie musste zugeben, dass es Spaß machte, die Braut zu spielen und so zu tun, als würde sie mit ihrem Verlobten Graziano Dinge für ihre Hochzeit aussuchen. Überraschenderweise hatten sie den gleichen Geschmack. Bei Chiara in der Goldschmiede hatten sie unabhängig voneinander zum selben Modell der Eheringe gegriffen. Und in Teresas Blumenladen hatten es ihnen beiden die einfachen, weißen Blumen angetan. Im Katalog der Pasticceria waren sie bei derselben Hochzeitstorte gelandet, was noch einmal doppelt seltsam war, da Graziano die auch noch selbst gemacht hatte. Und nun stand sie, mit Kamerateam wohlgemerkt, in Pamelas Brautmodenladen, um sich ein Brautkleid auszusuchen. War es da weiter verwunderlich, dass es Letizia nicht leichtfiel, Fiktion und Realität auseinanderzuhalten? In der Via dell'Amore war Liebe allgegenwärtig, fast ansteckend.

Letizia sah sich im Laden um. So viel Weiß, so viele schillernde Stoffe. Sie wusste nicht, ob sie jemals heiraten würde, aber sie fragte sich, ob ihr dabei Weiß so wichtig wäre. Ohne Mamma und Nonna vermutlich nicht. Sie fragte sich, ob sie für den Bräutigam einen Kompromiss eingehen würde, falls er sich eine traditionelle Hochzeit wünschte. Verstohlen blickte sie zu Graziano, der sie aufmunternd anlächelte. Es interessierte sie plötzlich sehr, in welcher Art von Kleid er seine Braut gerne sehen würde. Sie ging auf ihn zu. Er stand bei den Kameraleuten, hatte sich fast schon mit ihnen angefreundet. Letizia hatte das Gefühl, dass er auch außerhalb der Dreharbeiten ein Mann war, mit dem jeder gerne plauderte. Freundlich, offen, authentisch.

»Hey«, sie winkte ihm.

Sofort löste er sich von den anderen, kam auf sie zu.

»Es dauert hier wohl noch eine Weile«, bemerkte er und zeigte um sich. Das Kamerateam besprach sich, die Ladenbesitzerin ging von einem Raum in den anderen, die Verkäuferinnen folgten ihr auf Schritt und Tritt. Und der Laden selbst bildete einen schönen, edlen Rahmen. Die dicken Teppiche schluckten die Geräusche, Düfte aus jeder Ecke hatten eine beruhigende Wirkung, unzählige, dick gepolsterte Sitzgelegenheiten sorgten für eine gemütliche Stimmung.

»Nicht schlimm, wir liegen gut in der Zeit«, fand sie und traute sich nicht, die Frage auszusprechen, die ihr eigentlich auf der Zunge lag, weil es sie streng genommen nichts anging, welche Art von Brautkleid er schön fand.

»Bist du aufgeregt?«, erkundigte er sich. »Träumen Frauen nicht alle davon, ein Hochzeitskleid zu tragen?«, schob er erklärend hinterher.

»Mein persönlicher Geschmack ist eher schlicht. Deiner?« Nun hatte sie sich doch getraut. Wieso stellte sie sich so dumm an? Es war nur eine belanglose Unterhaltung. Nichts, was ihren aufgeregten Herzschlag rechtfertigte.

»Ich finde, Hochzeitskleider stehen mir gar nicht, da muss ich passen«, erklärte er ernst.

Sie rollte mit den Augen, grinste natürlich trotzdem, da es sich bei so einem Kommentar nicht vermeiden ließ.

»Bei deinem eher dunklen Hautton kannst du eigentlich jedes Weiß tragen«, hörte Letizia Pamela sagen, die wohl direkt hinter ihr gestanden haben musste. Letizia hatte sie nicht bemerkt, war sogar ein bisschen erschrocken.

Pamela war eine schöne Frau. Doch es war die Art von Schönheit, die sich nur durch eine lange Vorbereitung morgens im Bad erreichen ließ. Nichts an ihr sah natürlich aus, weder ihr rosiger Teint noch ihre gesträhnten Haare. Und auch ihre Brust hatte die Art von praller Unbeweglichkeit, die auf Implantate schließen ließ. Nett und kompetent war diese Pamela, aber Letizias Instinkt sagte ihr, dass sie nie beste Freundinnen werden könnten.

Graziano machte ein Zeichen und zog sich aus der Unterhaltung zurück, was Letizia sehr bedauerte. Doch sie war hier, um zu arbeiten, auch wenn es sich heute nicht danach anfühlte.

»Außerdem hast du eine perfekte Figur, jedes Modell ist geeignet, aber wenn ich meine Empfehlung aussprechen darf«, sie nahm einen Traum aus Tüll von der Stange, »das hier ist *das* Kleid für dich.«. Es war atemberaubend und zog Letizia in seinen Bann. Sie berührte das wunderschöne Oberteil, das an ein Korsett erinnerte, vorsichtig mit dem Finger. Vergessen war die Kamera, die dabei vermutlich eine Nahaufnahme von ihr machte. Vergessen war auch, dass sie hier alle nur so taten, als ob. Für ein paar süße Momente war Letizia *wirklich* dabei, ihre Hochzeit vorzubereiten.

»Darf ich es anprobieren?«, hörte sie sich fragen. Einerseits, weil es der Plan ohnehin vorsah, andererseits, weil sie Lust darauf hatte.

»Selbstverständlich!«, verkündete Pamela heiter. Letizia zweifelte nicht daran, dass diese Frau sogar einer Nonne ein Hochzeitskleid verkaufen konnte. Sie hatte das Zeug dazu, war offensichtlich hoch motiviert.

Als Letizia allein mit Pamela in der Umkleide war, erlebte sie eine Verwandlung. Pamela war nicht halb so begeistert wie noch vor laufender Kamera, wirkte eher so, als wollte sie alles nur so schnell wie möglich hinter sich bringen.

Letizia wurde ein bisschen nervös. Um die unangenehme Stille zu überbrücken, die entstand, als sie sich in der riesigen Umkleide mit Spiegeln rundherum auszog, begann sie ein Gespräch. »Gibt es eigentlich auch Frauen, die sich nicht von weißem Tüll beeindrucken lassen?« Sie fragte das Erstbeste, das ihr einfiel.

»Oh, mehr als du denkst! Tüll gibt es nur noch ganz selten. Frauen heute möchten hochwertige, schwere Stoffe. Schicke Kleider werden sehr viel besser verkauft als verträumte.«

»Das heißt, Prinzessinnen sind out«, stellte Letizia fest und stand jetzt in Unterwäsche vor Pamela. Letizias Füße versanken im dicken Teppich. Der Laden war selbst hier in der Umkleide sehr elegant, wirkte dabei aber nicht altbacken. Es fühlte sich eher an wie eine kleine Wohlfühloase mit einem Tisch und Sitzgelegenheiten in einer Ecke. Und, vielleicht war es nur Letizias Eindruck, aber das Licht war so gedimmt, dass es ihrem Spiegelbild eher schmeichelte, als es unangenehm hervorzuheben.

Pamela machte eine wegwerfende Handbewegung. »Jede, wie sie möchte, mein persönlicher Geschmack ist klassisch-elegant. Aber dir steht Tüll.«

Na, das hatte gesessen! Letizias Eindruck von Pamela war demnach genau richtig gewesen. Sie war eine Zicke. In ihrem Leben hatte Letizia schon einige getroffen, Frauen, die sich für etwas Besseres hielten. Letizia hatte jedoch ein gesundes Selbstbewusstsein und musste niemandem etwas beweisen. Das war ihre Stärke.

Sie stellte die Unterhaltung ein, ließ sich ins Kleid helfen. Es war ein Traum, umschmeichelte ihren Körper, das Oberteil unterstrich ihre schmale Taille und ihre wohlgeformten Brüste, während der Rock sehr romantisch wirkte mit all den Lagen an Tüll. Ob sie Graziano darin wohl gefiel?

Ach herrje, wo gingen ihre Gedanken nur hin? Letizia riss sich zusammen. Es war aber auch einfach, sich in der Via dell'Amore beeinflussen zu lassen! Ein paar Momente lang hatte sie alles vergessen, sowohl ihre Vergangenheit als auch die Verantwortung, die auf ihren Schultern lastete.

»Welch Ironie übrigens, dass ausgerechnet Graziano heute den liebevollen Partner spielen darf…«, deutete Pamela an und bauschte den Rock noch mehr auf. Dabei stand sie hinter Letizia, sodass sich ihre Blicke im Spiegel trafen. In ihren Augen lag etwas Beunruhigendes, das Letizia nicht zu fassen bekam.

»So?« Ja, Letizia tat ihr den Gefallen und fragte nach. Graziano war an diesem Tag, der aus dem Rahmen fiel, Letizias wunder Punkt.

»Er hat in Neapel mehr Herzen gebrochen als Casanova in Venedig. Ein ganz mieser Kerl. Dabei sieht er *so* nett aus und wirkt zuvorkommend und verständnisvoll. Ganz fiese Masche!« Pamela sah in diesem Moment überzeugend aus.

Ein bisschen zweifelte Letizia nun doch, denn was wusste sie schon über Graziano?

Doch darauf konnte sie keine Rücksicht nehmen, immerhin war sie hier, um zu arbeiten. Deshalb verließ sie, angezogen wie eine romantische Braut, die Umkleide. Die Dreharbeiten konnten nicht den ganzen Tag dauern.

Der Zufall wollte, dass Letizia exakt in dem Moment in den Verkaufsraum trat, den auch Graziano ausgesucht hatte. Er hatte sich inzwischen in der Männerabteilung einen Anzug angezogen. Sie würden zwar laut Plan nacheinander gefilmt werden, aber das änderte nichts daran, dass sie sich jetzt sehen konnten. Er sah umwerfend aus.

Letizia war sprachlos und auch etwas berührt von Grazianos Blick, in dem so etwas wie Bewunderung für sie lag. Da sie aber Pamelas Worte noch im Hinterkopf hatte, beruhigte sie ihr aufgebrachtes Herz sofort und sagte sich selbst, dass sie seine Aufmerksamkeit wohl überinterpretierte. Ihr war bewusst, dass die Situation an diesem Tag in der Via dell'Amore besonders war. Diese Gasse war so voller Liebe, dass sie wohl auf sie abfärbte und ihr den Eindruck vermittelte, dass sie so etwas wie ein echtes Paar waren. Oder werden könnten. Oder ... ach, solche Gedanken führten doch zu nichts. Sie konzentrierte sich auf die Anweisungen der Fernsehleute und brachte auch diesen Dreh hinter sich, zeigte sich im wundervollen Hochzeitskleid, ließ sich Accessoires von Pamela geben, die vor laufender Kamera in ihrem Element zu sein schien.

Als der Kameramann auch zufrieden war, konnte Letizia sich wieder umziehen.

In der Umkleide schickte sie sich an, aus dem Kleid zu steigen. Pamela hatte offensichtlich genug von ihr, denn sie zerrte am Kleid und war nun nicht annähernd so freundlich wie zuvor. Und das war's dann. Anziehen konnte Letizia sich auch allein.

Als sie fertig war, ging sie erneut zurück in den Verkaufsraum, wo ihr mitgeteilt wurde, dass sie noch bei einem gewissen Cosimo Schuhe und bei Giosuè in der Agentur Sänger aussuchen mussten. Sie blickte auf ihre Armbanduhr. Wie erwartet war die Zeit wie im Flug vergangen. Sie dachte an Angelina und wurde unruhig, weil sie ihr Handy in der Agentur in ihrer Tasche liegen gelassen hatte. Alles andere wäre aber auch unprofessionell gewesen. Sie sagte sich selbst, dass es ihrer Schwester sicherlich gut ging.

Graziano, der sich auch schon umgezogen hatte, kam im Verkaufsraum auf sie zu. »Müde? Es ist aber auch wieder heiß heute.« Sie kam gar nicht dazu, zu antworten. Er fuhr fort. »Hey, wir brauchen eine kurze Pause und gehen mal eben etwas trinken. Wir sind gleich wieder da«, verkündete er und schob sie schon aus dem Laden, noch bevor sie widersprechen konnte.

»Danke!«, sagte sie, als sie im Freien waren. Die Sonne strahlte, die Gasse lag geschäftig und reizend vor ihnen. Die gute Laune, die herrschte, war ansteckend. Letizia hatte für einen Augenblick so etwas wie ein Urlaubsfeeling. »Ich hatte gar nicht gemerkt, wie ausgelaugt ich nach dem Umziehen war.«

»Keine Ursache, ehrlich gesagt brauche ich selbst etwas zum Trinken.« Er zog sie auf die Seite, weil ihnen ein Roller entgegenfuhr. Ein junges Paar saß darauf, offensichtlich frisch verliebt. Niemand schien es ihnen übel zu nehmen, dass sie in einer Fußgängerzone fuhren.

Er nahm sie mit in die Bar, die auf der gleichen Seite lag wie die Pasticceria. Sie merkte, dass er beim Vorbeigehen am liebsten in die Konditorei geschaut hätte. Sicherlich hatte er Sorge, ob ohne ihn auch alles reibungslos lief. Umso mehr freute sie sich, dass er sie nicht allein ließ und so *gentiluomo* war, sie zur Bar zu begleiten. Doch dann konnte sie gar nicht anders, als Pamelas Worte in ihrem Kopf zu wiederholen.

Die Bar sah mehr oder weniger so aus wie jede Bar in Italien. Ein Tresen, an dem die meisten stehend ihren *caffè* einnahmen, wenige Tische in der Bar, dafür aber einige draußen unter Sonnenschirmen. Die obligatorische Gefriertruhe mit abgepacktem Eis im Eck. Und ein Barista, der sich durch nichts stressen ließ.

»Giacomino, *buongiorno*. Die Signorina möchte etwas trinken«, erklärte Graziano dem Barista.

»Die Signorina heißt Letizia und hätte gerne Orangina. Geht das?«

»Selbstverständlich, Letizia. Kommt sofort.« Der große Barista mit noch größerem Bauch zwinkerte ihr zu. Keineswegs anrüchig, eher freundschaftlich. Sie fühlte sich wohl in seiner Bar.

»Was darf's für dich sein?«, wollte Giacomino dann von Graziano wissen, der dasselbe nahm.

Statt sich nach draußen in die Sonne zu setzen, wählten sie mit ihren eisgekühlten Getränken einen Tisch in der Bar, ganz hinten in einer Ecke, in die ein Ventilator Luft blies. Sie setzten sich und stießen an, nahmen fast zeitgleich große Schlucke und lehnten sich dann zufrieden in ihren Stühlen zurück.

»Eigentlich wollte ich direkt nach Drehschluss mit meiner Nonna schimpfen, die mich quasi zu alledem hier genötigt hat. Aber ich muss mich wohl eher bei ihr bedanken, weil ich das hier«, er zeigte mit beiden Händen zuerst auf sie, dann auf sich, »verpasst hätte.«

»Du meinst, es wäre schade gewesen, Orangina mit Letizia bei Giacomino zu verpassen?« Sie hatte witzig klingen wollen, war sich aber nicht sicher, ob es ihr gelungen war. In Wahrheit war sie auf diese Art von Gespräch nicht gefasst gewesen. Nicht nur hatte Pamela ihr einen Floh ins Ohr gesetzt, es steckte Letizia auch noch immer die Unterhaltung mit dem Touristen auf dem Katamaran in den Knochen, dessen Interesse keinem Flirt, sondern ihren Fähigkeiten als Sängerin gegolten hatte. Sie wollte nicht noch einmal ins Fettnäpfchen treten. Außerdem war es zwecklos, mit Graziano zu flirten. Schon bald würde sie wieder zurück auf ihre Insel fahren und ihn vermutlich nie mehr wiedersehen. Und doch konnte sie sich seiner Anziehung nicht entziehen.

»Ja, zum Beispiel.« Er räusperte sich, suchte offenbar nach einem Gesprächsthema. Und sie mochte es, dass er sich bemühte. Er sah sie mit ernsten Augen an. Sein Blick war magnetisierend. »Wir werden also heiraten?«, fragte er schließlich augenzwinkernd.

Und sie ließ sich darauf ein. »Na ja, du hast mir ja schließlich den Heiratsantrag gemacht.«

»Genau!« Er nickte übertrieben. »Das war damals ...« Er kniff die Augen zusammen und zeigte mit dem Finger auf sie.

»... auf Capri. Sehr romantisch, weißt du noch?« Sie lächelte ihn an. Es war schön, sich das, was sie gerade erzählte, auch vorzustellen.

»Wie könnte ich es vergessen. Immerhin stand ich ...«

»... bei mir in der Gasse. Ich auf dem Balkon, du unten.«

»Und wir hatten keine Serenade, weil das ja jeder kann.

Dafür hatten wir ...« Er war näher an sie herangerückt. Ihre Beine berührten sich unter dem Tisch.

»Dafür hatten wir den schönsten Ring, den Capri jemals gesehen hat?«, schlug sie lachend vor, weil ihr die Ideen ausgingen.

»Absolut. Bei meiner Schwester bestellt. In Weißgold?« Jetzt gingen ihm wohl die Ideen aus. Aber das verzieh sie ihm sofort, weil er mit dem bedauernden Ausdruck im Gesicht unglaublich gut aussah.

»Selbstverständlich. Für mich in Kombination mit einem Aquamarin unschlagbar!«

»Na, siehst du? Perfekt. Wenn unsere Verlobung schon so schön war, wie toll wird erst unsere Hochzeit sein?«

»Oh, sie wird großartig sein!« Wenn sie schon ein bisschen spielten, dann aber richtig.

»Gott, ja, ganz bestimmt. Ganz egal, was Nonna und Chiara sagen werden! Lieblingslocation?«

Sie überlegte. Über so etwas hatte sie sich noch nie den Kopf zerbrochen. Doch je länger sie darüber nachdachte, desto klarer kristallisierte sich ein Bild heraus. »Am liebsten würde ich mit wenigen Gästen bei meinem Nachbarn Liberato auf der Dachterrasse heiraten«, gestand sie ihm und war sonderbar erleichtert, dass sie diesen Wunsch laut ausgesprochen hatte. Denn genau in dem Moment hatte sie begriffen, dass sie nirgendwo anders auf der Welt lieber heiraten würde. Sofern Liberato einverstanden sein würde.

Ach herrje. Nun war sie so ins Spiel vertieft gewesen, dass sie sogar schon überlegt hatte, ihn zu fragen.

Schluss damit! Sie räusperte sich, signalisierte, dass sie

nun besser aufhörten, und Graziano schien zu verstehen, denn er nahm einen großen Schluck seines Getränks, setzte bedächtig das Glas wieder ab.

Dann sprach er weiter. »Du kannst es natürlich nicht wissen, aber ich habe ganz schön viel an dich gedacht. Du hast mich beeindruckt auf Capri. Ich muss gestehen, ich war in Panik geraten, weil diese verdammte dreistöckige Torte mich schon von vornherein den letzten Nerv gekostet hatte. Und dann bist du gekommen, wie eine gute Fee, und hast mit einem Wisch alles wieder gutgemacht. Ohne mir die Möglichkeit zu geben, dir wenigstens zu danken.«

Letizia nahm auch einen großen Schluck. Ihre Kehle fühlte sich ganz trocken an. »Ach, das war doch nichts.«

»Für mich war es in dem Moment alles.«

Ihr Kopf war nach all dem Hin und Her erschreckend leer. Auch weil er sehr, sehr gut aussah, mit seiner ordentlichen Frisur und diesen ernsten, warmen Augen. Sie konnte sich kaum mehr konzentrieren, studierte wieder und wieder sein Gesicht, seine markanten Wangenknochen und die gerade Nase. Vor allem aber brachten seine Lippen sie aus dem Konzept. Sie waren perfekt geschwungen und voll. Er hatte sogar ein Grübchen im Kinn, was sie für sehr ungerecht hielt. Er war ganz ihr Fall. Eigentlich.

Sie war froh, als er das Gespräch wieder aufnahm, da sie vergessen hatte, ob er sie etwas gefragt hatte und vielleicht sogar auf eine Antwort wartete.

»Du hast ein sehr geschicktes Händchen, was Torten anbelangt. Wo hast du das gelernt?«

Ja, nun. Diese Frage hätte er vielleicht besser nicht gestellt.

All die Magie verflog sofort. Graziano konnte es nicht wissen, aber nein, darauf antwortete sie gar nicht gern. Sie blickte auf ihre Armbanduhr. »Ich denke, wir sollten besser gehen. Die Fernsehleute warten sicher schon auf uns.« Sie trank aus und stand auf, kam sich dabei elend vor, weil er ihre Kälte nicht verdiente. Aber sie konnte nicht aus ihrer Haut. Dieser Teil ihres Lebens war unter Verschluss.

Er schluckte schwer, nickte, stand selbst auf, ging ihr voraus zu Giacomino, bestand darauf, beide Getränke zu bezahlen, und verließ die Bar, nicht ohne trotzdem auf sie zu warten.

Der Rest der Dreharbeiten verlief eher holprig, was ihr leidtat. Doch hatte sie sich bereits so weit eingeigelt, dass es ihr schwerfiel, wieder eine Verbindung zu Graziano herzustellen, die sich auch authentisch anfühlte. Als der Regieassistent endlich verkündete, dass sie ihre Arbeit beendet hatten, eilten sie beide in entgegengesetzte Richtungen. Sie schnappte sich ihre Tasche bei Giosuè in der Agentur, rief sich mit ihrem Handy ein Taxi und lief los zum vereinbarten Standort, an dem der Fahrer sie abholen würde, während Graziano vermutlich direkt zurück in seine Pasticceria ging.

Mit etwas Glück würde sie gerade noch die nächste Fähre erreichen, um nach Capri zu gelangen. Zwar hatte sie sich am Morgen noch vorgenommen, im Einkaufszentrum am Hafen etwas für Angelina zu kaufen, aber da hatte Letizia auch noch nicht gewusst, dass Graziano sie so sehr aus dem Konzept bringen würde.

Denn das hatte er, und zwar ordentlich!

Kapitel 12

Letizia kam zu Hause an, als es schon fast Abend war. Für sie waren die Abende auf Capri mit das Schönste auf der Welt. Wenn die Sonne sich langsam verabschiedete und wie für ein großes Filmfinale ins Meer tauchte, war Letizia noch immer verzückt. So sehr, als hätte sie noch nie einen Sonnenuntergang gesehen.

Außerdem war die Tatsache, auf einer Insel zu leben, durchaus hilfreich, wenn sie Dinge hinter sich lassen wollte, mit denen sie nicht umzugehen wusste. Wie Graziano zum Beispiel. Sie hatte natürlich auf der Fähre durchweg an ihn gedacht und sich gefragt, was es wohl gewesen sein mochte, was sich zwischen ihnen abgespielt hatte. Letztendlich hatte sie beschlossen, dass die heitere und liebenswerte Atmosphäre in der Via dell'Amore auf sie abgefärbt und sie deshalb zeitweise vergessen hatten, nur für die Kamera ein Paar zu sein. Oder aber Pamela hatte recht, und er war ein Casanova von übelster Sorte.

So ein Unsinn aber auch! Ein bisschen ärgerte sie sich darüber, dass sie sich so sehr von der romantischen Stimmung hatte mitreißen lassen. Denn es war ja gar nichts passiert. Nichts Konkretes, nichts Sichtbares.

Als sie an Land ging, waren die Gedanken an Graziano schon viel schwächer. Es war nur ein Auftrag gewesen, der gutes Geld gebracht hatte. Mamma hatte ihr beigebracht, dass Arbeit immer gut war, dass Sparen immer sinnvoll war. Und Letizia lebte ganz nach diesem Motto, obwohl das mit dem Sparen noch viel, viel besser laufen könnte, da die ganzen Privatarztuntersuchungen für Angelina das Geld quasi auffraßen. Aber solange es ihrer Gesundheit zugutekam, war es Letizia egal, so viel auszugeben. Im letzten Monat hatte ein neuer Kardiologe ihnen geraten, Angelina auf die Organtransplantationsliste setzen zu lassen. Natürlich hatte das Thema Herztransplantation immer im Raum gestanden, aber ihnen war bewusst, dass diese Option erst dann konkret werden würde, wenn gar nichts anderes mehr ging. Sonst kam man ja gar nicht voran auf diesen Listen. Letizia hatte den Arzt beiseitegenommen und gefragt, ob es denn schon so weit war. Ob Angelinas Herz dabei war, komplett aufzugeben. Doch er verneinte es. Also hatten sie diese Option noch einmal zurückgestellt.

Gemächlich machte Letizia sich auf den Weg nach Hause. Es war Hochsaison auf Capri, keine Chance, irgendwie schneller ans Ziel zu kommen als durch Scharen von Touristen hindurch, die verträumt um sich blickten. Oft hatte sie sich gefragt, was sie denn hofften zu sehen, diese vielen Touristen. Zitronenbäume? Das Meer in all seinen Schattierungen? Die üppige Mittelmeervegetation? Oder war es doch eher dieses nicht richtig zu greifende Lebensgefühl, das sie spüren wollten? Diese mediterran-sommerlich-gehobene Atmosphäre, der schon in den Fünfzigerjahren Stars und Sternchen, die Reichen und Schönen hinterhergejagt waren, nur um sich auf ihren Booten und Jachten eine exklusive Stelle im Hafen zu sichern oder eines der schönsten Zimmer in den teuersten Hotels mit atemberaubendem Blick aufs Meer zu ergattern? Was war es, das Capri so beliebt machte? Oft hatte Letizia sich das gefragt. Sie hatte für sich die Antwort gefunden, dass es vor allem die landschaftliche Schönheit war, die ihre Insel zu so etwas Besonderem machte. Die Natur hatte hier wahrlich keine Mühen gescheut, indem sie das Stückchen Land, diese kleine Insel, auf ihre Weise ins Mittelmeer geschoben und dabei herrliche Felsen abgetrennt hatte, die Faraglioni-Felsen, die traumhaft aussahen, mitten im Mittelmeer. Nicht grundlos machten dort alle Mittelmeer-Erkunder obligatorisch mit ihren Booten oder Jachten halt.

Im Unterricht hatte Letizia alles über die blaue Eidechse gelernt, die es in ihrer Form und Farbe vorwiegend auf dem äußersten der Felsen, dem Faraglione Scopolo, aber auch auf dem Rest der Insel gab. Sie hatte sich damals gemeldet und gefragt, ob das Blau des Meeres und des Himmels auf die Eidechsen abgefärbt hatte, weil es auf der Insel eine so dominante Farbe war, was ihre Lehrerin bejaht hatte. Eine ganze Zeit lang hatte Letizia sich Sorgen gemacht, auch irgendwann mit einer Blaufärbung aufzuwachen. Aber Nonna hatte ihr immer wieder versichert, dass das nicht passieren würde.

Letizia lächelte beim Gedanken an ihre Nonna.

Dio, sie vermisste die singende und tanzende Nonna so sehr!

»Leti, *come stai?*«, hörte sie jemanden fragen, als sie beinahe die Piazzetta erreicht hatte. Sie blickte sich um und sah Mario an der Tür zu seinem Laden stehen. Sie ging auf ihn zu, hoffte, er möge heute gnädig sein und sie nicht zum Singen auffordern. Sie war viel zu müde dafür, was er zu spüren schien. Galant hob er seinen Hut.

Sie zuckte mit den Schultern. »Es geht so. Dir?«

»Es geht mir sehr gut, weil ich endlich eine Entscheidung getroffen habe, die ich viel zu lange aufgeschoben hatte.«

Letizia sah ihn aufmerksam an, und in der Tat sah er gut aus. Noch besser als sonst. Er wirkte entspannt und jünger. »Willst du mir davon erzählen?« Sie hatte es plötzlich gar nicht mehr eilig, nach Hause zu kommen, obwohl Angelina ihr primärer Gedanke war und blieb.

»Ja, ich glaube, es würde mir guttun.« Dann ließ er sich mit dem Erzählen allerdings Zeit. Sie standen eine Weile still am Eingang zu seinem bildhübschen Laden, an dem ganze Horden von Menschen vorbeiströmten. Normalerweise belagerten die Touristen auch seinen Laden, aber im Moment war er leer. Sie beobachteten weiterhin die Menschen, doch Letizia wusste, dass auch dieser stumme Moment Teil ihrer Unterhaltung war.

»Ich höre auf«, sagte er schließlich.

»Du hörst auf? Womit denn?« Was er gesagt hatte, war so unerwartet, dass sie nicht gleich begriff.

»Na, mit dem Geschäft. Ich schließe zum Saisonende.«

Sie sahen sich an.

Es war kein Bedauern in seiner Stimme gewesen. Nur so etwas wie Dankbarkeit. Letizia war sich aber nicht sicher, ob seine Dankbarkeit dem galt, was gewesen war, oder dem, was von nun an sein würde.

»Wenn es das ist, was du dir wünschst, dann bin ich glücklich für dich. Aus rein egoistischer Sicht tut es mir natürlich leid.« Bei wem würde sie denn nun einkaufen? Mario war eine Institution. Sie würde ihn bitterlich vermissen.

»Oh, glaub mir, diese Entscheidung ist mir nicht leichtgefallen. Aber jetzt, da ich sie getroffen habe, habe ich auch gleichzeitig meinen Frieden gefunden.« Er lächelte jetzt und lehnte sich komplett an die Wand.

»Wirst du verkaufen?«

»Weißt du, ich wünsche mir für diesen Ladenraum einfach nur ein ansprechendes Projekt. Es geht mir dabei nicht um Geld, davon habe ich genug. Verstehst du, was ich meine?« Sie nickte. »Falls du etwas hörst, dann gib mir Bescheid, denn ich werde natürlich nicht schließen, bevor ich den Ladenraum in guten Händen weiß.«

»In Ordnung. Ich werde die Ohren offen halten.«

»Hoffentlich auch die Augen, ich will ja nicht, dass du gegen die nächste Wand läufst.«

Letizia lachte, selbst wenn seine Witze oft genug banal waren, so schaffte er es doch immer wieder, sie zu erheitern. Ihr eigener Papà war jung bei einem Autounfall gestorben, und selbst davor hatte sie ihn nur sporadisch gesehen, sodass er ihr nie wirklich viel bedeutet hatte. Hätte sie sich aber einen Papà aussuchen können, dann wäre er so wie Mario gewesen.

Sie umarmte ihn spontan. »Ich muss los, Mario. Aber wenn du mich brauchst, egal, für was, dann weißt du, wo du mich finden kannst«, flüsterte sie ihm ins Ohr. Er gab ihr einen dicken Kuss auf die Wange und drückte sie so fest, dass sie einen Augenblick lang um ihre Rippen fürchtete.

Es tat nach einem langen Tag gut, in ihre Gasse zu kommen und ihr Haus zu sehen. Es war ein typisches Haus von Capri mit weißem Putz, weit geöffneten Fenstern und windschiefen Balkons, auf denen stets Pflanzen wuchsen und Wäsche hing. Auf der Insel mangelte es an Platz, deshalb war auch Letizias Haus eher klein, aber sie liebte es, auch wenn sie sich manchmal fragte, wie es sich wohl anfühlen mochte, anderswo zu leben.

Sie nahm den Schlüssel aus ihrer Handtasche und schloss auf, wie üblich bewegten die Mobiles sich sanft, als sie die Haustür öffnete. Angelina war schon lange nicht mehr am Strand gewesen, um Strandgut einzusammeln. Deshalb waren auch keine neuen Mobiles mehr dazugekommen, im Moment hingen elf Stück bei ihnen im Eingang. Hoch genug, damit sie nicht mit ihren Köpfen dranstießen. Das war ein Spaß gewesen, sie alle aufzuhängen! Mit Leiter und Bohrer und Hammer. Ach, wenn sie daran zurückdachte, musste sie grinsen. Sie waren schon ein tolles Team!

»Angelina?«, rief Letizia nach oben. »Donatello?« Sie schloss die Haustür hinter sich, hängte ihre Handtasche an den Haken. Und endlich erschien Donatello oben am anderen Ende der Treppe. »Sie schläft«, sagte er leise.

»Oh …« Letizia hatte eine ganze Reihe Fragen. Zum Beispiel, wie es ihrer Schwester ergangen war und warum sie so früh schon schlief. Aber sie wollte auch nicht klingen wie eine Glucke, also wartete sie darauf, dass Donatello die Stufen hinabstieg und bei ihr im Eingang stehen blieb. Letizia mochte ihn. Jeden Tag ein bisschen mehr. Er tat Angelina gut. Mit seinem Auftreten als zu groß geratener Teenager und seinen Plänen, die nicht unbedingt den Wünschen seines Vaters entsprachen.

»Wie war es in der hektischen Großstadt?«, fragte er freundlich. Er war so groß, dass er sich beinahe an Angelinas Mobiles stieß.

»Hektisch«, erwiderte sie lachend. Und er tat ihr den Gefallen, auch zu lachen. »Hattet ihr einen schönen Tag?«, fragte sie, hoffentlich unverfänglich genug.

»Ja, wir haben gekocht, Teller gewaschen, Musik gehört, gelesen, vom Balkon aus aufs Meer geschaut, ein Eis gegessen, dann wieder gelesen, gelacht und eine Menge geredet.«

Sie nickte. »Danke, dass du so ausführlich geantwortet hast. Im Normalfall würde ich mir gar nicht so viele Gedanken darüber machen …«

»… aber Angelina ist kein Normalfall. Ist es das, was du sagen wolltest?« Er war jetzt ganz ernst. Es war der richtige Moment für diese Art von Gespräch. Auch wenn Letizia es hasste, dass sie diejenige war, die sich darum kümmern musste, einige Dinge auch beim Namen zu nennen. Als wäre sie hier die Mutter und nicht die Schwester.

»Du weißt, dass Angelina gesundheitliche Probleme hat …«, fragte sie vage, da sie nicht genau sagen konnte, ob Angelina mit ihm darüber gesprochen hatte, und sie ihre Schwester auch nicht bevormunden wollte.

»Ja, wir haben darüber gesprochen, sie hat mir Details genannt, die ich davor nicht kannte«, gab er zu.

»Kommst du damit zurecht? Weil, weißt du, ihr Herz ist bereits gebrochen, ich will nicht, dass es noch mal gebrochen wird.« Dass sie mehr als Freunde waren, war wohl allen klar.

»Für mich ist sie deshalb nicht weniger attraktiv, falls du das meinst. Natürlich kann ich nicht garantieren, dass unsere Gefühle ewig halten werden, aber ich denke, es wäre ihr gegenüber unfair, es nicht wenigstens zu versuchen. Sie ist stärker, als du glaubst. Alles, was sie will, ist ein normales Leben. Und wenn es sein muss, sogar mit Liebeskummer, was jetzt nicht heißt, dass ich vorhabe, sie zu verletzen. Wir sind einfach zwei junge Menschen, die es miteinander probieren. Nicht mehr und nicht weniger. Ich denke, es steht ihr zu, das zu haben, was in ihrem Alter fast jeder hat.«

Letizia nickte. Alles, was er gesagt hatte, war logisch und verständlich und fair. »Ja. Ihr scheint nur beide zu vergessen, dass sie kein normales Leben haben kann. Das Recht darauf wurde ihr leider von ihrer Krankheit genommen. Ich weiß, ihr werdet mich irgendwann dafür hassen, aber meine Aufgabe ist es, sie daran zu erinnern.«

Er nickte. »Ich verstehe dich. Du versuchst, sie zu beschützen. Aber ich frage mich, wovor?«

»Wie meinst du das?«

Donatello sah sie aufmerksam an. Seine gesamte Körperhaltung erinnerte sie jetzt an die von Liberato. »Wovor willst du sie beschützen? Was kann denn schlimmstenfalls passieren?«

Sie schluckte schwer. »Na, dass sie stirbt …« Der Gedanke war so schrecklich, dass sie kaum atmen konnte.

Wieder nickte Donatello. Aber er sah ihr jetzt tief in die Augen. »Und für wen wäre es schlimmer. Für sie oder für dich?«

Sie konnte nichts darauf erwidern, ließ es aber zu, dass Donatello sie umarmte. Kurz nur, aber ganz fest. Dann ging er.

Letizia konnte nicht sagen, wie lange sie so im Eingang stand. Er hatte so recht, so, so recht. Der Gedanke, Angelina zu verlieren, war schier unerträglich für sie. Aber Letizias Angst durfte es Angelina nicht unmöglich machen, ein erfülltes Leben zu führen.

Der Klingelton ihres Handys holte sie aus der seltsamen Lethargie, in die sie verfallen war. Oder war es eher Nostalgie? Sie ging hinüber zum Haken, an dem ihre Tasche hing, und nahm das Handy, um den Anruf entgegenzunehmen.

»Pronto?« Sie hatte nicht aufs Display geblickt, wusste nicht, wer sie anrief.

»Hallo, hier ist Chiara. Wir haben uns heute in der Via dell'Amore kennengelernt. Erinnerst du dich?«

Die sympathische und talentierte Goldschmiedin, die Ringe an jedem Finger und unzählige Ketten anhatte. Grazianos Schwester, wie er selbst erzählt hatte.

»Natürlich erinnere ich mich an dich.« Trotzdem war Letizia verwirrt, während sie darauf wartete, in welche Richtung sich das Gespräch entwickeln würde. Einen Anruf von ihr hatte sie nun wirklich nicht erwartet. Sie hatte das Gefühl, dass sie etwas trinken musste, stieg also die Treppe nach oben und ging von dort aus in die Küche, wo sie sich, mit dem Handy zwischen Ohr und Schulter, ein Glas Wasser einschenkte.

»Deine Agentur war so nett, mir deine Nummer zu geben.«

Letizia stellte das Glas ab. »Kann ich dir irgendwie helfen?«

»Ja, ich wollte dich fragen, ob du Zeit für ein Fotoshooting hättest. Ich habe ein paar neue Stücke fertiggestellt, diesmal vor allem Ketten und Armbänder. Aber es wäre kein allzu großer Auftrag, deshalb hat deine Agentur vorgeschlagen, dich direkt zu kontaktieren«, erklärte Chiara.

»Im Prinzip sehr gerne! Wir müssen nur einen geeigneten Tag finden.« Letizia war froh, dass die Anfragen immer wieder von selbst kamen und sie selten längere Durststrecken hatte. Und die Via dell'Amore schien im Moment ihr Schicksal zu sein.

Sie machten einen Termin aus und verabschiedeten sich.

Kapitel 13

Tommasina war noch immer aufgeregt wegen der am Nachmittag beendeten Aufnahmen für den Werbespot, sodass sie schon wieder die ganze Familie eingeladen hatte, die jetzt bei ihr in der Küche saß. Je mehr, umso besser, das war schon immer ihre Devise gewesen.

Alfonsa sorgte dafür, dass jeder etwas zu essen hatte. Sie hatte spontan *Spaghetti aglio, olio e peperoncino* für alle gemacht, und in der ganzen Wohnung duftete es herrlich nach knusprigem in Olivenöl gebratenen Knoblauch.

Die Hunde waren von der ganzen Aufregung müde geworden und machten in ihren Körben ein Nickerchen, sahen dabei so niedlich aus wie kleine Babys, obwohl sie bereits zum alten Eisen gehörten.

»Ich habe Letizia kontaktiert«, erzählte Chiara.

»Du hast was?«, fuhr Graziano sie so harsch an, dass sogar Checco aufblickte, der bisher mit dem Essen beschäftigt gewesen war.

Tommasina fand die Reaktion ihres Enkels sehr interessant. Er war ja sonst eher der ruhige Typ.

»Welche Laus ist dir denn über die Leber gelaufen? Sie ist

ein Model, und ich habe sie für ein Shooting gebucht. Das wird doch wohl erlaubt sein, oder?« Sie blickte ihren Bruder herausfordernd an. Und Graziano hob beide Hände.

»Tut mir leid, dass ich laut geworden bin. War wohl ein Missverständnis«, fügte er hinzu.

»Ist schon in Ordnung, es war ein langer Tag, besonders für dich«, lenkte Chiara ein.

»Esst noch ein bisschen, dann geht's euch beiden gleich besser!«, schlug Alfonsa vor.

Tommasina konnte ihrer Haushaltshilfe nur zustimmen. Mit vollem Magen sah die Welt schon ganz anders aus.

Chiara und Graziano ließen sich Nachschub auf den Teller laden und aßen eine Weile schweigsam.

»Nett war sie, diese Letizia«, bemerkte Tommasina beiläufig.

Graziano tat desinteressiert, aber sie kannte ihn gut genug, um zu wissen, dass er die Ohren bereits gespitzt hatte. Es amüsierte sie köstlich, ihn ein bisschen auf die Folter zu spannen. Peppino, der neben ihr saß, klopfte ihr leicht gegen das Bein. Wohl als Zeichen seiner Solidarität. Sie warf ihm einen flüchtigen Blick zu. Er zwinkerte amüsiert, und seine Augen blitzten dabei. Und wie wundervoll war dieses vertraute Miteinander. »Giosuè kennt ihren Agenten, der auch auf Capri geboren wurde. Und der kennt wiederum Letizia schon ganz lange, und ... ach ... ihr wisst, wie das so ist. Auf einer Insel kann es kaum Geheimnisse geben«, fuhr sie fort und hielt dann inne, wartete auf eine Reaktion von Graziano, der es zwar zu verstecken versuchte – wahrscheinlich am meisten vor sich selbst –, aber ganz offensichtlich Interesse an der schönen jungen Frau aus Capri hatte.

»Hat er etwas über Letizia erzählt?«, stellte Graziano endlich die entscheidende Frage, was sein Interesse an ihr nur bestätigte.

»Ach, ein paar Details nur. Dass sie eine Schwester hat, zum Beispiel, um die Letizia sich als einzige Verwandte kümmert. Die Schwester soll krank sein. Mutter, Vater und Nonna der beiden sind bereits verstorben.«

Graziano legte die Gabel weg.

Tommasina hatte zwar kaum mit Letizia gesprochen, aber wenn jemand ein feiner Mensch war, dann spürte man es instinktiv. Letizia schien so ein Mensch zu sein. Außerdem vertraute Tommasina dem Spürsinn ihres Enkels.

»Klingt nach einem nicht so einfachen Leben«, bemerkte Chiara.

Es tat Tommasina ein bisschen leid, dass die Stimmung nun etwas bedrückt war. Deshalb lenkte sie das Gespräch in eine andere Richtung. »Und was meint ihr, könnte es nicht so etwas wie eine Zusammenarbeit zwischen der Via dell'Amore und Capri geben?«

Ein paar Augenblicke lang wurde es still in der Küche.

»Ich denke, ich habe eine Idee.« Peppino hatte sich so unerwartet zu Wort gemeldet, dass sie ihn alle gleichzeitig überrascht ansahen, als hätten sie ihn komplett vergessen. Wie er so dasaß und aussah wie jemand, der Herr der Lage war, fand Tommasina ihn sehr anziehend. Sie hustete.

»Und die wäre?«, fragte Checco interessiert.

Alfonsa schenkte ihnen Wein nach. Der Abend war nun wieder sehr gemütlich.

»Bei uns in der Via dell'Amore fehlen die Zitronen von Capri. Und auf Capri fehlt es am ganz eigenen Charme unserer Via dell'Amore. Richtig?»

Tommasina dachte nach, sah, dass auch alle anderen sich anstrengten zu begreifen, was genau Peppino sagen wollte.

»Nun, es war vielleicht ein bisschen kompliziert ausgedrückt, aber wir könnten doch so etwas wie die Capri-Woche hier in der Via organisieren. Mit einem kleinen Stand, gesponsert von den Hotels auf Capri, die die meisten Hochzeitsgesellschaften beherbergen. Auf diese Weise könnten wir es zukünftigen Hochzeitspaaren noch leichter machen, und sie könnten ihre Hochzeitslocation auf Capri gleich hier in der Via dell'Amore aussuchen. Ein Service mehr. Und auf jeden Fall etwas, das mehr Paare hier in die Gasse lockt.«

»Das ist gar keine schlechte Idee«, fand Chiara. »Ich könnte bei der Gelegenheit auch kleine Glöckchen-Anhänger anfertigen, die so typisch für die Insel sind.«

»Und ich mache *Caprese*-Kuchen«, bot Graziano an.

Tommasina war schon ganz aufgeregt. Es kam wieder Leben in ihre Via dell'Amore. Zuerst der Werbespot, dann Peppinos Idee. So viel geschah auf einmal in ihrer geliebten Gasse!

Sie diskutierten noch eine Weile über weitere Ideen, überlegten und planten, bis es irgendwann spät geworden war und Graziano sich schließlich verabschiedete.

Diego, Ciro und Fabio wachten fast gleichzeitig auf und

begannen zu lärmen, weshalb Tommasina ein Machtwort sprach und Peppinos Plan für gut erklärte. Der Abend war beendet. Auch Chiara und Checco brachen auf. Tommasina und Peppino halfen Alfonsa beim Aufräumen, dann ging auch sie. Und auf einmal waren Tommasina und Peppino allein. Wenn man von den drei Chihuahuas absah, die sich aber wieder beruhigt hatten und gerade aussahen, als könnten sie kein Wässerchen trüben.

»Ich gehe dann wohl besser«, sagte Peppino. »Danke für die Einladung, und danke …«

Sie unterbrach ihn. »Würdest du mir noch ein bisschen Gesellschaft leisten?«, bat sie ihn.

Sein Gesicht erhellte sich. Ja, er freute sich so sehr, dass er strahlte. Und Tommasina fragte sich, wie sie nur so lange nicht bemerkt haben konnte, was für ein wundervoller Mann er war. Er hatte sie jahrelang heimlich angehimmelt, bis er im letzten Sommer den entscheidenden Schritt gewagt hatte. Sie war dankbar, dass er sich getraut hatte, wollte ihn in ihrem Leben nicht mehr missen. »Sollen wir uns noch ein bisschen auf den Balkon setzen?«, schlug er vor.

»Das wäre schön!«

Peppino trug zwei Stühle auf Tommasinas kleinen Balkon, der direkt auf die Via dell'Amore blickte. Es war ein wundervoller, sommerlicher Abend. Sie setzten sich, Peppino zog seinen Stuhl so nah zu Tommasinas, dass er ihre Hand halten konnte. Sie glaubte, noch nie etwas so Romantisches erlebt zu haben. Die Läden waren zwar geschlossen, aber einige Lichter waren noch an, sodass sie von oben aus gesehen sehr hübsch aussahen. Einige Luftballons waren noch befestigt und bewegten sich in der Brise, die vom Meer hochzog. Die Luftballons sahen aus, als würden sie grüßen. Obwohl zu dieser Uhrzeit kein Verkauf mehr stattfand, zogen noch immer einige Paare durch die Gasse. Wahrscheinlich war der alte Aberglaube, dass alle Paare, die sich hier küssten, dann auch heiraten mussten, noch stärker verbreitet, als Tommasina glaubte.

»Ich bin ein bisschen müde, Peppino, weißt du?«, gab Tommasina zu. Einfach so, weil es sich richtig und gut anfühlte, ehrlich zu ihm zu sein.

Er verstand sofort, dass sie nicht den Abend meinte und dass die Müdigkeit nicht die Art war, die man mit ein paar Stunden Schlaf in den Griff bekam. »Ich weiß, meine Liebe.« Er strich sanft mit seinem Daumen über ihren Handrücken. »Du kämpfst deine Kämpfe schon viel zu lange allein. Es ist an der Zeit, dass sich jemand um dich kümmert.«

»Ich bin kein einfacher Mensch.« Sie hob den Kopf und blickte in den Himmel, der aussah wie schwarzer Samt. In der Stadt sah man nicht viele Sterne, was sie sehr bedauerte. Sie vermisste einen sternenklaren Himmel.

»Ich liebe dich so, wie du bist«, gestand er ihr.

Tommasina sah erschrocken zu ihm.

Er hatte es noch nie ausgesprochen, noch nie gesagt, dass er sie liebte. Er hatte es gezeigt, jeden Tag, immer, aber gesagt noch nie. Taten waren viel wichtiger als Worte, aber Liebe war so ein Gefühl, das sowieso schon schwer zu greifen war. Wenn man es dann auch noch vermied, sich mit

Worten dazu zu bekennen, war es einfach, sich selbst davon zu überzeugen, dass man es sich nur einbildete.

»Was siehst du mich so erschrocken an?« Er lachte. »Wusstest du denn nicht, dass ich dich liebe? Denn das tue ich, sehr sogar.«

Es gab so Momente, in denen alles so perfekt passte, so perfekt aufeinandertraf, dass man nur von Magie sprechen konnte. Und das hier war exakt so ein Moment. Tommasina lehnte sich zu ihm und legte ihre Stirn auf seine Schulter. Peppino hob sanft ihr Kinn, und, *buon Dio*, sie fühlte sich wieder wie ein junges Mädchen. Ihr Herz schlug ihr bis zum Hals. Als er sie sanft küsste, kam sie sich die erste halbe Sekunde etwas albern vor, weil sie so lange keinen Kuss mehr erlebt hatte, gefühlt ein ganzes Leben lang. Doch sie merkte sofort, dass sie es nicht verlernt hatte. Und sie mochte es. Sie mochte, wie Peppino sich anfühlte, weich, lebendig, warm. Sie mochte, wie er schmeckte, ein bisschen nach Wein. Und dann stellte sie das Denken ein. Und es war gut so.

• • •

Graziano saß am Strand, was er schon lange nicht mehr getan hatte. Ihm war nicht danach gewesen, gleich nach dem Abendessen bei Nonna zu Bett zu gehen. Deshalb war er zur Strandpromenade spaziert, und schließlich hatte er sich in den Sand gesetzt, um wie ein Idiot auf das Meer zu blicken. Es roch stark nach Fisch und Sommer, Gischt wirbelte ganz fein durch die Luft, was an diesem heißen Sommerabend durchaus angenehm war. Die Strandpromenade war voller Spaziergänger, die sich unterhielten. Aber alles um ihn herum erreichte ihn wie durch Watte. Der Mond hing sichelförmig am Himmel und sah aus, als wollte er ins Meer springen. Alles in allem eine romantische Nacht in Neapel. Eine Nacht, die wie für die Liebenden gemacht war. Graziano fuhr sich durchs Haar. Was war nur mit ihm los?

Er hatte geglaubt, sich ausschließlich auf seine Pasticceria konzentrieren zu müssen. Doch die Welt war nicht untergegangen, obwohl er heute seinen Laden ein bisschen vernachlässigt hatte. Seine Lehrlinge hatten hervorragend gearbeitet, seine Abwesenheit hatte keinerlei Folgen gehabt. Nun, für die Konditorei zumindest nicht. Für ihn schon. Letizia hatte alles auf den Kopf gestellt.

Er warf einen Stein ins Meer, als könnte er damit auch seine sehnsuchtsvollen Gedanken wegwerfen. Doch so einfach war es nicht. Einfach war es hingegen gewesen, so zu tun, als seien sie ein Paar. Die Chemie stimmte. Das konnte er nicht leugnen. Und doch war sie einfach so gegangen, nur weil er sie gefragt hatte, warum sie so gut mit Torten umgehen konnte.

Was hatte er übersehen? Oder war er schon so sehr aus der Übung, dass er sich alles nur eingebildet hatte? Ihre Blicke, ihre wie zufälligen Berührungen, ihr Lachen, ja, ihr Flirten?

Und dann war da dieses Puzzlestück, das Tommasina hinzugefügt hatte. Was machte er nun mit dieser Information, dass Letizia eine kranke Schwester hatte, um die sie sich kümmerte? War sie deshalb so ernst und kontrolliert?

Es war sicherlich eine große Verantwortung. Und er hatte keine Ahnung, wie es sich anfühlte, sich um jemanden so aufopfernd zu kümmern.

Entschlossen stand er auf, klopfte sich den Sand von der Hose und verließ den Strand. Als er auf dem Bürgersteig der Promenade angekommen war, hatte er einen Entschluss gefasst: Er würde sich Letizia aus dem Kopf schlagen, und zwar sofort. Es war die einzige logische Konsequenz. Zweimal hatte er sie durch Zufall getroffen, zweimal war sie einfach so verschwunden, ohne ihm die Möglichkeit zu geben, sich zu verabschieden, sich zu bedanken, um ein weiteres Treffen zu bitten.

Brauchte er das?

Ganz bestimmt nicht!

Er war so gut gefahren ohne Herzensangelegenheiten. Er war besser dran ohne diese Art von Chaos in seinem Kopf.

Ja!

Warum tat es dann so weh?

Er ging die Promenade weiter entlang bis zur Abzweigung, die ihn ins Stadtinnere führen würde. Ohne Umwege ging er zurück zu seiner kleinen Mietwohnung, die aussah wie einem Möbelkatalog entsprungen. Alles war ordentlich, quasi unverändert, seit er vor Jahren eingezogen war. Er war so selten zu Hause, dass die Wohnung unbewohnt wirkte. Er hatte auch nur ganz wenige Lebensmittel im Kühlschrank, weil er nie hier aß. Seine Küche schien nagelneu, weil er sie so gut wie nie benutzte.

Er hatte all seine Energie in seine Arbeit gesteckt. Und zu

Recht! Seine Zeit reichte nicht für Privates, schon gar nicht für Beziehungen.

Er versuchte eine ganze Weile, sich selbst zu überzeugen. Aber es änderte nichts daran, dass er sich nach Letizia sehnte. Sehr sogar.

Er ging zu Bett und fiel in einen leichten, unruhigen Schlaf.

Kapitel 14

Caprese ai limoni (di Capri)

Zutaten:

250 g geriebene weiße Mandeln
200 g Zucker
200 g weiße Schokolade
150 g Butter
50 g Butterkekse
5 Eier
1 Zitrone, möglichst aus Capri (Schale und Saft)
1 Päckchen Backpulver
1 Päckchen Vanillezucker
2 Esslöffel Limoncello
1 Prise Salz

Den Ofen auf 180 °C vorheizen, eine runde Backform mit Butter und Mehl ausstreichen. Einen kleinen Teil der Schokolade grob, den restlichen Teil sehr fein zu Pulver zerhacken, Butterkekse fein zerreiben.

Das Eiweiß mit einer Prise Salz steif schlagen und beiseitestellen. Die Eigelbe mit dem Zucker verquirlen, bis die Masse weich und gelb ist. Die weiche Butter, die grob zerkleinerte Schokolade, den Saft und die abgeriebene Schale einer Zitrone, die geriebenen Kekse und den Limoncello hinzufügen und gut vermischen. Die geriebenen Mandeln und das weiße Schokoladenpulver zusammen mit dem Päckchen Backpulver und dem Vanillezucker hinzugeben und ebenfalls mischen. Nun das steif geschlagene Eiweiß unter die Masse heben und alles mit leichten Bewegungen von unten nach oben verrühren. Die dabei entstandene Masse in die vorbereitete Backform gießen und die Oberfläche mit einem Spatel glatt streichen.

Den Kuchen etwa 50 Minuten backen.

Nach dem Backen abkühlen lassen und vor dem Servieren mit Puderzucker bestäuben.

Nonna schlief noch, deshalb waren sie besonders leise in der Küche. Mamma buk lieber, wenn die Temperatur noch erträglich war, weil es in der Küche mit dem Ofen selbst im Frühsommer sehr heiß werden konnte, und heute war ihre Kuchen-Liste lang. Sobald Letizia jedoch die ihr vertrauten Geräusche und Gerüche erreicht hatten, war sie aufgestanden, um Mamma Gesellschaft zu leisten und ihr zu helfen. Wenig später hatte sich Angelina zu ihnen gesellt, die immer dort war, wo Letizia war. Wie ein kleiner Schatten. Sie folgte Letizia sogar auf die Toilette. Zugegeben: Das hatte sie sich ein bisschen anders vorgestellt, aber sie ließ Angelina, die beharrlich sein konnte, doch immer wieder mit ins Bad.

Mamma hatte ihnen ein Glas Milch mit Kakao hingestellt und suchte sich gut gelaunt die Zutaten zusammen.

»Romina möchte diesmal keine hoch komplizierte Torte mit verschiedenen Cremes, sondern eine *Caprese al limone*. Kannst du dir das vorstellen, Leti?«, sagte Mamma so leise, dass Letizia den Eindruck hatte, ein Geheimnis erzählt zu bekommen.

Romina war ihre schwierigste, wenn auch treuste Kundin. Jede Feier in der Familie wurde mit einem Kuchen von Giulia ausgestattet. Keine einfache Aufgabe, vor allem, wenn es sich um die Geburtstagskuchen ihrer drei Söhne handelte. Einer von ihnen war ein Schulkamerad von Letizia. Eigentlich ein ganz netter Junge, Claudio, aber man sah ihm jetzt schon an, dass er mal ein erfolgreicher Anwalt oder so etwas werden würde, der seine Gegner in der Luft zerriss. So oder ähnlich hatte Nonna ihn mal beschrieben. Und sie kannte ihn nur von Schulaufführungen.

Romina jedenfalls hatte immer komplizierte Ideen, und Mamma schwitzte nicht selten, um sie zufriedenzustellen. Aber sie tat es letztendlich gern, weil Romina immer ein hohes Trinkgeld gab.

»Sicher, dass du sie richtig verstanden hast?« Wenn Letizia an den letzten Kuchen dachte, irgendetwas mit fünf Schichten und verschiedenen Beschaffenheiten und Cremes hatte es sein sollen, kam ihr diese Lösung viel zu einfach vor. Das klang nicht nach Romina.

Angelina verschluckte sich an der Milch, was dazu führte, dass Mamma die Packung mit dem Zucker auf den Tisch fallen ließ, um sofort zu ihr zu rennen. So war es immer, wenn Angelina hustete. Oder zu laut lachte. Oder mal, Gott bewahre, Fieber hatte.

Die Welt blieb stehen, wenn Angelinas Verhalten oder Zustand irgendwie von der Norm abwichen.

Letizia, die neben ihr gesessen hatte, klopfte ihrer Schwester auf den Rücken, doch da war Mamma auch schon um den Tisch gerannt und übernahm selbst. Strich Angelina ihre langen schwarzen Haare aus dem Gesicht und murmelte mit beruhigenden Worten auf sie ein. Letizia stand auf, nahm einen Löffel aus der Schublade und schob damit den auf dem Tisch verstreuten Zucker wieder in die Papierpackung. Sie blickte auch zu Nonnas Schlafzimmertür, die sich sicher gleich öffnen würde. Nonna war auch immer zur Stelle, wenn irgendetwas mit Angelina war. Dass sie sich verschluckt hatte und stark hustete, musste auch für Nonna, selbst wenn sie noch geschlafen hatte, gut zu hören gewesen sein, hatte sie doch das Zimmer, das der Küche am nächsten lag. Doch die Tür blieb zu, Angelina atmete wieder normal. »Entschuldige, Mamma«, sagte Angelina. Mamma machte »pssst« und küsste ihr kleines Gesicht, bis sie aufhörte, sich zu entschuldigen.

Angelina bat immer um Verzeihung, wenn es ihr schlecht ging oder sie Mammas Aufmerksamkeit brauchte. Letizia glaubte, dass sie sich ein bisschen wie eine Last fühlte. Sie wollte nicht, dass Angelina diesen Eindruck hatte, und tat ihr Bestes, um es ihr auszureden.

Mamma war wieder am anderen Ende des Tischs, wo sie ihre Backutensilien aufgestellt hatte. Sie reichte ihnen je ein Stück weiße Schokolade, die sie beide dankend annahmen. Letizia steckte sich ihres in den Mund und war verzückt. Der Geschmack war herrlich süß und cremig. Angelina schob ihr Stück hingegen Letizia zu. Ganz anders als sie mochte ihre kleine Schwester Schokolade nicht wirklich. Dafür war sie aber ganz wild auf Zitronen, Pizza und Sardinen.

Nonna wurde schließlich wach und gesellte sich zu ihnen, erzählte von einem wirren Traum, brachte Letizia und Angelina damit zum Lachen, während Mamma die Torte in den Ofen schob. Schon bald duftete es in der ganzen Küche, vielleicht sogar bis in die Gasse nach Zitronen und Süßem. Und es war nicht nur warm in der Küche, sondern auch in Letizias Herzen.

Um kurz vor acht musste sie aber zur Schule, da hatte Mamma gerade angefangen, an ihrem nächsten Auftrag zu arbeiten. Heute war ein besonderer Tag, es stand eine Schulprobe an, die letzte vor dem Jahresende. Ausgerechnet in Italienisch, dem Fach, das Letizia am wenigsten mochte. Die Grammatik war in Ordnung, aber Aufsätze hasste sie. Sie habe zwar eine rege Fantasie, behauptete ihre Lehrerin, sei aber zu verschlossen, um sich sprachlich und schriftlich richtig zu entfalten. Da sei aber Potenzial.

Letizia fand die Themen blöd. So einfach war das. Sie wollte über Kuchen erzählen und kranke Schwestern. Stattdessen musste sie sich Geschichten ausdenken, in denen es einen Papà und gesunde Geschwister gab oder gereist wurde.

Das war nicht ihre Welt. War es da verwunderlich, dass ihr rein gar nichts einfiel?

Letizia traf auf dem Weg zur Schule an der alten Kirche eine Möwe, die mitten in der Gasse stand, sie ansah und ihr den Weg versperrte. Sie stapfte fest auf, damit der Vogel wegflog und sie vorbeikonnte. Die Möwe war jedoch unbeeindruckt, watschelte vor und zurück, aber nicht aus dem Weg. Angst hatte Letizia nicht vor Möwen, aber sie waren ganz schön groß. Und Nonna hatte mal eine Geschichte über Nonno erzählt, als ihm eine Möwe einen Fisch aus der Hand stibitzt hatte. Nein, Angst hatte Letizia nicht, aber ein bisschen Vorsicht konnte nicht schaden.

Die Vorsicht führte dazu, dass sie zu spät zum Unterricht kam, was nicht weiter schlimm war. Es waren die letzten Wochen vor den Sommerferien, und mit der Pünktlichkeit nahm man es auf der Insel nicht so genau. Die letzte Probe in Italienisch fand erst in der vierten Stunde statt. Trotzdem ärgerte es Letizia, da sie zeitig von zu Hause aus losgegangen war.

In der Pause kam Claudio auf sie zu. »Du solltest es dir nicht so sehr zu Herzen nehmen, dass du heute zu spät gekommen bist«, sagte er zu ihr. Sie lehnte sich an die Wand im Flur, wusste nicht, was seine Aufmerksamkeit an diesem Tag zu bedeuten hatte. Claudio war schon immer nett gewesen, aber er hatte sie nie direkt angesprochen. Die anderen Mädchen aus der Klasse kicherten und zeigten mit dem Finger auf sie. Die Fenster im Flur waren weit geöffnet, der Wind vom Meer brachte Bewegung in die Boote und Schiffe, die sie während eines Projekts gemalt und gebastelt und dann an die Wand geklebt hatten.

»Ja, vermutlich nicht … danke. Eine Möwe stand mir im Weg, und ich kam nicht dran vorbei«, erklärte sie unbeholfen und dachte einen Moment später, dass er sie für ein dummes kleines Mädchen halten musste.

Doch er nickte verständnisvoll. »Sind sie nicht manchmal beängstigend? Ihre kleinen Augen jagen mir auf alle Fälle eine Heidenangst ein!«

»Nicht wahr?« Letizia war so froh, dass jemand sie verstand.

Sie lachten beide.

»Morgen habe ich Geburtstag«, erklärte er so übergangslos, als hätte sein Ehrentag direkt etwas mit der Möwe zu tun.

»Ich hatte es fast vermutet …«, erklärte Letizia und stieß sich von der Wand ab. Die Kälte der Wand, an der sie gelehnt hatte, hatte sich durch den dünnen Stoff ihres Sommerkleids direkt auf ihre Haut übertragen.

»Ich habe mir einen einfachen Kuchen gewünscht …«, deutete er an. Als müsste allein das irgendetwas erklären.

»Ja, ich verstehe.« Aber sie tat es nicht. Kein bisschen.

»Eure Kuchen sind immer so lecker, aber ich kenne meine Mutter. Sie kann anstrengend sein. Deswegen habe ich mir wie gesagt etwas Einfaches gewünscht, damit sie euch nicht so sehr stresst.«

»Oh.« Ihr fiel nicht mehr ein. In ihrem Kopf analysierte sie, was er gesagt hatte. Dass es nett gemeint war, stand für sie außer Frage. Letizia konnte mit Nettem aber nicht umgehen.

Als nichts anderes mehr kam, nickte Claudio, der einen halben Kopf größer war als Letizia, aber nicht bedeutend älter. »Man sieht sich also«, sagte er und ging. Obwohl sie sich gewünscht hätte, dass er blieb.

Die Pause war zu Ende, die Schüler ihrer Klasse versammelten sich erneut im Klassenzimmer. Die Italienischlehrerin erschien wie so oft ein paar Minuten zu spät. Sie roch nach Kaffee und hatte rot bemalte Lippen. Sie war die erste Frau, an der Letizia roten Lippenstift sah. Mamma schminkte sich hingegen nie, sie trug immer nur einen Hauch Parfum. Aber Mamma war auch ohne Schminke attraktiv, die Lehrerin selbst mit nicht besonders schön.

Die Lehrerin teilte die Blätter aus, die Nervosität im Klassenzimmer wuchs. Natürlich auch bei Letizia, die vor allem Mamma und Nonna nicht enttäuschen wollte. Um sich zu beruhigen, blickte sie aus dem Fenster, von dem aus aber nur die nächstgelegenen Gebäude zu sehen waren. Sie hoffte auf einen Weg aus diesem Klassenzimmer, sie hoffte, nicht an dieser Prüfung teilnehmen zu müssen, sie hoffte sogar, einfach so zu verschwinden. Natürlich passierte nichts davon. Inzwischen hatten alle ein Blatt, auf dem das Thema des Aufsatzes stand.

Beschreibe deine liebste Familienaktivität! Ein Hobby, etwas in deiner Freizeit oder vielleicht ein Erlebnis an einem besonderen Tag, in der Vergangenheit oder in der Zukunft. Im Alltag oder abseits davon. Zu Hause oder im Freien. Geburtstag, Weihnachten oder ein ganz normaler Tag. Such dir etwas aus, bei dem du dich wohlfühlst oder wahlweise besonders viel Spaß hast. Wichtig ist, dass du erzählst, was du dabei empfindest. Viel Erfolg!

Letizia wollte über das Backen schreiben, über das Gefühl von Sicherheit, wenn sie alle zusammen in der Küche an ihrem großen Tisch saßen. Sie freute sich sogar darauf. Sie suchte ihren Stift im Federmäppchen, das sie hütete wie ihren Augapfel, weil es besonders hübsch war, in Lila, ihrer Lieblingsfarbe. Als sie den Stift gefunden hatte, atmete sie tief durch und begann, ihren Namen auf das linierte Blatt zu schreiben. Mit Datum.

Capri, der 16. Mai 2007.

Sie legte los, beschrieb einen Tag, an dem Mamma viele Aufträge hatte und Letizia ihr helfen durfte. Eier aufschlagen, Eiweiß steif schlagen, Zucker abwiegen, Sahne mit Lebensmittelfarbe färben, Zuckerguss, Dekoration, Aromen. Frisches Obst, heiße Cremes.

Sie schrieb und schrieb. Darüber, wie sehr sie ihre Mutter bewunderte und wie sehr sie so werden wollte wie sie. Stark, unabhängig, aber gleichzeitig auch warmherzig und bescheiden.

Sie schrieb und füllte Seite um Seite. Bis es an der Tür klopfte und sie alle im Klassenzimmer zusammenzuckten, weil es gerade so still gewesen war, dass man eine Nadel auf den Boden fallen gehört hätte.

Die Hausmeisterin der Schule, die *bidella*, schaute zur Tür herein und bedeutete der Lehrerin, in den Flur zu kommen, wo sie sich unterhielten. Inzwischen tauschten alle im Klassenzimmer Informationen über ihre Aufsätze aus. Sitznachbarn halfen sich mit Kommasetzung und Rechtschreibung. Letizias direkte Nachbarin war ganz angetan von ihrem Text.

»Du bekommst sicher die beste Note, Leti!«, versicherte sie ihr.

Doch dann kam die Lehrerin zurück ins Klassenzimmer. Sie sagte nichts, aber sie verstummten augenblicklich alle. Ein unangenehmes Gefühl beschlich Letizia.

»Letizia, kommst du bitte nach vorne?«

Hatte die Lehrerin gesehen, wie sie sich mit ihrer Sitznachbarin unterhalten hatte?

Es kostete Letizia ein bisschen Überwindung, doch schließlich stand sie auf. Der Weg von ihrem Sitzplatz zum Pult der Lehrerin erschien ihr endlos. Letizia spürte die Blicke ihrer Klassenkameraden im Rücken.

»Ja?«, fragte sie, als sie die Lehrerin erreicht hatte. Sie war auf ziemlich alles gefasst.

»Es tut mir so leid, Letizia ...«, stammelte die Lehrerin.

Letizia spürte einen Schmerz im Herzen, der sich wie ein Dolchstoß anfühlte. Sie schnappte nach Luft. »Ist was mit Angelina?«, fragte sie atemlos.

Die Lehrerin schüttelte den Kopf. Doch bei Letizia wollte sich keine Erleichterung einstellen.

»Deine Nonna, Leti. Deine Nonna ist gestorben ...«

Und mehr hörte Letizia nicht.

Das Nächste, was sie wusste, war, dass Claudio sie nach Hause begleitete.

Kapitel 15

Graziano zog die Hörnchen aus dem Ofen und stellte das Blech auf dem Arbeitstisch ab. Sie dufteten nach geschmolzener Butter und waren schön aufgegangen. Auf dem Arbeitstisch standen schon die Schüsseln mit den verschiedenen Cremes bereit. Arnaldo würde sie gleich füllen. Heute hatte Graziano sich für Zitronen-, Pistazien- und Schokoladencreme entschieden. Die Basis war gleich, die drei verschiedenen Geschmacksrichtungen hatte er dann hinzugefügt. Man konnte vor allem die Zitronen riechen. In der Backstube musste man aufpassen und immun werden gegen all die Düfte, sonst ging man selbst auf wie Hefeteig.

»Vielleicht sollten wir auch irgendwann eine Creme mit Waldbeeren für die Hörnchen machen. Ich habe neulich welche in einem hippen Laden gesehen, die waren ganz schnell weg«, erzählte Arnaldo.

»Ja, mach nur, kein Problem. Setz für morgen eine Extraportion Waldfrüchte auf die Einkaufsliste, dann kannst du das übernehmen«, schlug Graziano vor.

Arnaldo strahlte und nickte. »Danke, Maestro!«

Graziano zuckte mit den Achseln. »Ach, dafür doch

nicht. Ich finde es gut, dass du dich einbringen möchtest. Dazu sollte eine Ausbildung da sein.«

»Ich könnte mir keine bessere Ausbildung vorstellen ...«, schwärmte Arnaldo und füllte inzwischen sehr geschickt und vorsichtig die Hörnchen.

Graziano nahm sich ein paar vom Blech, packte sie in eine Papiertüte und verließ damit die Backstube. Er durchquerte den Teil der Konditorei, der für die Kundschaft vorgesehen war. Der Verkaufsraum war hell und einladend, die Vitrinen immer gut gefüllt mit *dolci* zum Mitnehmen. *Elegant*, hatte Chiara beim ersten Mal gesagt, als sie nach der Renovierung vor Jahren hereingekommen war. Und genau so hatte er es haben wollen: elegant. Bevor er die Konditorei verließ, blickte er zurück zum Tresen und war ein bisschen stolz auf sich. Die vielen Leute, die anstanden, um etwas bei ihm zu kaufen, zeigten, dass er gut gearbeitet hatte. Die zwei Verkäuferinnen waren geschickt, freundlich, schnell. Sie packten ordentlich und zuvorkommend so viele verschiedene Kuchen, Desserts und Gebäck ein, dass es eine Freude war, ihnen zuzusehen.

Eigentlich war alles, wie er es sich immer gewünscht hatte, trotzdem war Graziano in letzter Zeit nicht gerade ausgeglichen und glücklich. Er dachte immerzu an Letizia. Die Zeit mit ihr war schön gewesen. Er würde nicht sagen, dass er sich verliebt hatte, weil die Liebe, so beschäftigt, wie er war, für ihn sowieso keinen Sinn machte. Aber er vermisste sie trotzdem.

Seltsam, nicht?

Graziano verließ die Pasticceria und trat auf die beinahe

blank getretenen Pflastersteine der Via dell'Amore, musste gleich einem Paar ausweichen, das eine Broschüre las. Er erkannte, dass es sich um Cosimos handelte. Er hatte eine herstellen lassen, in der er die Geschichte seines Schuhladens erzählte und die alte Fotos beinhaltete. Sie zeigten die Via dell'Amore in sehr viel schlichterer Aufmachung, aber die Liebe war schon damals die treibende Kraft gewesen.

In der Via dell'Amore war es unmöglich, nicht an die Liebe zu glauben. Man sah einfach zu viel davon. Rundherum, jeden Tag und zu jeder Stunde. Und wenn es stimmte, dass das Umfeld die Stimmungen aufnehmen konnte, dann musste die Liebe hier beinahe von den Wänden triefen. Es wurde sehr heiter, als eine Braut mit ihren Brautjungfern aus Pamelas Brautladen kam und lauthals nach mehr Prosecco verlangte. Die Brautjungfern taten das, wofür sie in solchen Fällen berufen waren, und schleppten die Braut in Giacominos Bar, während so mancher noch nicht mal gefrühstückt hatte.

Pamela stand nun auch vor ihrem Laden, schnappte wohl etwas frische Luft. Sobald sie Graziano sah, rief sie nach ihm. Er war versucht, sie zu ignorieren. Aber so leicht ließ sie sich nicht abwimmeln. Sie holte ihn ein paar Schritte von Tommasinas Gebäude entfernt ein.

»*Ciao*, Graziano!«, grüßte sie und zog das O seines Namens lang. Es klang seltsam.

»*Ciao*«, antwortete er und hob die Papiertüte, in der die Hörnchen für Tommasina steckten. »Ich bin auf dem Weg zu Nonna. Alles klar bei dir?«

Sie ließ sich nicht davon beeindrucken, dass er so offensichtlich anderes zu tun hatte. Um ehrlich zu sein, hatte Graziano Pamela immer ein bisschen verteidigt, immerhin waren sie hier in der Gasse mehr oder weniger zusammen aufgewachsen. Aber er musste sich eingestehen, dass sie es faustdick hinter den Ohren hatte. Dazu war sie eine hervorragende Schauspielerin, hatte man sie aber einmal durchschaut, verlor sie all ihren Glanz.

»Es geht so«, schmollte sie. »Ich muss mich noch von gestern erholen. So viel Chaos mit dem Dreh für den Werbespot.« Sie blickte gen Himmel, so, dass ihr offenes, perfekt blond gesträhntes Haar ihr über den Rücken fiel.

Er wusste nicht wirklich, was sie vorhatte, war aber auf der Hut. »Der Werbespot hat alle ein bisschen aus der Routine gebracht, ist aber auch gleichzeitig gut für jeden unserer Läden. Da nimmt man ein bisschen Chaos schon gerne in Kauf, oder?«

Sie ging gar nicht auf ihn ein. »Und du bist jetzt unser neues Supermodel? Wie war die Erfahrung?«, wollte sie nun plötzlich wissen.

Er zuckte mit den Achseln. Was sollte er dazu schon sagen? Es interessierte sie doch überhaupt nicht.

»Ist es mit deiner Drehpartnerin gut gelaufen?«, bohrte sie unbeirrt weiter.

Und er ging sofort in die Defensive, spürte förmlich, wie er sich versteifte, was sie vermutlich bezweckt hatte. Aber es ging um Letizia. Ob es nun richtig war oder nicht, sie bedeutete ihm etwas. »Sehr gut. Wieso fragst du?«

»Na, weil sie in der Umkleide richtig schlecht über dich gesprochen hat. Du seist so unsympathisch und von dir eingenommen. Unprofessionell, arrogant«, sie machte ein betroffenes Gesicht. »Den Rest erspare ich dir lieber.«

»Was du mit meiner Schwester und Checco damals angestellt hast, wird dir diesmal nicht gelingen«, erwiderte er einfach nur. Er meinte damit die Tatsache, dass sie sich vor Jahren zwischen seine Schwester und ihren Freund gestellt hatte. Mit Erfolg.

Pamela blinzelte, so als hätte sie plötzlich Staub in den Augen, und verschränkte die Arme vor der Brust. Sie stand steif da und wirkte deshalb umso mehr wie eine Barbie. Noch dazu hatte sie eines ihrer rosafarbenen Ensembles an, an den Füßen Pumps in der gleichen Farbe. Der Look war perfekt, sie war perfekt – zu perfekt. »Wie meinst du das?«, fragte sie dann. Und ihr Tonfall war gestochen scharf, endlich zeigte sie ihr wahres Ich.

»Gar nichts. Ich dachte, wir hätten gerade ein rein philosophisches Gespräch?« Wenn sie sich dumm stellte, dann konnte er das auch.

Sie sah ihn eiskalt an. »Mach dich nicht lächerlich!«, giftete sie ihn jetzt an.

Er begann, Spaß daran zu finden, sie zu ärgern. »Wieso? Weil du schon so gut darin bist?«

Sie zeigte ihm den Mittelfinger, was ihn zum Lachen brachte. »Ihr werdet euch noch wundern, du, deine alte Nonna und deine untalentierte Schwester!«, rief sie empört, machte auf dem Absatz kehrt und rauschte davon.

Graziano blickte ihr noch hinterher, bis sie wieder im Laden verschwand. Er musste zugeben, dass er sie immer unterschätzt und gefunden hatte, dass Chiara übertrieb mit ihrer Wut auf Pamela, die eher persönlicher Natur war. Doch jetzt konnte er verstehen, was seine Schwester an der Brautmodenladenbesitzerin kritisierte. Pamela war eine falsche Schlange, die ganz offensichtlich Probleme damit hatte, wenn andere Menschen die Möglichkeit hatten, glücklich zu sein.

Graziano seufzte. Er hatte doch nur geschwind seiner Nonna frische Hörnchen bringen wollen. Es schien in der Via dell'Amore ein Ding der Unmöglichkeit zu sein, mal eben schnell etwas zu erledigen. Er hatte die Hörnchen nun schon so lange im Papier gehalten, dass es schon etwas fettig wurde. Er ging die paar Schritte weiter zu Nonnas Gebäude und stellte sich unter deren Balkon. Der Korb, in dem sie immer ihre Hunde herunterließ, damit sie Gassi gehen konnten, hing auf halber Höhe, was wohl bedeutete, dass Diego, Ciro und Fabio noch unterwegs waren. Gesehen hatte er sie aber noch nicht. Er pfiff mit den Fingern und rief nach Nonna, die wenig später schon auf dem Balkon erschien. Er hob wortlos das Päckchen hoch, sie nickte und ließ den Korb am Seil herunter und zog ihn wieder hoch, nachdem er die Hörnchen hineingelegt hatte.

Es war ein Ritual, das sie beide lieb gewonnen hatten.

»*Grazie, bello di nonna!*«, rief sie, als sie den Korb abgestellt hatte. Sie winkte und warf ihm eine Kusshand zu, bevor sie den Balkon verließ. Und er war zwar kein kleiner Junge mehr, aber ihm wurde noch immer warm ums Herz, wenn er diese Frau auch nur ein kleines bisschen glücklich machen konnte. Tommasina mochte manchmal zu direkt und etwas streng wirken, aber sie würde ihr letztes Hemd für ihn oder

Chiara hergeben. Und ihr war die Zukunft der Via dell'Amore wichtig. Zu Recht, wie er meinte. In einer Zeit, in der es immer einfacher wurde, alles im Internet zu bestellen, war es von enormer Wichtigkeit, eine Gasse, die er beinahe als Kulturerbe bezeichnen würde, am Leben zu halten. Genau das hatte Tommasina zu ihrer Aufgabe gemacht. Allein deshalb verdiente sie Respekt. Auch von Pamela, die es nicht leiden konnte, sich auch nur ein kleines bisschen nach der Frau zu richten, die schon so viel mehr gesehen hatte als sie.

Graziano hatte Redebedarf. Er konnte es zwar selbst nicht glauben, aber er beschloss, zu seiner Schwester zu gehen, die er um diese Uhrzeit bestimmt in der Goldschmiede finden würde.

Chiara sah verwundert auf, als er den Laden betrat. Sie saß am Werktisch und hielt gerade irgendetwas Goldenes in der Hand, das Graziano nicht weiter identifizieren konnte. Ein Ring? Ohrring? Er war ein Banause, was Schmuck anging, das musste er zugeben.

»*Buon Dio*, was habe ich getan, dass mein Bruder, der *grandissimo Maestro Pasticciere* der Via dell'Amore, mich, die ich nicht halb so wichtig bin wie er, in meinem winzigen Laden besucht?«, nahm sie ihn auf den Arm. Und sie hatte ja recht. Oft schaute er nicht bei Chiara vorbei ...

»Ich hatte gerade ein interessantes Gespräch mit Pamela. Über Letizia!«, sagte er ganz direkt.

»Oh, sieh an, sieh an, hat unsere Barbie den Fehler begangen, jemanden zu benutzen, der dir am Herzen liegt? Hm?«

»Sie ist gefährlich. Vor allem für Nonna«, erwiderte er und schwor, sich nicht von seiner Schwester provozieren zu lassen. Das konnte sie nämlich sehr gut.

»Und sie hat es gewagt, deine *bellissima* zu erwähnen?« Chiara sah ihn aufmerksam an. Und hinter ihren Sticheleien war da ganz viel Zuneigung und auch ein Beschützerinstinkt ihm gegenüber. Auch wenn sie sich gern neckten, hatten sie sich richtig lieb.

Er rollte mit den Augen. »Das auch, ja. Nur, dass sie nicht meine *bellissima* ist.«

»Ach nein?«

»Nun hör schon auf, Chiara!«

»Gönn mir doch den Spaß. So als Rache dafür, dass du Pamela-Püppchen immer verteidigt hast, obwohl ich dir doch gesagt habe, was für ein Biest sie ist.«

»Du hattest recht, okay? Nun muss ich dich aber etwas fragen.«

»Schieß los«, forderte Chiara ihn auf und legte den Ring, wie er inzwischen deutlich erkannt hatte, vorsichtig auf eine Samtablage.

»Glaubst du, Letizia würde ausgerechnet Pamela gegenüber erwähnen, dass sie mich unsympathisch findet?« Er rieb sich die Stirn, weil er kaum glauben konnte, dass er das tatsächlich gerade gefragt hatte. So konfus hatte er sich noch nie wegen einer Frau gefühlt.

»Nie im Leben!« Chiara war sich ihrer Sache sicher.

»Und wieso nicht?« Wenn er schon mal davon angefangen hatte, dann wollte er das Gespräch noch weiter vertiefen. Seine Schwester sah Dinge sehr oft aus verschiedenen

Blickwinkeln, während er eher engstirnig war. Ihre Meinung war in diesem Fall etwas wert.

»Weil Letizia von dir angetan ist. Sehr sogar!«

Graziano ließ sich auf den Hocker fallen, der Chiaras Werkbank gegenüberstand und eigentlich für die Kundschaft gedacht war, die etwas anprobieren wollte. »Glaubst du?«

»Auf jeden Fall. Das sieht man sofort. Was jetzt nicht heißt, dass ihr morgen plötzlich ein Paar sein werdet. Ich sage nur, dass sie dich interessant findet. Und nun musst du den nächsten Schritt machen«, schlug sie vor.

Er seufzte tief.

Ja, den nächsten Schritt machen. Wenn es nur so einfach wäre.

Er stand auf. »Danke, Chiara. Es war gut, deine Meinung zu hören, aber jetzt muss ich wirklich wieder zurück an die Arbeit. Hat das Paar aus Salerno, das in ein paar Tagen in Sorrent heiratet, die Ringe eigentlich bei dir gekauft?« Graziano fragte das nur, um von Letizia abzulenken, die sowieso schon die Protagonistin seiner Gedanken war.

»Selbstverständlich! Ich denke sogar, dass sie erst bei mir waren. Ich habe sie dann zu dir geschickt. Was haben sie denn für eine Hochzeitstorte bestellt?«

»Oh, eine wundervolle Kreation in Gelb mit Zitronendekoration, Zitronengeschmack und Zitronenduft.« Graziano lachte. Manchmal kam er sich vor wie ein gutmütiger Papà, der seinen Kindern die absurdesten Wünsche erfüllen musste.

Er verabschiedete sich von Chiara und machte sich auf

den Weg in seine Pasticceria, wo schon ein Paar auf ihn wartete, das keine Torte, sondern ein gemischtes Sortiment an Cupcakes für die Hochzeit bestellen wollte. Für eine Hochzeitsgesellschaft von zweihundert Personen.

Manchmal, aber nur manchmal, fand er seinen Beruf etwas undankbar.

Nach dem Paar mit den Cupcakes ging es Schlag auf Schlag weiter, und Graziano konnte erst wieder ein wenig verschnaufen, als es beinahe schon Abend war. Doch als er sich gerade in der Backstube, in der er zu dieser Uhrzeit allein war, weil die Auszubildenden schon Feierabend hatten, auf die Arbeitsfläche setzen wollte, um einen Happen zu essen, rief ihn eine seiner Verkäuferinnen, weil jemand im Verkaufsraum auf ihn wartete.

Ein Mann mittleren Alters saß an einem der Tische. Graziano suchte in seinem Kopf nach irgendwelchen Informationen, aber er musste schließlich einsehen, dass sie sich bisher noch niemals begegnet waren.

Der Mann stand auf, als Graziano sich näherte, und reichte ihm höflich die Hand. »Ich bin Martino De Luca, Journalist für *Il Mattino*, entschuldigen Sie, dass ich hier unangekündigt hereinplatze, aber ich dachte mir, dass man gewisse Dinge am besten von Angesicht zu Angesicht bespricht. Außerdem wohne ich keine paar Häuserblocks weiter, und es lag sowieso auf dem Weg«, erklärte er.

»Um was geht es denn?« Graziano stemmte seine Hände in die Hüfte. Wenn er ehrlich war, hatte er vom langen Stehen Rückenschmerzen und hoffte auf diese Weise, den Rücken etwas entlasten zu können.

»Nun, wir hatten heute einen Anruf in der Redaktion. Anonym. Uns wurde mitgeteilt, dass die Via dell'Amore stark nachgelassen habe, vor allem in Sachen Hygiene. In Ihrer Backstube soll es eine Rattenplage geben, die Sie verzweifelt versuchen, dem Gesundheitsamt zu verheimlichen.«

»Eine Rattenplage?« Hatte es so etwas hier überhaupt schon einmal gegeben? Also, mindestens seit Diego, Fabio und Ciro nicht. Sie waren zwar Zwerge, aber er war sich ziemlich sicher, dass sie Ratten sofort den Garaus machen würden. Er schüttelte den Kopf. Das alles war absurd. »Kommen Sie mit!«

Graziano nahm den Journalisten kurzerhand mit in die Backstube. Er sollte sich selbst ein Bild davon machen, wie es bei Graziano aussah.

Martino De Luca war peinlich berührt. Ihm war anzusehen, dass er viel lieber anderswo gewesen wäre. Aber er blickte sich schüchtern um, nickte dann. »Ich hätte nichts anderes erwartet. Natürlich ist es bei Ihnen sauber. Aber man muss heutzutage aufpassen, sich immer vergewissern, ob eine anonyme Nachricht einen wahren Kern hat. Aber unsere Berufsethik sieht auch vor, dass wir nie etwas veröffentlichen, von dem wir nicht hundertprozentig sicher sind. Andere Kollegen, wenn man sie so nennen will, geben sich nicht so viel Mühe. Passen Sie am besten ein bisschen auf, wenn ich Ihnen das raten darf«, sagte der Journalist.

Oh, darauf konnte Martino De Luca Gift nehmen, dass

Graziano in Zukunft aufpassen würde. Vor allem würde er aber eine gewisse Pamela im Auge behalten, die – ganz zu Grazianos Erstaunen – begann, Fehler zu machen. Denn es war nur allzu offensichtlich, dass der falsche Tipp von ihr kam.

Kapitel 16

Letizia hatte nicht so bald damit gerechnet, wieder nach Neapel überzusetzen. Einige Tage zuvor hatte jedoch Chiara bei ihr angerufen und sie zum Fotoshooting eingeladen. Letizia hatte noch nie für Schmuck gemodelt und freute sich sehr, auch auf die Via dell'Amore, die einen bleibenden Eindruck hinterlassen hatte mit ihren hübschen Läden und der einzigartigen Stimmung. Klar, insgeheim hoffte sie auch, Graziano zu sehen, der ihr nicht aus dem Kopf gehen wollte, obwohl sie mit allen Mitteln versuchte, nicht an ihn zu denken.

Angelina und Donatello hatten sich angeboten, sie zu begleiten. Die beiden wollten sich die neue Buchhandlung in der *Galleria Umberto* anschauen – eine der größten Italiens.

»Kann man überhaupt so viel lesen, wie ihr Bücher einkauft?«, zog Letizia sie während der Überfahrt auf. Angelinas Zimmer zu Hause quoll beinahe über vor Büchern.

Letizia wusste, dass sie regelmäßig Rezensionen schrieb, und selbstverständlich hatte Angelina einen Instagram-Account mit vielen Followern. Ein schönes Hobby, das jedoch kein Geld abwarf, und so sorgte sich Letizia um Angelinas Zukunft. Mamma hatte zwar ein gutes finanzielles Polster hinterlassen, und Letizia stockte es auf, wie sie nur konnte, aber der Vorrat würde nicht ewig reichen. Und Letizia war fest davon überzeugt, dass Angelina so etwas wie ein Ewig haben konnte. Haben musste. Etwas anderes kam gar nicht infrage.

Angelina rollte nur mit den Augen und schlug sich an die Stirn. Dann widmete sie sich wieder dem Buch, das sie dabeihatte.

Letizia fragte sich, ob Angelina und Donatello ein Paar waren. Direkt darauf angesprochen hatte Letizia keinen von beiden. Sie wollte lieber warten, bis Angelina etwas sagte. Wenn es denn überhaupt etwas gab, was sie sagen wollte.

Letizia genoss die Fahrt nach Neapel, lehnte sich auf ihrem Sitzplatz zurück, doch dann legte Angelina unerwartet ihr Buch weg und ihre Hand auf Letizias Bein.

»Hm?«, machte Letizia, die ein bisschen schläfrig geworden war. Die Überfahrt war ruhig, die weiteren Passagiere unterhielten sich, ohne dabei viel Lärm zu machen. »Alles in Ordnung?«

Angelina war sichtlich genervt von der übermäßigen Fürsorge, und Letizia befahl sich zum wiederholten Mal, an sich zu arbeiten. Sie hasste es, dass ihre Schwester sich schon von klein auf wie eine Last fühlte. Letizia konnte das auch nachvollziehen, aber es entsprach nicht der Wahrheit. Sie war eine Freude, ein Geschenk. Alles, aber keine Last.

»Natürlich ist alles in Ordnung! Was soll schon sein? Ich wollte mich nur ein bisschen mit meiner Schwester unterhalten, das sollte doch erlaubt sein?«

Beide blickten sie Donatello hinterher, der aufgestanden war, um sich die Beine zu vertreten. Oder um ihnen ein bisschen Privatsphäre zu geben.

»Es ist mehr als erlaubt!« Letizia schob sich eine Locke aus der Stirn und wandte sich ihrer Schwester zu, die heute besonders reizend aussah. Sie hatte ihre Haare zu einem dicken Zopf geflochten und hoch auf ihrem Kopf zusammengerollt, was ihren langen Hals und ihr schönes Gesicht besonders zur Geltung brachte. Sie hatte sich auch leicht geschminkt, was sie ein bisschen älter wirken ließ.

»Bist du nervös wegen heute? Irgendetwas scheint dich zu bedrücken ...« Angelina sah sie aufmerksam an mit ihren großen Augen, die manchmal den Eindruck erweckten, direkt in die Seele der Menschen blicken zu können.

Letizia seufzte und schüttelte den Kopf. Doch Angelina wusste wahrscheinlich schon längst, dass da mehr war. Dass da *jemand* war. Angelina wartete einfach nur ab. Auch sie lehnte sich auf dem Sitz zurück, streckte ihre langen Beine von sich und begutachtete ihre Fingernägel. Angelina kam ganz nach Mamma, war ihr Ebenbild, hatte sogar die gleiche Figur und gleichzeitig auch Mammas Stärke. Letizia war eher wie Nonna, vom Aussehen her, aber auch, was die Liebe zur Musik betraf. Angelina und Letizia waren ungleiche Schwestern, was manchmal dazu führte, dass sie aneinandergerieten. Wie einst Mamma und Nonna. Letztendlich waren sie als Schwestern aber unzertrennlich. Auch die Trauer um ihre Mutter hatte sie zusammengeschweißt. Sie hatten nur noch sich. Deshalb und auch weil es Letizia guttun würde, ein paar Dinge laut auszusprechen, begann sie zu erzählen. »Graziano heißt er. Ich weiß nicht, was das mit ihm ist. Ein bisschen mehr als gar nichts. Aber auch viel weniger als irgendwas.«

Angelina rollte mit den Augen. »Du hast es immer noch nicht so mit der richtigen Wortwahl, hm?«

Nun musste Letizia lachen, und sie war froh darüber, denn die Heiterkeit rückte alles wieder in die richtige Perspektive. »Du weißt, dass ich keine Beziehung möchte. Aber er taucht in letzter Zeit immer wieder zufällig in meinem Leben auf, er ist Konditormeister in seiner eigenen Pasticceria in der Via dell'Amore. Und er ist auf eine ganz besondere Art attraktiv, nett, aufgeschlossen. Ja, er sieht auch gut aus.«

»Pfui!«, tat Angelina empört. »Was fällt ihm überhaupt ein!«

Sie lachten nun beide, wurden aber dann wieder ernst.

»Die Brautmodenladenbesitzerin, Pamela heißt sie, hat mich vor ihm gewarnt. Er soll ein Casanova sein.« Letizia zuckte mit den Achseln.

»Und du kannst dir nicht selbst ein Bild machen und musst auf irgendwelche Lästereien hören?«, grübelte Angelina.

»Ich weiß es nicht. Aber es ist auch nicht weiter wichtig.«

»Leti, schau mich an!«, bat Angelina Letizia und nahm deren Hände in ihre. Letizia hob den Blick, sah direkt in das ihr so vertraute Gesicht, in das sie sich sofort verliebt hatte, damals, als sie ihre Schwester zum ersten Mal im Krankenhaus besucht hatte.

»Ich kenne all deine Gründe, weiß genau, warum du dich vor einem Mann wie diesem Graziano verschließt. Aber nicht alle Männer sind wie Papà oder Claudio, und du bist auch nicht meine Krankenschwester, Pflegerin oder Mutter. Du bist meine Schwester und hast das Recht darauf, dein eigenes Leben zu führen. Ich möchte nicht der Grund dafür sein, dass du die Möglichkeit auf Glück über Bord wirfst. Das könnte ich mir niemals verzeihen. Lieber sterbe ich gleich!«

Letizia musste sich eine einzelne Träne von der Wange wischen und wollte schon protestieren, weil sie solche Aussagen gar nicht hören wollte.

Dann kam aber Donatello zurück und setzte sich wieder neben Angelina. »Da ist man einmal kurz weg und verpasst das ganze Drama«, murmelte er leise und tat übertrieben bedauernd, was Letizia und Angelina so lustig fanden, dass sie beinahe hysterisch anfingen zu kichern. Der Stimmungsumschwung war so plötzlich, dass Donatello sie ansah, als seien sie von Sinnen. Das gab ihnen natürlich den Rest. Sie kamen aus dem Lachen gar nicht mehr heraus. Sie steckten sogar ein paar weitere Passagiere an, wobei Donatello es schaffte, einen todernsten Gesichtsausdruck beizubehalten.

Letizia musste aufstehen, weil sie vom Lachen Bauchweh bekommen hatte. Sie stellte sich an die Fensterfront, blickte hinaus aufs Meer, fragte sich dabei, wie es den Menschen wohl gehen mochte, die nicht ständig davon umgeben waren.

Als sie später gemeinsam in der Via dell'Amore ankamen, hatte Letizia noch immer gute Laune. Zwar war sie keine Expertin der Gasse, aber sie führte Angelina und Donatello herum, zeigte ihnen die Läden, erzählte von den Besitzern, zumindest so viel, wie sie selbst an einem halben Tag während der Aufnahmen erfahren hatte.

»Ist es das, was ich denke?«, fragte Angelina, als sie vor Grazianos Pasticceria standen.

Letizia zuckte mit den Achseln. »Es ist eine Konditorei …«, versuchte sie, sich gleichgültig zu geben.

»Die Konditorei, die diesem Graziano gehört?«

»Schon möglich!«, gab sie etwas widerwillig zu. Letizia hatte natürlich darüber nachgedacht, wie es sich anfühlen würde, ihn wiederzusehen. Doch plötzlich war sie sich nicht sicher, ihn überhaupt sehen zu wollen.

»Komm! Wir gehen rein!«, beschloss Angelina, während sie bereits Donatello in Richtung Eingang schob.

»Besser nicht, wahrscheinlich ist er beschäftigt.«

»Ich möchte doch bloß das Gebäck probieren. Das wird man wohl noch dürfen!«, tat Angelina ganz unschuldig.

Und schon waren sie drinnen, aber Graziano war tatsächlich gerade nicht da. Eine Angestellte informierte sie, dass er ganz in der Nähe, in einer ehemaligen Grundschule, die zu einem Kulturzentrum umgebaut worden war, an einer Ausstellung teilnahm. Aber mehr sagte sie auch nicht. Angelina bedauerte es sehr – Letizia noch viel mehr –, sie wollte ihn *nur kurz mal sehen*, wie sie sagte, kaufte aber eine neapolitanische *sfogliatella* mit Ricottafüllung, mit der man nichts falsch machen konnte. Donatello probierte hingegen *babà*, während Letizia passte. Aus unerklärlichen Gründen war sie zu aufgeregt, um etwas zu essen. Sie hatte nicht erwartet, dass Graziano eine solche Wirkung auf sie hatte. Sie saßen gemeinsam an einem Tisch in der Pasticceria, und es lagen Düfte in der Luft, die Letizia allzu vertraut waren. Cremes, Karamell, Vanille. Zitrone, warme Milch, Puderzucker. All diese Gerüche waren wie ein Faden, der direkt zu Mamma führte. Doch das tat viel zu weh. Und dabei fiel ihr auch wieder ein, warum sie unter anderem so vorsichtig mit Graziano war. Sie glaubte nicht, ertragen zu können, durch seinen Beruf ständig an Mamma erinnert zu werden.

»Leti, wir müssen jetzt los, wenn wir es schaffen wollen, die Buchhandlung anzuschauen, bevor wir wieder zurück zum Hafen müssen. Wir treffen uns also wie verabredet am Molo Beverello, wenn du hier fertig bist?« Angelina und Donatello hatten ihr Gebäck bereits verputzt und standen schon auf, um die Pasticceria zu verlassen.

»Ja, es bleibt dabei. Ich werde jetzt zur Goldschmiede gehen und meine Arbeit machen. Und du, pass auf dich auf, ja? Es ist so heiß, und du bist schon so viel gelaufen und ...«

Angelina machte eine ungeduldige Handbewegung und ging einfach. Donatello trottete ihr hinterher.

Letizia verließ die Pasticceria nun auch, landete direkt wieder mitten im Geschehen der Via dell'Amore, in der es, trotz der sehr sommerlichen Temperatur, schon von Menschen wimmelte. Sie wusste, dass der Werbespot gedreht worden war, weil die Gasse in einer kleinen Krise steckte. Die Einkünfte waren wohl etwas zurückgegangen, allgemein lief das Geschäft nicht mehr so gut wie zuvor. Und sie wusste zwar nicht, wie es früher hier ausgesehen hatte, aber der Menschenandrang war groß. Dort, wo die Via etwas enger wurde, staute sich die Kundschaft sogar. Letizia verstand den Ansturm. Sie glaubte zwar nicht, dass sie unter die Haube kam, aber falls es doch irgendwann passieren sollte, dann hatte sie gar keinen Zweifel, dass sie alles Nötige hier kaufen würde. Es war nicht so, dass es ähnliche Produkte nicht auch woanders gab, wo es vielleicht sogar bequemer war einzukaufen. Aber es stand außer Frage, dass sich hier alles besser anfühlte, weil jeder Winkel, jedes kleinste Detail, sogar die Balkone der Gebäude oder die windschiefen Fenster oberhalb der Läden einen Charme besaßen, der den Einkauf zu einem einzigartigen Erlebnis machte, das man sich kaum romantischer vorstellen konnte.

Ein bisschen ließ Letizia sich von der ausgelassenen Stimmung anstecken. Aus irgendeinem der unzähligen Fenster, die zur Gasse verliefen, erklang Musik, und da sie schon seit ein paar Tagen nicht gesungen hatte, sang sie ausgelassen mit. Es war Sal Da Vincis *Rossetto e caffè*. Wie bei vielen Liedern war auch in diesem Fall der Refrain der Höhepunkt. Es war wundervoll, einfach so zu singen, weil es Spaß machte, und nicht, weil sie dafür bezahlt wurde und sie ein Publikum unterhalten musste. Sie merkte erst, dass sie *laut* gesungen hatte, als die Passanten um sie herum sie anzusehen begannen. Sie war selbstsicher genug, um sich davon nicht verunsichern lassen. Ganz im Gegenteil, sie begann sogar, ein paar Tanzschritte einzulegen. Sie drehte sich im Kreis, ihr Sommerkleid hob sich und wirbelte um sie herum. Jemand klatschte, pfiff begeistert mit den Fingern, und sie lachte, vergaß einen Moment lang alles und alle. Vielleicht filmte sie sogar jemand mit dem Handy, aber sie achtete kaum darauf. Alles, was sie jetzt wollte, war Musik und Tanz.

Wie Nonna, dachte sie bei sich.

Ihr Herz quoll über vor Dankbarkeit für diese Frau, die ihr so viel gegeben hatte. Vor allem aber Liebe.

Mitten im Gedränge wurde Letizia angerempelt. Eigentlich kein Problem, sie hatte sich diesen Schauplatz ja selbst ausgesucht. Trotzdem musste sie kurz nach Luft schnappen. Dann ging es wieder.

Als das Lied vorbei war, klatschten alle begeistert, und Letizia verbeugte sich und warf eine Kusshand hoch in den Himmel.

Die Menge löste sich wieder auf. Als wäre es das Natürlichste der Welt, dass jemand plötzlich in einer Gasse anfängt zu singen und zu tanzen. Und es war genau das, was Letizia so besonders an der Via dell'Amore fand. Sie war mehr als nur eine Einkaufsstraße, nämlich ein Ort, an dem die Liebe tatsächlich greifbar war.

Sie ging schließlich weiter in Richtung Goldschmiede, eines der hübschesten Läden in der Gasse. Letizia mochte daran vor allem, dass der Laden antik aussah, vermutlich nicht viel anders als zu der Zeit, in der die Via dell'Amore entstanden war. Die Goldschmiede befand sich im einzigen Gebäude, das keinen Putz hatte, sondern in Naturstein gehalten war. Die Blumen vor der einfachen Glastür sahen bezaubernd aus und unterstrichen die Schönheit des Ladens. Letizia freute sich darauf, Chiara zu sehen, die sehr nett zu sein schien.

Letizia öffnete die Tür und betrat den kleinen Verkaufsraum, in dem schon jemand stand. Begleitet von drei kleinen Hunden. Es dauerte keine Sekunde, bis Letizia Grazianos Nonna Tommasina erkannte. Am Drehtag hatte er sie einander vorgestellt. Die Zeit hatte nicht für einen Plausch gereicht, aber eine Frau wie Tommasina vergaß man nicht so leicht. Sie hatte nämlich Stil. Einen ganz eigenen wohlgemerkt, aber er machte sie unvergleichlich.

»Buongiorno!«, grüßte Letizia in die Runde, und Tommasina drehte sich so schwungvoll, dass ihr langer Kaftan aus rotem Stoff flatterte.

Tommasina kam direkt auf sie zu, gab ihr Küsschen auf die Wange, Chiara machte es ihr gleich nach. Chiara war sehr viel unauffälliger gekleidet, Shorts und Top, aber auch sie hatte Persönlichkeit. Sie war voll behängt mit Schmuck, Ringe an allen Fingern, mindestens fünf Ketten, Ohrringe über das ganze Ohrläppchen verteilt, die Armbänder wagte Letizia gar nicht zu zählen. So viel Schmuck konnte nicht jeder tragen, ohne dabei übertrieben auszusehen. Bei ihr wirkte der Schmuck nicht dominant, sondern war Teil von ihr und ihrer Persönlichkeit. Letizia selbst trug keinen Schmuck, aber das hatte andere Gründe.

Sie sahen sich alle drei einen Augenblick lang an, und da war etwas, das sie verband.

Wir lieben alle drei Graziano, wenn auch auf verschiedene Art und Weise, kam ihr in den Sinn. Dann schüttelte sie den Kopf. Was für ein unsinniger Gedanke!

Kapitel 17

Capri, sieben Jahre zuvor

Als er anfing zu studieren, kam Claudio den ersten Sommer über wieder zurück auf die Insel, dann nicht mehr. Und Letizia verlor ihren besten Freund, wie sie bisher fast alle verloren hatte, die ihr etwas bedeutet hatten. Er war nicht da, als Mamma krank wurde, als Mamma eine Diagnose bekam, die ihr Leben komplett auf den Kopf stellte. Plötzlich war Letizia diejenige, die stark sein musste, die das Geld verdienen musste, die backen musste, singen musste, modeln musste, ihre Träume und Wünsche vergessen musste. Denn an erster Stelle standen Mamma und Angelina.

Letizia fühlte sich verantwortlich und gönnte sich keine Ruhepause. Nie. Nicht mal einen Tag. Sie hatte sich und ihre Bedürfnisse ausgelöscht, um das zu tun, was getan werden musste. Denn wenn nicht sie, wer sonst?

Sie fand bald heraus, dass sie das Leben besser meistern konnte, wenn sie sich nur auf sich selbst verließ. Sie lernte, ihr Herz abzuschirmen.

Mammas Therapien schlugen an. Wenn es gut lief, feierten sie stets mit Musik, Tanz und Kuchen. Alles musste gefeiert werden, immer. Letizias größte Freude war es, wenn sie Mamma wieder beim Backen sah, denn es bedeutete, dass es ihr besser ging. Das Backen war auch meist der Grund, warum Mamma sich morgens aus dem Bett kämpfte. Manchmal ging es ein paar Tage lang gut, dann war sie wieder zu müde.

Oft klopfte Liberato bei ihnen an die Tür, wenn er mit der Familie ein paar Tage auf der Insel verbrachte. »Braucht ihr etwas?«, fragte er immer. Letizia verneinte stets, und er nickte. »Aber falls ihr etwas brauchen solltet, sag bitte Bescheid, ja?«

Mario war auch stets bemüht, sie zu unterstützen, aber er tat es immer so, dass Letizia es erst zu Hause merkte. Bestellte Letizia ein Stück Käse, fand sie in der Einkaufstasche später zwei, bat sie um ein Brötchen, schenkte er ihr ein paar dazu.

Solche Gesten machten ihr Herz weich. Und wenn es erst mal wieder weich wurde, wie sollte sie dann den Schmerz, die Furcht verarbeiten?

Eines Tages stellte Letizia sich auf den Balkon und beschloss, dass sie eine Pflanze brauchte. Also nahm sie Angelina mit zu Celeste, der Blumenhändlerin, die auch alle möglichen Pflanzen anpries und vorschlug. Letizia war etwas überfordert.

»Ich möchte die da!«, sagte Angelina und zeigte auf ein halb verdorrtes Ding, an dem kaum mehr Blätter hingen.

»Schätzchen, die steht gar nicht zum Verkauf, ich habe sie dort hingestellt, um sie zu entsorgen. Es ist ein Zitronenbäumchen, es braucht richtige Erde, bestenfalls einen Garten. Im Topf hat es keine Freude«, erklärte Celeste.

»Können wir es haben?« Angelina beharrte auf ihrer Wahl.

Sie war so stur manchmal, unbeugsam. Stark.

Letizia bewunderte ihre kleine Schwester oft, denn sie nahm das Leben zwar so hin, wie es sich für sie präsentiert hatte, aber das bedeutete noch lange nicht, dass sie sich als Opfer sah. Ganz im Gegenteil.

»Natürlich, Schätzchen. Nehmt es ruhig mit, ich schenke es euch. Und grüßt Giulia, ja?«

Sie gingen mit dem Bäumchen und dem Gefühl, gerade eine verlorene Seele adoptiert zu haben, zurück nach Hause.

Der Balkon war klein, die Gasse, in der sich ihr Haus befand, eng. Die Sonne schien nicht oft direkt darauf, aber sie waren beide davon überzeugt, dass Liebe allein ausreichen würde, um das Bäumchen zu retten. Sie suchten sich den größten Topf im Haus. Letizia ließ sich von einem Nachbarn weiter vorne in der Gasse, der ein winziges, unbebautes Stück Land am Haus besaß – es Garten zu nennen erschien Letizia übertrieben –, einen Sack voll guter Erde bringen. Er wollte kein Geld dafür, also brachte Letizia ihm einen Kuchen.

Fast ehrfürchtig pflanzten sie das Bäumchen an einem Junitag.

»Ich möchte es Alberto nennen«, verkündete Angelina, als sie davorstanden und es zufrieden begutachteten.

Letizia prustete los, doch Angelina stimmte nicht mit ein. »Moment, du meinst es ernst?«

»Natürlich! Oder hast du einen besseren Namen?«

Tatsächlich dachte Letizia nach, aber ein besserer Name mochte ihr nicht einfallen. »Na gut. Dann also Alberto.«

Angelina vergaß Alberto schon bald. Letizia hütete, pflegte, ja, liebte das Bäumchen heiß und innig. Aber Liebe allein reichte manchmal nicht. Alberto überlebte nicht. Vielleicht hatte Celeste sogar recht gehabt, und Alberto war bereits tot, als sie ihn adoptiert hatten.

Letizia war ganz froh, dass Angelina ihren Enthusiasmus sehr schnell verloren hatte, denn auf diese Weise konnte sie das Bäumchen unbemerkt austauschen und mit einem lebendigen ersetzen. Selbst den Namen Alberto vergaß Angelina irgendwann, und Letizia hörte auf, ihn zu benutzen.

Der Zitronenbaum wurde Letizias ganzer Stolz, obwohl er die ersten Jahre über keine Früchte trug. Doch als nach einigen Frühjahren die ersten Blüten zu sehen waren, war Letizia so glücklich, dass sie nicht wusste, wohin mit ihrer Freude. Der Balkon, der Blick aufs Meer und der Zitronenbaum wurden zu ihrem Zufluchtsort. Egal, wie schlimm es mit Mamma wurde, hier, auf dem Balkon, konnte Letizia für ein paar Augenblicke so tun, als sei alles in Ordnung. Das Meer half ihr. Es war eine Konstante, änderte Form und Farbe, aber war jeden Tag da, um sie zu begrüßen. Hier auf dem Balkon konnte sie kurz verletzlich sein, sie selbst sein. Und sie kümmerte sich um das Bäumchen, und das Bäumchen gab es ihr auf seine Art zurück. Es war etwas, das Letizia im Griff hatte, und es fühlte sich gut an.

Als Mamma es eines Tages nicht aus dem Bett schaffte, rief sie Letizia zu sich. »*Amore mio*, würdest du mir das rote Schächtelchen aus dem Schrank geben?«

Letizia ging und suchte. »Das hier, Mamma?«

Mamma nickte. Trotz der Krankheit war sie immer noch schön. »Genau. Komm her, *amore mio*, setz dich.«

Vorsichtig setzte Letizia sich zu ihrer Mamma aufs Bett, Mamma streichelte ihr Bein, dann ihre Hand, bevor sie sich etwas mühsam aufsetzte, um die Schachtel zu öffnen.

»Hier sind einige Schmuckstücke von Nonna Michela und mir. Eines Tages werden sie dir und Angelina gehören. Ich habe den Schmuck nie getragen, habe es immer aufgeschoben und gedacht, dass ich es eines Tages tun werde. Vielleicht mal zu einem schönen Abendessen. Oder vielleicht an Weihnachten. Verstehst du?«

Letizia konnte nur nicken, weil sie sehr wohl verstand, aber auch gleichzeitig wünschte, nicht intelligent genug zu sein, um die Dinge zu begreifen, die zwischen den Zeilen standen.

Mamma räusperte sich. »Was ich damit sagen will, *amore mio*, schieb nichts auf. Tu, was du willst, wann immer du es willst. Kannst du mir das versprechen?«

»Ich weiß es nicht. Ich kann es nur versuchen.«

»Ja. Das reicht mir. Wenn ich weiß, dass du es versuchst, dann bin ich schon glücklich.«

Letizia mochte es nicht, wenn Mamma offensichtlich versuchte, ihr Tipps zu geben für die Zeit, wenn sie nicht mehr da sein würde. Denn sie war doch noch da. Und Letizia brauchte keine gut gemeinten Ratschläge für danach. Sie brauchte ihre Mamma. Schluss, fertig.

»Was du einmal mit dem Schmuck anstellen wirst, ist mir egal, *amore mio*. Glaub nicht, dass du ihn aufheben musst oder so. Er ist mir nicht besonders lieb. Falls du in finanzielle Not gerätst, kannst und musst du ihn verkaufen, ja? Es ist sinnlos, dass er in einem Schrank liegt und niemanden glücklich macht.«

Letizia räumte den Schmuck wieder in den Schrank. An diesem Abend weinte sie sich in den Schlaf. Das tat sie nicht oft, aber das Gespräch hatte Letizia zu verstehen gegeben, dass ihre Mamma bei dieser Krankheit nicht als Siegerin hervorgehen würde. Und sie war schlau genug, um zu begreifen, dass es nicht um den Schmuck gegangen war. Mamma hatte nur ihren Weg gefunden, um ihr mitzuteilen, dass es kein Zurück gab.

• • •

Tommasina mochte diese Letizia. Eigentlich war sie nur auf einen Sprung bei Chiara vorbeigekommen, aber ungern würde sie jetzt schon gehen. Lieber wollte sie bleiben und Letizia noch etwas besser kennenlernen. Und fast so, als hätte Chiara es geahnt, bat sie Tommasina um ihre Meinung, während Letizia sich im kleinen Bad des Ladens noch mal eben die Haare richten wollte.

»Was meinst du, Nonna, soll ich eher die Kollektion mit den Edelsteinen nehmen oder die mit den Rosenanhängern?« Chiara legte ein paar Ketten auf die Samtablage ihres Werktisches.

Tommasina sah sich die Ketten und Armbänder an, doch wie sollte sie entscheiden, wenn jedes Stück ein Meisterwerk war? Die Ketten mit den Edelsteinen waren etwas länger und bunter, während die mit den Rosenanhängern kürzer und eher klassisch, aber nicht minder schön waren.

Inzwischen war auch Letizia aus dem Bad zurück. »Wundervoll!«, schwärmte sie.

»Fotografiere am besten beide«, schlug Tommasina vor.

»Auf jeden Fall, ich bleibe gerne ein bisschen länger, falls es notwendig sein sollte«, bot Letizia an. Sie berührte vorsichtig eines der Stücke mit bunten Edelsteinen. »Meine Mamma hatte eine ähnliche ...«, flüsterte sie.

Tommasina sagte nichts, Chiara schwieg auch.

»Hast du die Kette noch?«, fragte Chiara.

Letizia nickte. »Oh ja. Die Kette und viele weitere Stücke, aber ich trage nie Schmuck. Es kommt mir nicht richtig vor, dass Mamma nicht mehr da ist, der Schmuck aber schon«, gestand sie. Tommasina legte ihr eine Hand auf die Schulter. Das arme Mädchen.

»Weißt du, Schmuck wird kreiert, um getragen zu werden, das ist sein einziger Zweck. Die Goldschmiede verarbeiten einen Klumpen Gold nur aus dem Grund, weil daraus etwas Schönes entstehen soll, das jemanden schmückt. Alles andere ist Verschwendung«, erklärte Chiara. »Und dir steht Schmuck auch sicherlich besonders gut.« Kurzerhand legte Chiara ihr eine der Ketten um. Letizia betrachtete sich im kleinen Spiegel, den Chiara ihr hinhielt. Und auch Tommasina musste zugeben, dass Letizia reizend aussah mit der Kette.

»Darf ich?«, fragte Chiara und hielt ihr Handy hoch. Tommasina ging einen Schritt zurück, damit Chiara genug Platz hatte, um Letizia damit zu fotografieren.

»Natürlich!«, sagte Letizia sofort.

Tommasina sah dabei zu, wie Letizia posierte, was an ihr aber keineswegs gestellt, sondern sehr natürlich aussah. Sie wusste, wie sie sich bewegen musste. Und Tommasina hätte es nicht vermutet, weil Letizia auf den ersten Blick gar nicht so wirkte, aber sie verwandelte sich regelrecht in eine selbstsichere, äußerst attraktive Frau, die sogar ein bisschen mit dem Objektiv spielte. Tommasina hatte gar keinen Zweifel daran, dass die Bilder ganz bezaubernd werden würden.

Chiara wechselte immer wieder das Schmuckstück und schoss ein Bild nach dem anderen. Sie war sehr geschickt mit dem Handy und einem kreisförmigen Licht, dass sie hochhielt, um die Fotos noch professioneller zu gestalten.

Tommasina verlor jedes Zeitgefühl, war fasziniert von den Bewegungen und Posen, mit denen Letizia sie überraschte. Und als Chiara das Fotoshooting für beendet erklärte, bedauerte es Tommasina fast.

»Genug für heute«, erklärte Chiara. »Lasst uns nur noch ein Foto aussuchen, das ich gleich auf Instagram posten kann«, schlug sie vor und winkte Tommasina und Letizia wieder zur Werkbank, wo sie gemeinsam die Aufnahmen durchsahen. Tommasina hatte keinen eindeutigen Favoriten, die Fotos waren alle gleichermaßen schön. Doch Chiara und Letizia konnten sich schon bald einigen. Auf dem ausgewählten Foto blickte Letizia, die sich an eine der Wände gestellt hatte, zur Seite. Den Arm mit Chiaras Armband hatte sie wie zufällig an die Wange gehoben, aber so, dass er ihr Dekolleté nicht verdeckte, auf dem die passende Kette zu sehen war.

Chiara postete es auf ihrem Profil. Dann hielt sie inne. »Bist du das?«, fragte sie Letizia und hielt ihr das Handy hin.

»Oh, ja, gerade vorhin, als ich zu dir kam, habe ich mich dazu verleiten lassen, ein bisschen zu singen und zu tanzen«, erklärte sie und wurde dabei etwas verlegen. Tommasina mochte sie immer mehr. Obwohl sie so hübsch und talentiert war, war sie bescheiden und bildete sich nichts auf sich selbst ein.

»Jemand hat mich offensichtlich dabei gefilmt«, fasste Letizia noch einmal das Offensichtliche zusammen.

»Ja. Und dann wurde das Video veröffentlicht. Mit dem Hashtag *viadellamore*. Deshalb wurde es mir angezeigt.«

Tommasina verstand nicht alles, aber solange die beiden *ragazze* wussten, um was es ging, war es ihr recht.

»Moment mal! Seht euch das an!«, rief Chiara aufgeregt.

Tommasina nahm das Handy in die Hand und sah sich das Video an. Da! Sie hatte es gesehen.

Letizia auch.

»Moment ... war das diese Brautmodenladenbesitzerin, die mich angerempelt hat?«

»Pamela ...« Chiara nickte bekräftigend. »Das hat sie mit mir auch schon gemacht.«

»Aber wieso?« Letizia verstand natürlich nicht. Wie

konnte sie auch? Tommasina würde ihr eine Menge erklären müssen.

Chiara war jedoch schneller. »Sie ist sicher eifersüchtig auf dich. Dafür muss es nicht einmal einen Grund geben.«

Letizia blickte erstaunt drein. »Es kam mir schon seltsam vor, dass sie in der Umkleide plötzlich schlecht über Graziano gesprochen hat.«

Nun horchte Tommasina aber auf! Über Graziano? Also, über den gab es wirklich gar nichts Schlechtes zu berichten. »Was denn zum Beispiel?«, wollte nun Tommasina wissen.

»Dass er ein Casanova ist«, erzählte Letizia.

Tommasina begann zu lachen. Chiara stimmte mit ein.

Das war nun wirklich lustig.

»Er geht schon seit Ewigkeiten nicht mehr aus, weil er nur an seine Arbeit denkt. Ein Casanova! Schön wär's!«, fand Tommasina.

»Das Video, in dem Pamela Letizia anrempelt, werde ich auf jeden Fall speichern. Man weiß ja nie, wozu es gut ist. Aber sagt mal, wollen wir unserer netten Freundin nicht noch einen gemeinsamen Besuch abstatten?«

Tommasina nickte, Letizia war auch einverstanden. Und Tommasina gefiel es, dass alle am gleichen Strang zogen.

Pamelas Kinnlade klappte förmlich herunter, als Tommasina mit den beiden Frauen den Brautmodenladen betrat. Sie fing sich aber recht schnell.

»Ach, das tut mir aber leid. Ich schließe gleich ...«, verkündete sie in einem Tonfall, der so etwas wie Bedauern ausdrücken sollte, aber eher an Hohn erinnerte. Natürlich war es noch nicht annähernd spät genug, um zu schließen.

»Aber noch bist du ja da, oder?«, bemerkte Chiara ganz ruhig.

Pamela räusperte sich. »Nun, das stimmt. Und da ich nicht davon ausgehe, dass irgendjemand von euch heiraten und ein Brautkleid anprobieren möchte, stellt sich mir doch die Frage, wie ich euch helfen kann.«

»Wer sagt, dass wir nicht heiraten? Wir heiraten alle drei, deshalb sind wir hier«, behauptete Tommasina. Und wieder flackerte Pamelas Blick.

Ach, welch Genugtuung!

Tommasina ging an ihr vorbei zu einem Kleid, das elegant im Schaufenster drapiert war. »Pamela, meinst du, mir steht das hier?«

»Das steht nicht zum Verkauf«, behauptete Pamela knapp.

Tommasina ging weiter zu einem anderen Kleid. »Das hier könnte ich mir gut für Chiara vorstellen, die ja mit Checco zusammen ist. Weißt du noch, Checco? Der junge Mann, an den du dich herangemacht hast, sobald meine Enkelin Neapel verlassen hat. Ja, nun, Chiara braucht noch dringender ein Kleid als ich. Ist das hier teuer?«

»Kommt darauf an, was für Chiara teuer ist …« Stocksteif stand Pamela in ihrem Verkaufsraum. Man musste beinahe Mitleid mit ihr empfinden.

Tommasina wanderte weiter zum nächsten Kleid. »Beim letzten Mal hast du Letizia so gut beraten, sie durfte ja sogar eines deiner Kleider anprobieren, nicht wahr?«

Nun machte Pamela sich nicht mehr die Mühe zu antworten.

»Sie könnte auch bald ein Kleid brauchen, obwohl sie ja offenbar an einen Casanova geraten ist«, fuhr Tommasina fort, die es gar nicht nett fand, dass Pamela ihren Graziano mit diesem Titel behaftet hatte.

Zwar versuchte Pamela, keine Miene zu verziehen, doch es musste ihr klar sein, dass sie mal wieder entlarvt worden war. Pamela schüttelte den Kopf, sodass ihr sehr hoch gebundener Pferdeschwanz, den sie heute trug, hin und her schwang. Sie schüttelte den Kopf, obwohl ihr keine Frage gestellt worden war, wahrscheinlich ein Zeichen ihrer Nervosität. »Ich muss euch jetzt bitten zu gehen. Es war mir eine Freude, mit euch zu plaudern.«

Tommasina mochte es nicht, wenn Pamela das letzte Wort hatte. Aber andererseits war Tommasina auch zuversichtlich, dass es noch nicht das letzte Wort gewesen war.

Kapitel 18

Graziano blickte auf seine Armbanduhr, war etwas nervös. Eigentlich war er den ganzen Tag schon nicht zur Ruhe gekommen. Die Tatsache, dass die Ausstellung in seiner ehemaligen Schule am gleichen Tag stattfand, an dem Letizia wieder in die Via dell'Amore kam, betrübte ihn. Er hatte das Gefühl, dass das Schicksal ihm etwas sagen wollte. Aber warum hatte es ihm dann erst erlaubt, Letizia kennenzulernen?

Er versuchte, sich von all den Gedanken, die um Letizia kreisten, abzulenken. Er begutachtete erneut die kunstvoll inszenierten Fotos seiner Kreationen, die in einem der komplett neu gestalteten ehemaligen Klassenzimmer hingen. Sie waren im letzten Winter von einem Fotografen aufgenommen worden. Das neue Kulturzentrum hatte die Fotoausstellung als erstes Event zur Eröffnung vorgesehen. Dazu waren ehemalige Schüler kontaktiert worden, die sich innerhalb Neapels eine Karriere aufgebaut hatten. Der Fotograf hatte sie dann ein paar Tage lang begleitet und sehr schöne Fotos von ihrer Arbeit geschossen. Vor allem für diejenigen, die in der Nachbarschaft aufgewachsen waren, hatten sie eine besondere Bedeutung, die dafür stand, dass jeder etwas aus sich machen konnte, selbst wenn er in einem nicht so guten neapolitanischen Viertel aufgewachsen war.

Graziano war gebeten worden, am ersten Tag der Ausstellung, der auf die offizielle Eröffnung des Kulturzentrums fiel, da zu sein und den Tag über auch für die Besucher zur Verfügung zu stehen. Es war für ihn nicht einfach gewesen, von der Arbeit loszukommen. Aber Arnaldo und eigentlich das gesamte Team unterstützten ihn immer besser. Graziano ertappte sich dabei, immer öfter loszulassen. Wenn auch nur ein bisschen.

Das Klassenzimmer sah jetzt gar nicht mehr aus wie damals. Er mochte die Idee, aus alten Gebäuden etwas Neues zu erschaffen. Am besten noch, wenn es mit Kultur zu tun hatte. Im weitesten Sinne.

Er konnte sich an das stetige Geräusch von Fahrzeugen erinnern, da seine Schule direkt an einer Straße lag. Es war ein dreistöckiges Eckgebäude. Damals noch grau, mittlerweile gelb, schön verputzt, mit hohen Fenstern. Und über dem Eingang stand *Ex Edificio Scolastico Galileo Galilei*.

»Entschuldigen Sie, sind Sie der Pasticciere aus der Via dell'Amore?«, fragte jemand.

Er drehte sich um, vor ihm stand eine alte Frau, deren Alter unmöglich einzuschätzen war. Sie konnte alles von achtzig bis einhundert Jahre alt sein, ging am Stock, stand aber sonst erstaunlich sicher auf ihren dünnen Beinen. Sie trug ein heiteres Sommerkleid mit vielen kleinen Blumen.

»Ja, der bin ich. Graziano ist mein Name.«

»Ihre Kuchen sind wunderschön.«

»Oh, *grazie mille*. Ich freue mich über Ihr Kompliment.«

»Ich war hier Lehrerin, wissen Sie? Nur die letzten Jahre meiner Karriere, bevor ich in Rente gegangen bin. Ich habe mit vielen Kindern gearbeitet. Mit unzähligen. Eigene hatte ich nicht. Doch dann hat mich eine ehemalige Schülerin adoptiert.« Die ältere Dame lachte trocken und kniff dabei die Augen zusammen, kräuselte die Nase. »Ja. Nicht ich sie, sondern sie mich! Ist das nicht wundervoll?«

Graziano ging nicht davon aus, dass sie eine Antwort erwartete. Doch er nickte. Irgendetwas an ihr war fesselnd, er konnte sich bildlich vorstellen, wie gut sie mal ihre Klassen im Griff gehabt hatte.

»Die Tochter meiner ehemaligen Schülerin hat erst vor ein paar Monaten geheiratet. Ich persönlich hatte ihr zwar davon abgeraten«, wieder ein trockenes Lachen, »aber sie hat es gewagt. Und die Hochzeitstorte kam aus Ihrer Pasticceria. Wir waren uns alle einig, dass sie das Beste an der ganzen Hochzeit war.«

»Nun fühle ich mich aber wirklich geehrt.« Er freute sich immer über Feedback. Selten kam etwas vom Hochzeitspaar persönlich, weil sie wegen der Aufregung kaum von der eigenen Torte probierten. Abgesehen von dem Bissen für die typischen Fotos, auf denen sie sich gegenseitig damit fütterten. Die Gäste wussten aber Bescheid. Und sie kamen tatsächlich zu ihm in die Konditorei und erzählten ihm, wie es geschmeckt hatte. Wie man es drehte und wendete, so blieb der Moment, wenn die Torte angeschnitten wurde, doch stets ein Highlight. Und genau mit diesem Gedanken im Hinterkopf arbeitete er in seiner Backstube. Es war eine große Verantwortung, aber auch befriedigend.

»Das sollten Sie auch. Und nun muss ich weiter. Zwölf Klassenzimmer insgesamt. Ich muss mich ranhalten!«

Ihr trockenes Lachen würde Graziano nicht so schnell vergessen.

Fünf weitere Besucher waren gerade im Raum. Er hatte sich bereits vorhin mit ihnen unterhalten und fand, dass er sich getrost eine kurze Pause gönnen konnte. Er stellte sich an eines der großen Fenster, das fast bis ganz an die Decke im hohen Raum reichte. Sonnenstrahlen kitzelten seine Nase, er schloss die Augen, genoss das wohlige Gefühl. Noch immer fiel es ihm schwer, die Schule von einst in der neuen, renovierten Version wiederzuerkennen. Andererseits war ihm doch alles vertraut. Es fühlte sich seltsam an, noch so viel über die Zeit damals zu wissen. Die Flure, die Toiletten, die Stufen, das ein oder andere Eck. Überall waren sie versteckt, seine Erinnerungen.

»Kann ich ein Autogramm haben?«, wollte jemand wissen.

Wieder musste er sich umdrehen, um zu sehen, wer die Frage gestellt hatte. Nur diesmal war er sprachlos, viel zu überrascht, um klar zu denken, geschweige denn so etwas wie eine Antwort hervorzubringen.

Letizia.

Ihre Wangen waren leicht gerötet. Sie trug ihre langen Locken heute offen. Sie umrandeten ihr hübsches, herzförmiges Gesicht wie ein perfekter Rahmen für ein Gemälde. Ihr helles Sommerkleid schmeichelte ihrem mediterranen

Hautton. Sie blickte zu ihm hoch. Mit ihrem Wimpernschlag brachte sie einen ganzen Schwarm an Schmetterlingen in seinem Bauch in Bewegung. So eine starke Reaktion, und er sah sie gerade zum … was war es? Zum dritten Mal? Doch es war offensichtlich, dass auch sie es spürte. Da war was. Und wie sollte man es genau erklären, dieses Gefühl, das man nur so selten im Leben empfinden durfte, aber trotzdem sofort erkannte?

»Keine Autogramme, nein«, brachte er schließlich hervor, als selbst ihm das Schweigen zwischen ihnen unangenehm wurde.

»Schade!«, fand sie und übertrieb in ihrem Bedauern.

»Aber ich kann eine Führung anbieten.« Ganz egal, was, wenn sie nur noch länger blieb. Er wollte nicht, dass sie ging. Nicht schon wieder.

Sie tat, als müsste sie überlegen. »Es ist zwar nicht dasselbe, aber ich nehme das Angebot an.«

»Du kannst dir etwas drauf einbilden. Ich gebe nie gratis Führungen!«, scherzte er.

»Wow. Na, wenn ich das weitererzähle …« Sie lächelte amüsiert und sah dabei reizend aus. Unbeschwert, was ihn besonders freute, da sie sonst stets ein wenig bedrückt gewirkt hatte. Wie jemand, der sich ständig sorgte.

»Bevor es losgeht und alle bei mir Schlange stehen, sollten wir vielleicht beginnen?«, schlug er vor.

Sie blickte auf die Uhr. »Lange kann ich sowieso nicht bleiben.« Da war sie wieder, die ernste Letizia. Deshalb war sie aber nicht minder attraktiv, nicht minder anziehend, nicht minder interessant.

»Wie es dir passt ...« Er wollte nicht, dass sie sich unwohl fühlte. »Also, lass uns gleich hier beginnen. Das sind Bilder von meinen Kuchen, Torten, Gebäck, Cremes, Puddings und und und. Ich verrate dir ein Geheimnis: Sie sehen nicht wirklich so gut aus. Ein erstklassiger Fotograf hat sie so gedreht und gewendet und ganz viele magische Lichter und Objektive benutzt, um sie besonders hervorzuheben.«

Letizia nahm sich Zeit, sah sich jedes Bild aufmerksam an. Es waren fünfzehn an der Zahl. Sie waren alle verteilt über drei Wände des Klassenzimmers. Die Wände an sich bestanden aus Naturstein, der Putz war entfernt worden. Kleine Scheinwerfer beleuchteten die Bilder und setzten jedes davon gekonnt in Szene. Die Wirkung war großartig. Mehr als Süßspeisen sahen die Stücke tatsächlich aus wie Kunstwerke. Graziano aber fühlte sich erst jetzt so richtig stolz. Letizia hier zu haben war wertvoll. Sie machte seine Arbeit auf verwirrende Weise noch wichtiger. Ihre Bewunderung war kostbar. Aber auch etwas, wonach er mit Leichtigkeit süchtig werden könnte.

»Wie machst du die Zitronen-*Caprese?*«, fragte sie und zeigte mit dem Finger auf ein Foto, das in der Tat eine solche Torte zeigte.

Er sagte die Zutaten auf, erklärte knapp die Vorgehensweise.

Sie nickte. »So hat meine Mamma sie auch immer gemacht.«

Graziano hatte den Eindruck, dass da noch viel mehr war, dass sie Worte zurückhielt, die gesagt werden wollten. Vielleicht sogar gesagt werden mussten.

»Hat sie dir das Backen beigebracht?«, fragte er sanft.

Letizia antwortete nicht gleich. Und Graziano glaubte schon, dass er wieder etwas falsch gemacht hatte. Doch dann zeigte sie zum Fenster, an dem er zuvor gestanden hatte.

»Sollen wir uns setzen?«, schlug sie vor.

»Ich wüsste nicht, was ich lieber täte.« Er ließ ihr den Vortritt.

»Ich dachte, du brennst darauf, eine Führung mit mir zu machen.«

»Das war eine Lüge!«, scherzte er.

Sie lachte, sprang schwungvoll auf die Fensterbank, als sie das Fenster erreicht hatte. Sie rutschte auf die Seite, damit er genug Platz hatte. Und er tat es ihr nach. Ihre Beine baumelten von der Fensterbank und berührten sich dabei. Er war nicht mehr der Schuljunge von damals, aber er fühlte sich gerade genauso frei, genauso hoffnungsvoll und sogar ein kleines bisschen naiv.

Es war wundervoll, das Erwachsensein einen Moment lang ablegen zu können.

»Ich backe nicht mehr«, begann sie zu erzählen. »Seit Mamma tot ist, habe ich kein einziges Mal ihre Geräte benutzt. Nichts davon. Ich habe alles weggeräumt. All das, was sie täglich benutzt hat, seitdem ich denken kann, steht jetzt im Keller. Ich kann nichts davon anrühren. Das Geräusch der Knetmaschine erinnert mich an sie. Zucker abwiegen erinnert mich an sie. Überall ist sie. «

Er nahm ihre Hand, und sie ließ es geschehen.

Die Menschen um sie herum waren nichts weiter als Figuren im Hintergrund, die sich bewegten und Schlieren hinterließen.

»War es ihr besonderes Hobby?«

»Ja, zu Beginn, aber über die Jahre ist Mamma die Tortenbäckerin von Capri geworden. Bei uns in der Küche war immer irgendetwas im Ofen. Klein, groß, mit oder ohne Schokolade, Hefe- oder Mürbeteig. Es war aber auch ein bisschen unsere Sprache. Unsere Unterhaltungen liefen über Kuchen ab. Verstehst du?«

Er nickte, hatte noch immer nicht ihre Hand losgelassen. Wie sehr er die Berührung genoss, konnte er gar nicht in Worte fassen. »Und dann kommt so ein Idiot daher und will sich mit dir über Kuchen unterhalten …«, schlussfolgerte er und meinte damit ihr letztes Gespräch, bei dem sie ihn quasi von sich gestoßen hatte.

»Ja.« Dann lachte sie. »Also, das mit dem Idioten hast *du* gesagt.«

»Ein bisschen so vorgekommen bin ich mir dabei schon«, gab er zu.

»Das war nicht fair von mir. Entschuldige.«

»Ach, lass gut sein. Wenn wir mit dem Entschuldigen anfangen, hört es gar nicht mehr auf.«

Sie lehnte ihren Kopf an seine Schulter, und er hielt ganz still, wollte den Moment um nichts in der Welt unterbrechen.

»Ich mag dich«, gestand er ihr leise und hob ihre Hand zu seinen Lippen, küsste sie und legte sie dann auf sein Bein. Er spürte ihre Wärme durch seine Hose, und sie kroch hoch in seine Brust, wo sein Herz gegen seinen Brustkorb hämmerte und ein Gefühl von Glück und Dankbarkeit durch seine Venen jagte. Ihm war plötzlich egal, dass er gar keine Zeit für eine Beziehung hatte, egal, dass er sein Gleichgewicht auch ohne Frau gefunden hatte. All die Gründe, die ihn stets davon abgehalten hatten, eine Beziehung einzugehen, waren auf einmal nichtig. Vollkommen unwichtig.

Er wollte Letizia besser kennenlernen, sich und ihr die Chance geben, herauszufinden, was es war, das sie verband.

»Wie lief das Fotoshooting mit Chiara?«, erkundigte er sich deshalb. Er hörte Letizia wirklich gerne zu, wenn sie erzählte.

»Das war schön. Ich glaube, deine Schwester hat mich sogar dazu überredet, Mammas Schmuck ab und an zu tragen. Aber das ist eine lange Geschichte. Nonna Tommasina war auch da. Ich mag sie.« Dann schien ihr plötzlich etwas einzufallen. Sie erzählte davon, wie Pamela sie angerempelt hatte und sie ihr dann einen Besuch abgestattet hatten.

Es machte Graziano wütend, dass Pamela sich nicht benehmen konnte. Und ihm kam da so ein Gedanke. Wie war der Name des Journalisten noch mal gewesen? Martino De Luca? Ein Plan nahm in seinem Kopf Gestalt an, doch exakt in dem Moment kam ein Veranstalter auf ihn zu und bat, kurz mit ihm sprechen zu können. Graziano wollte ihn zum Teufel schicken, aber die Vernunft riet ihm dazu, höflich zu sein. Also sprang er vom Fensterbrett.

»Verschwinde nicht wieder, ja?«, bat er sie.

Sie schüttelte den Kopf und lächelte ihn an. Er wusste noch im gleichen Augenblick, dass er dieses Lächeln nie vergessen würde.

Widerwillig trennte er sich vom Anblick und ließ sich vom Veranstalter in einen anderen Raum führen, wo sich alle Teilnehmer und Organisatoren für ein Gruppenfoto zusammenstellten. Es ging dabei ähnlich zu wie noch zu Schulzeiten, als der Fotograf für die Klassenfotos gekommen war. Niemand wusste so recht, wohin mit sich und mit den anderen. Eigentlich kamen die Großen nach hinten, die Kleinen nach vorn. Aber sie hampelten vor und zurück, auf sehr unkoordinierte Art und Weise, bis der Fotograf sich erbarmte und Anweisungen gab, mit denen jeder etwas anfangen konnte. Doch dann bekamen sie es ewig nicht hin, alle in eine Richtung zu schauen, alle zu lächeln und alle dabei die Augen offen zu halten. Erst nach einer gefühlten Ewigkeit war auch der Fotograf zufrieden, und sie waren erlöst.

Graziano öffnete den Knopf seiner Anzugjacke wieder und wollte schon gehen, als er aber merkte, dass von ihm Small Talk erwartet wurde, weil er gleichzeitig von mehreren Leuten angesprochen wurde. Geduldig, aber innerlich zappelnd, ließ er sich von allen erzählen, wie und wann sie schon einmal in der Via dell'Amore gewesen waren. Er tat ihnen den Gefallen und reagierte betont erstaunt. Aber eigentlich hörte er derartige Geschichten immer wieder. Alle schienen eine besondere Erinnerung an die Via dell'Amore zu haben. Und es freute ihn ja auch, aber mussten sie ihm wirklich davon erzählen?

Nach gefühlten Stunden, wahrscheinlich waren es aber nicht einmal zehn Minuten gewesen, ging er durch den Schulflur, durch den er vor etwas mehr als zwanzig Jahren wer weiß wie oft gerannt war, zurück in das Zimmer, in dem er Letizia zurückgelassen hatte.

Die Enttäuschung traf ihn wie eine Faust in die Magengrube. Sie war nicht da.

Wieder hatte sie ihn im Regen stehen gelassen.

Wieso rannte sie immer weg?

Hatte ihn das die letzten zwei Mal mächtig genervt, so tat es diesmal richtig weh.

Er suchte sie eine Weile, hoffnungsvoll, sie in einem der anderen Klassenräume stehen zu sehen. Er wartete eine Weile an den Toiletten, im Zweifel, dass sie sich in einer davon befand, er blickte durch die Fenster auf die Straße, konnte es doch sein, dass sie kurz Luft schnappte. Aber sie blieb verschwunden.

Er ließ sich sogar von Chiara die Nummer von Letizia schicken, tippte hundertmal eine Nachricht ein, schickte sie aber nicht weg. Denn die Frage war, ob er sich auf so etwas einlassen wollte. Er musste einer Frau vertrauen können, er musste auf sie zählen können. Zwar kannte er Letizia bisher wirklich nur marginal, aber er war sich auch nicht mehr sicher, ob er die Bekanntschaft vertiefen wollte. Denn was er wusste, reichte ihm. Was er wusste, war, dass sie immer wieder verschwand. Ohne ein Wort, ohne eine Erklärung.

Er entschuldigte sich bei allen Anwesenden und verließ das Gebäude. Unter den gegebenen Umständen war ihm nicht mehr nach Unterhaltungen, die ihm nichts bedeuteten. Er ging dorthin zurück, wo er sich geborgen und sicher fühlte. Die Via dell'Amore wartete auf ihn, seine Backstube ebenfalls.

Kapitel 19

Da war sie einmal kurz sorglos und glücklich gewesen, und schon ging die Welt unter. Letizia war losgerannt, ohne nachzudenken. Zum Glück hatte sie an der befahrenen Straße jemanden gefunden, der sie mitnahm in Richtung *Galleria Umberto*. Sie hatte den Daumen ausgestreckt, und schon hatte jemand gehalten. Mit Vollbremsung. Ein Mann, der sich als Nello vorstellte, erklärte sich bereit, sie zu fahren. *Egal wohin*, wie er betonte. Das Gute an Neapel war, dass man immer auf Hilfsbereitschaft stieß.

»Geht's ihr besser?«, erkundigte Nello sich, der an diesem heißen Tag ein weißes Baumwollunterhemd trug, unter dem seine Körperbehaarung hervorquoll. *Geht's ihr besser* … Er nahm sich die Geschichte – Letizias Geschichte – so zu Herzen, als sei sie seine eigene. Letizia war ein bisschen gerührt.

Sie blickte auf ihr Handy. Ihr Akku war fast leer. Und keine neue Nachricht von Donatello. Die letzte besagte: *Angelina geht's nicht gut. Kannst du kommen? Caffetteria Napoletana in der Galleria Umberto.*

»Ich weiß es nicht«, antwortete sie auf Nellos Frage. Der

fuhr wie eine gesengte Sau und brach alle Verkehrsregeln, die man sich vorstellen konnte. Aber er tat es mit einer Nonchalance, die Letizia eine gewisse Ruhe vermittelte. Wie auch immer er es anstellte.

»Schlechte Nachrichten kommen immer ganz schnell. Deshalb gehen wir jetzt einfach davon aus, dass es ihr bereits besser geht. Es ist aber auch heiß heute.«

Die Fürsorge machte Letizia sentimental, sie wischte sich eine Träne aus dem Augenwinkel.

Sie fühlte sich so schuldig. Niemals hätte sie es erlauben sollen, dass Angelina mitkam nach Neapel. Die Stadt war stressig, die langen Wege, die ganzen Eindrücke und die körperliche Anstrengung waren einfach zu viel. Zu viel für ein Herz, das nur halb funktionierte.

»Danke. Dafür, dass du gehalten hast, aber noch viel mehr dafür, dass du dir mein Problem nun so sehr zu Herzen nimmst, als wäre es deins. Ich bezahle das Benzingeld. Und …« Ihr fiel nicht viel mehr ein, was sie ihm geben oder schenken konnte, um auch nur annähernd ihre Dankbarkeit auszudrücken.

»Wir Neapolitaner schauen nicht weg, wenn ein Bruder oder eine Schwester Hilfe braucht. Und allein die Tatsache, dir geholfen zu haben, ist die beste Belohnung.«

Sie schloss die Augen, weil sie von so viel Fürsorge überwältigt war. Eines Fremden, wohlgemerkt. Auch wenn ihr Nello, der Fahrer mit dem Unterhemd, gar nicht mehr fremd vorkam.

Letizia machte sich große Sorgen um ihre Schwester, blickte alle zwei Sekunden auf ihr Handy und wusste, dass die Batterie jede Sekunde ihren Geist aufgeben würde, was sie maßlos ärgerte. Sie hatte vor der Abfahrt nicht darauf geachtet, wie weit es aufgeladen war, da Angelina ausnahmsweise nicht auf Capri zurückgeblieben und Letizia deshalb unvorsichtig gewesen war. Letizia konnte sich Unbeschwertheit nicht erlauben. Das wusste sie spätestens jetzt.

Graziano.

Es war verrückt, aber sie vermisste ihn jetzt schon. Sie hatte nach ihm gesucht, war aber dann in den unüberschaubaren Fluren des ehemaligen Schulgebäudes regelrecht in Panik geraten, weil sie sich gefühlt zehnmal verlaufen hatte, nur um dann schließlich ins Freie zu rennen – ohne die Möglichkeit, Graziano Bescheid zu geben.

Noch immer keine Nachricht von Donatello.

Sie überlegte, dass sie wenigstens mit dem bisschen Saft, den ihr Handy noch hatte, Chiara kontaktieren konnte, um sich Grazianos Nummer geben zu lassen. Letizia wollte ihm unbedingt mitteilen, was geschehen war, aber sobald sie nach Chiaras Nummer gesucht hatte, wurde der Bildschirm schwarz. Das Handy war tot. Sie wollte schreien, das alles war ihr zu viel. Auch die Eindrücke um sie herum. Nello und das Unterhemd, die Roller, die ständig viel zu nah an ihnen vorbeirasten, die anderen Autos, die hupten, bremsten und Gas gaben, das laute Rufen der Fußgänger, irgendwelche Sirenen in weiter Ferne. Nein, leise war es in Neapel wohl nie. Und sie blendete alles aus, auch die pittoresken Gebäude, die die Straße säumten und die so typisch für diese Stadt waren. Sie hatte nur ihre Schwester vor Augen. Das kleine Baby, das sie vor etwas mehr als zwanzig Jahren kennengelernt hatte und das sie von dem Moment an über sich selbst gestellt hatte. Angelina war immer Priorität.

Nachdem Nello Letizia so nah wie möglich an der *Galleria Umberto* abgesetzt hatte, war sie froh, dass sie als junges Mädchen viele Nachmittage mit Claudio hier verbracht hatte, weil sie sich deshalb in der Stadt hervorragend auskannte. Manchmal waren sie stundenlang von einem Viertel zum nächsten spaziert, um die Eindrücke aufzusaugen, nach denen sie so gierten. Sie kannten nur das Leben auf einer kleinen Insel, die noch dazu im Winter sehr einsam werden konnte. Es waren gute Jahre gewesen, in denen sie sich frei und mutig gefühlt hatten. Doch dann hatte auch Claudio sie enttäuscht, und sie hatte noch mehr gelernt, sich nur auf sich selbst zu verlassen.

Sie dachte nicht oft an Claudio, sie hatte damit Frieden geschlossen, auch wenn sein Verschwinden von der Bildfläche sie bis heute geprägt hatte. Sie konnte noch immer nicht loslassen, überzeugt, dass jeder Mann in ihrem Leben irgendwann verschwand.

Graziano ist nicht so, sagte eine innere Stimme zu Letizia. Doch die Stimme wurde immer leiser, weil sie an der *Galleria* angekommen war und vor dem beeindruckenden Torbogen stand, der hineinführte.

Es wimmelte von Touristen, die in alle Richtungen strömten und die *Galleria* fotografierten und in ihre Handys lächelten. Als Kind Capris war sie Menschenandrang gewohnt. Was sie hingegen an Neapel so sehr schätzte, weil ihre Insel nicht annähernd so groß war, war der viele Platz, waren die riesigen Gebäude, war die Luft aus fast allen Richtungen.

Die *Galleria*, die Letizia jetzt betrat, präsentierte sich ihr wie eine Offenbarung. Obwohl sie die Sorge um ihre Schwester beinahe auffraß, konnte sie sich der Eleganz und dem Charme dieses Bauwerks nicht entziehen. Sie war etwas atemlos, wie nach einem Sprung ins Meer. Die Weite war berauschend, die Größe und die Schönheit trafen sie mitten ins Herz. Der Boden aus Marmor, zusammengefügt zu einem einzigartigen geometrischen Muster, teilweise mit Mosaiken bestückt. Und dann blickte sie an die Decke, zur Glaskuppel, die unerreichbar hoch, aber doch fester Bestandteil der *Galleria* war. Rundherum im Erdgeschoss befanden sich Geschäftsräume, in den weiteren Stockwerken gab es Büros, Wohnungen und Restaurants. Die großen Fenster der stilvollen Bauten hatten einen exklusiven und einzigartigen Ausblick, direkt auf die *Galleria*.

Letizia hatte Mühe, die Caffetteria zu finden. Dann sah sie die Aufschrift, die Tische vor der Caffetteria, schließlich Angelina und Donatello, die an einem saßen.

Als Letizia sie endlich erreichte, war sie erleichtert und umarmte Angelina sofort. Dann nahm sie ihr Gesicht zwischen ihre Hände und sah sie an.

Blass. Immer viel zu blass. Und kalt.

Letizia konnte sich nur schwer zurückhalten, ihre Schwester nicht erneut an sich zu ziehen, um sie zu drücken. Zu genau wusste Letizia, dass sie diese Form von Überschwänglichkeit hasste. Deshalb riss Letizia sich zusammen und setzte sich an den Tisch. Um sie herum Menschen aus aller Welt, Sprachen aus aller Welt. Stimmengewirr, Lachen, Klappern von Tassen auf Untertassen, das Klirren gegeneinanderschlagender Gläser, bis oben hin gefüllt mit erfrischenden Sommergetränken, die rochen wie konzentrierte Sonne.

Die Kellner hatten alle Hände voll zu tun, sahen aus wie Tänzer in einer Aufführung, die kein Ende hatte. Letizia bestellte geschwind einen *caffè* und begann, Fragen zu stellen.

»Was ist denn passiert? War dir nicht wohl?«, wollte sie direkt von ihrer Schwester wissen.

Angelina seufzte tief, was in diesem Fall ein gutes Zeichen war. »Ich hatte nur einen kleinen Augenblick, in dem ich etwas müde war. Donatello hat überreagiert.«

Letizia warf einen schnellen Seitenblick auf Donatello, der sich nicht einmischte, dem aber deutlich anzusehen war, dass er kein bisschen überreagiert hatte. Auch er war ein bisschen blass um die Nase. Letizia spürte eine plötzliche Welle an Zuneigung für diesen jungen Mann, der vermutlich noch nicht begriffen hatte, worauf er sich tatsächlich eingelassen hatte. Ein bisschen hatte sie Mitleid mit ihm, ein bisschen beneidete sie ihn aber auch, weil er sich jederzeit aus der Affäre ziehen konnte. Er hatte ein Recht darauf, während Letizia an Angelina gebunden war. Für immer.

Letizia schluckte und schämte sich gleichzeitig in Grund und Boden für ihre Gedanken, die nicht fair waren.

»Wir gehen am besten morgen zum Arzt«, schlug Letizia vor, um wieder etwas mehr das Gefühl von Kontrolle zu haben, und machte dem Kellner Platz, der ein Tässchen vor ihr absetzte, aus dem es intensiv und verlockend duftete.

»Lass uns das zu Hause besprechen, ja?«, bat Angelina, die nun wieder etwas müder aussah.

»Donatello, kannst du schnell schauen, wann die nächste Verbindung nach Capri geht?«

Er nickte und gab gleich etwas in sein Handy ein. Er war ganz offensichtlich froh, etwas tun zu können.

Es stellte sich heraus, dass sie sich beeilen mussten, um den nächsten Katamaran zu erwischen, der den Hafen von Neapel in Richtung Capri verließ.

Donatello bestellte ein Taxi, Letizia bezahlte an der Bar, und gemeinsam mit Angelina gingen sie zum vereinbarten Abholort.

Letizia war froh, als sie etwa vierzig Minuten später an Bord des Katamarans waren, denn Angelina lehnte sich sofort an sie und schlief ein, so erschöpft war sie.

Donatello und Letizia tauschten einen vielsagenden Blick.

»Danke«, flüsterte Letizia ihm zu.

Er zuckte nur mit den Achseln, lehnte sich dann selbst an Angelina. Für Letizia fühlte sich diese Nähe nach Familie an. Und als sie auf dem Weg zurück auf ihre Insel war, wusste sie, dass ihr Leben vielleicht nicht perfekt war, aber es war doch gut. Und sie hatte Angst, es mit einer neuen Bekanntschaft, die sich schon jetzt so aufregend anfühlte, aus dem Gleichgewicht zu bringen.

Ja, sie dachte unentwegt an Graziano. Sie hatten durch das Backen eine ganze Menge gemeinsam. Aber es war nicht nur das. Manchmal spürte man eine instinktive Verbundenheit, und es gab keine wirkliche Erklärung dafür.

Die Insel wurde am Horizont sichtbar. Sie war wunderschön, sie war ihr Zuhause, ihr Zufluchtsort.

»Ich kann mich nicht dran sattsehen«, sagte Donatello leise. Und auch Angelina wurde allmählich wach, ihr Blick war auf das undefinierte Land am Horizont gerichtet, das sich immer genauer, immer schärfer abzeichnete, je mehr sie sich näherten.

Letizia wurde es auf der Insel manchmal zu eng, aber ganz darauf verzichten? Niemals!

Auf dem Weg nach Hause wurde Angelina wieder gesprächig. Sie plapperte in einer Tour, erzählte, dass der Buchladen in der *Galleria Umberto* riesig und modern und wunderschön war. Sie fand kleine gemütliche Buchhandlungen aber viel schöner.

»Apropos, hast du nachher kurz Zeit? Ich würde gerne etwas mit dir besprechen«, erklärte Angelina. »Bleibst du auch noch ein bisschen?«, fragte sie dann Donatello, während sie durch ihre Gassen gingen, die sich zu dieser Tageszeit – es war später Nachmittag – angenehm kühl anfühlten, da die Sonne nicht mehr mit voller Strahlkraft schien.

»Ich würde gerne, aber wenn ich heute Abend nicht zum verabredeten Essen mit meinen Eltern erscheine, enterben und werfen sie mich aus dem Haus!«, gab er lachend zu.

Ein Duft von getrockneter Wäsche lag in der Luft, aus den vielen Blumentöpfen, die an beinahe jedem Hauseingang standen, tropfte teilweise Wasser. Zeichen dafür, dass eine gute Seele sie bereits gegossen hatte. Die Möwen flogen tief, hatten dicke Bäuche. Die Fischer waren bestimmt schon in den Hafen eingefahren und hatten ihnen etwas zugeworfen von ihrem Fang. Die Möwen kreischten jedenfalls hysterisch. Sie spielten im Wind, ließen sich davontragen, was nach großem Spaß aussah.

Letizia war froh, als sie zu Hause war, der Tag war lang gewesen, vor allem aber hatte sie die Angst um Angelina viel Kraft gekostet. Aus welchem Grund auch immer, fühlte Letizia sich hier im gewohnten Umfeld sicherer mit ihr. Sie setzte sich auf den Balkon und kam zur Ruhe, aber Angelina leistete ihr wenig später Gesellschaft, was sie sehr selten tat. Sie war lieber drinnen. Ein weiterer Beweis dafür, wie verschieden sie waren.

»Du, Leti, ich habe eine Entscheidung getroffen«, sagte Angelina, nachdem sie eine Weile lang schweigend zusammengesessen hatten.

Letizia hatte eigentlich keine Lust auf so ein Gespräch. Sie seufzte. »Und die wäre?«

»Ich werde mit Donatello einen Buchladen eröffnen, hier auf Capri«, erklärte Angelina und wickelte sich tiefer in ihre Strickjacke, obwohl es kein bisschen kalt war. Nicht für Letizia.

So, da war es also, das große Projekt, von dem Liberato offensichtlich bereits gewusst hatte!

»Das ... stelle ich mir ein bisschen schwierig vor«, erwiderte Letizia vorsichtig.

»Ich habe auch nicht behauptet, dass es einfach ist.« Angelina ging bereits ein bisschen in die Defensive.

Letizia wollte das nicht, sie wollte vielmehr, dass ihre Schwester das Gefühl hatte, immer mit ihr reden zu können.

Aber wie fand man das Gleichgewicht? Wie machte man es richtig? Und hatte sie das Recht dazu? »Wie hast du dir das vorgestellt? Ich meine, gibt es einen konkreten Plan?«

»Als Einstiegskapital werde ich meinen Teil der Erbschaft benutzen«, erklärte sie und meinte damit das bisschen Geld, das Mamma hinterlassen hatte.

»Na, das war mehr als Polster gedacht, für später mal, wenn ...«

Angelina unterbrach sie. »*Dio santo*, Leti, ich werde nicht alt werden. Das wissen wir beide. Aber nun lass mich doch leben, solange ich hier bin! Das Geld kann ich nicht mit in den Sarg nehmen, oder?«

Letizia hätte eine Ohrfeige weniger wehgetan als Angelinas Worte. Sie war wie versteinert und konnte beim besten Willen keine Antwort finden, die ihr auch nur ansatzweise angemessen vorkam.

»Es tut mir leid, Leti, aber die Jahre, die ich habe, möchte ich das tun, wovon ich schon immer geträumt habe. Und du, große Schwester, musst auch anfangen zu leben. Für dich! Zuerst hast du dich für Nonna aufgeopfert, dann für Mamma, jetzt für mich, aber wann denkst du mal an dich? Hm?« Angelina nahm ihre Hände.

Tränen tropften auf Letizias Top. In letzter Zeit passierte ihr das häufiger. Fing sie einmal mit dem Weinen an, hörte es gar nicht mehr auf.

»Ich will wissen, dass es dir gut geht, wenn ich mal nicht mehr da bin. Ich will sicher sein, dass du gut aufgehoben bist.«

»Hör jetzt auf mit dem Mist!« Letizia wollte nichts mehr

hören, denn Angelina konnte noch ein langes Leben haben, die Möglichkeiten waren längst nicht ausgeschöpft. Ihnen standen noch so viele Wege offen, allen voran eine Transplantation.

Angelina ließ sich im Stuhl zurücksinken, streckte die Beine von sich. Der Balkon war so klein, dass ihre Füße hinter dem Balkongeländer hervorblickten. Sie wackelte mit den Zehen.

»Ich will nur nicht, dass du dein eigenes Glück aufschiebst. Ich will nicht, dass du dich aufopferst. Denn ich werde meinen Weg gehen.«

Ja. Das klang alles so vernünftig. Aber Letizia kannte ihre Schwester gut genug, um zu wissen, dass sie das Ganze hier nur inszenierte, um Letizia einen Freifahrtschein zu geben. Was sie eigentlich sagte, war: *Geh, wenn du gehen willst. Ich werde versuchen, tapfer zu sein, und mir einen Traum erfüllen, damit ich deine Abwesenheit nicht so sehr spüren werde.*

»Fein, geh deinen Weg! Ich gehe aber nirgendwohin!«, erwiderte Letizia und merkte dabei, wie eine andere Nachbarin, die ein bisschen weiter vorne lebte, ihren Kopf weit aus dem Fenster lehnte, um ihre Unterhaltung besser zu hören.

Angelina stand langsam auf, legte Letizia eine Hand auf die Schulter. »Schmeiß das mit dem Pasticciere nicht weg, okay?« Dann gab sie ihr einen Kuss auf den Kopf, so wie Mamma es früher immer getan hatte.

Letizia legte ihre Hand auf die ihrer Schwester und lehnte ihren Kopf dagegen. Vielleicht hatte Angelina recht, vielleicht war Graziano eine konkrete Chance auf das Glück.

Aber, wenn Letizia ehrlich war, fühlte es sich schon wieder an wie eine verpasste Gelegenheit. Vermutlich war es überflüssig, ihm jetzt noch erklären zu wollen, warum sie verschwunden war. Sie sah keinen Sinn mehr darin, Chiara um Grazianos Nummer zu bitten, und ließ es daher bleiben.

Der Mond tauchte am noch nicht dunklen Himmel auf und war wunderschön, Letizia konnte ihn an diesem wundervollen Abend von ihrem Balkon aus sehen. Aber noch schöner als der Anblick war die Verbindung zu ihrer Schwester, die sie in diesem Moment ganz deutlich spürte.

Kapitel 20

Tommasina schämte sich kein bisschen für ihre Tränen. »Ein Meisterwerk! Einfach fantastisch!«, schwärmte sie entzückt. Alfonsa reichte ihr ein Taschentuch.

»Ja? Der Werbespot gefällt Ihnen also, Signora?«, fragte der junge Mann vom Fernsehsender, der Angelo hieß und die Geduld aufgebracht hatte, ihr die Aufnahme nicht nur einmal, sondern gleich fünfmal vorzuspielen.

Er war so nett gewesen und extra vorbeigekommen, um ihr die fertige Version zu zeigen. Und er hatte so ein Tablet-Ding mitgenommen. Per Telefon hatte sie nämlich jemand gebeten, ihnen so eine Adresse auf dem Computer zu nennen, damit man ihr einen Link schicken könne. Aber Tommasina hatte kein Wort verstanden und darum gebeten, ihr den Werbespot anderweitig zu zeigen.

Wenn man freundlich bat, dann ging es meistens. So viel hatte Tommasina im Leben begriffen.

»Sehr! Die Läden haben so hübsch ausgesehen und die Gasse wie in einem Film. Graziano und Letizia wirkten wie ein richtiges Paar«, fand Tommasina.

»Das habe ich mir auch gedacht, als ich sie zusammen

gesehen habe!«, pflichtete Alfonsa ihr bei und stellte Angelo ein Tässchen *caffè* hin, das er dankend annahm.

»Bekomme ich denn keinen *caffè*?«, wunderte Tommasina sich. Was fiel Alfonsa überhaupt ein?

Diego, Ciro und Fabio richteten sich sofort auf unter dem Küchentisch, wo sie bis zu dem Moment so ruhig gelegen hatten, als wären sie Teppiche. Sie witterten wohl ein Donnerwetter und sahen ihre Chance, der nachmittäglichen Langeweile zu entkommen.

»Du hattest schon vier«, gab Alfonsa zu bedenken.

Sie gab vor, besorgt zu sein. Ha! Natürlich war es eine Lüge. Vier *caffè*! Daran würde Tommasina sich erinnern. Und in ihrem Kopf gab es da nur den einen gleich ganz früh am Morgen, als Alfonsa eingetroffen war. Dann später einen zweiten, als Graziano die Hörnchen vorbeigebracht hatte. Peppino hatte sie auch kurz besucht, dabei hatte es ebenfalls einen *caffè* gegeben. Zuletzt einen weiteren nach dem Mittagessen.

Ja, nun … in der Tat vier an der Zahl.

Tommasina hasste es, wenn Alfonsa recht hatte. Sie überlegte, welche bissige Antwort sie trotzdem geben konnte, aber es fiel ihr keine ein.

Zum Glück meldete Angelo sich zu Wort. »Ach, sie sind gar kein Paar?«, fragte er verwundert. »Beim Sender waren wir eigentlich alle vom Gegenteil überzeugt.«

»Was nicht ist, kann ja noch werden«, sagte Tommasina.

»Das bedeutet jetzt aber nicht, dass du sie verkuppeln musst …«, hatte Alfonsa dann tatsächlich noch gewagt, sie zurechtzuweisen.

Diego jaulte, der Verräter.

Tommasina beschloss, Alfonsa zu ignorieren. Das, oder sie musste sie leider sofort fristlos entlassen.

»Um ehrlich zu sein, hatte ich nicht mit einem so schönen Ergebnis gerechnet.« Tommasina dachte schon gar nicht mehr an Alfonsa, war mit dem Kopf schnell woanders. »Vielleicht sollten wir den Zauber des Videos nutzen, um noch mehr Menschen in die Via dell'Amore zu locken.« Nur, wie?

Sie wollte den Überraschungseffekt, den sie gerade erlebt hatte, auch für alle anderen, was natürlich nicht machbar war. Aber vielleicht für einen Teil von ihnen?

»Wie wäre es damit?«, mischte Alfonsa sich schon wieder ein. Hatte diese Frau keine Manieren? Kein Feingefühl? *Sant'Iddio!* »Peppino hatte doch vorgeschlagen, ein Capri-Event zu organisieren. Man könnte ja beides zusammenlegen und auch ankündigen, dass dabei der Werbespot – auf einer Leinwand oder so – zum ersten Mal ausgestrahlt wird. Ich bin mir sicher, halb Neapel würde hier sein«, fuhr Alfonsa unbeirrt fort. Dass sie mitfieberte, zeigten ihre leicht geröteten Wangen.

Es wurde ein paar Sekunden lang ganz still in der Küche. Tommasina hatte wahrlich keine Lust, es offen zuzugeben, aber die Idee war gut. Sehr gut sogar.

»Ich bespreche das gerne mit meinen Vorgesetzten und melde mich so bald wie möglich«, versicherte Angelo und musste sich schon kurz darauf verabschieden.

Natürlich war Tommasina eingeschnappt. Die besten Ideen kamen *immer* von ihr. Gehörte sie inzwischen zum alten Eisen? Ihr war das Alter immer egal gewesen, aber vielleicht sollte sie beginnen einzusehen, dass sie nicht mehr die Jüngste war und anderen den Vortritt lassen musste. Aber, oh, wie schrecklich fühlte sich das an!

Alfonsa setzte sich an den Tisch. »Wieso bist du sauer auf mich?«, fragte sie ganz offen und hatte dieses amüsierte Lächeln im Gesicht, von dem sie immer behauptete, dass es liebevoll war. Aber da konnte Alfonsa sonst irgendetwas erzählen! Die Ironie darin reichte allein schon aus, um Tommasina auf die Palme zu bringen.

Sie antwortete auch gar nicht. Was war der Plan gewesen? Alfonsa ignorieren! So.

»Soll ich heute mal früher gehen?«, bohrte Alfonsa weiter. »Oder gehen und gleich gar nicht mehr wiederkommen?«

»Nun hör schon auf, Alfonsa!« Da! Diese unmögliche Frau hatte es schon wieder geschafft, Tommasina aus der Reserve zu locken. »Du gehst nirgendwohin!«

Und schon grinste die Haushaltshilfe triumphierend. Sie stand auf und drückte Tommasina einen dicken Kuss auf die Wange. »Ich habe dich auch lieb!«, sagte sie noch.

Tommasina scheuchte sie weg wie ein lästiges Insekt. Aber das war Alfonsa natürlich nicht. Lästig, ja, aber kein Insekt.

Alfonsa widmete sich wieder der Hausarbeit, und Tommasina überlegte gerade, ob sie wohl den Fernseher einschalten sollte, als von draußen Lärm in die Wohnung drang. Tommasina wohnte an einer belebten Gasse, leise war es nur sehr selten. Immer war Stimmengewirr zu hören, manchmal Musik, Gesang, aber auch mal Motorengeräusche von vorbeirasenden Rollern. Das, was sie jetzt zu hören bekam, klang nach Streit. Sie erhob sich flink und ging auf ihren Balkon.

Und in der Tat war ein Streit im Gange. Doch es waren nicht etwa Fremde, sondern Cosimo, der Schuhladenbesitzer, der nie auch nur annähernd laut wurde und wegen seines Charmes und seiner Freundlichkeit bekannt war, und Pamela. »Ach herrje!«, rief Tommasina und stapfte los, um der Sache ein Ende zu setzen. Wie sah denn das aus. Die Leute schauten schon!

Tommasina erreichte die beiden Streithähne etwas außer Atem und musste sich regelrecht zwischen sie stellen. So außer sich hatte sie Cosimo noch nie gesehen, und sie kannte ihn immerhin schon, seit er als kleiner Junge seine Nachmittage im Laden seiner Eltern verbracht hatte.

»Nein, Tommasina, ich werde diesmal nicht still sein und klein beigeben. Ich habe es einfach satt.«

»Was meine These, dass die Via dell'Amore eine jüngere Generation an Ladenbesitzern gut gebrauchen könnte, nur bestätigt«, gab Pamela auf ihre gewohnt irritierende Art und Weise ihren Senf ab. »Und du hast nicht mal Kinder, denen du deinen Laden übergeben könntest …« Sie breitete ihre Arme aus mit einem Gesicht, das so etwas wie *Na, was sagst du dazu?* ausdrückte.

»Da! Du hörst es ja selbst, wie unmöglich sie sich verhält. Ganz ehrlich? So macht es keinen Spaß mehr. Und es ist auch nicht im Sinne der Via dell'Amore. Ich muss mich jeden Tag mit einer Kollegin«, und er sprach das Wort mit Verachtung aus, »konfrontieren, die alles andere als kollegial ist und die Nerven all derer überstrapaziert, die hier schon lange vor ihr angefangen haben.«

Um sie herum hatte sich eine Menschentraube gebildet. Der Streit war gefundenes Fressen für Schaulustige. Als Tommasina bemerkte, dass jemand die Szene mit einem Handy aufnahm, zog sie Cosimo sanft weg. So wie sie ihn kannte, würde er sich schon in ein paar Minuten, sobald sein Blutdruck wieder normal ging, in Grund und Boden schämen. Und sie wollte vermeiden, dass er sich diese Blöße gab. Pamela hingegen war ihr egal, aber ganz abgesehen davon, war die junge Frau sehr gut in der Lage, auf sich selbst aufzupassen.

Tommasina führte Cosimo zurück in seinen Laden, wo er sich zunächst beruhigen musste. Immer wieder ging er auf und ab. Er war hochrot im Gesicht, sein sonst so ordentlich gekämmtes Haar war ihm in die Stirn gefallen. Tommasina wartete still ab. Sie konnte sich gut vorstellen, wie er sich fühlte. Pamela sah nur aus wie ein Engelchen, aber sie war abgrundtief gemein. Ihre Art, mit Mitmenschen umzugehen, grenzte an Mobbing.

»So geht es nicht weiter, Tommasina. Entweder Pamela geht, oder ich tue es.« Das waren die ersten Worte, die Cosimo direkt zu ihr sprach. Und sie mochten zwar von der momentanen Wut beeinflusst sein, aber sie waren doch sehr deutlich und ließen keinen Zweifel aufkommen, dass sie bitterernst gemeint waren.

Tommasina ließ sich plötzlich sehr müde auf eine der

runden Sitzgelegenheiten im Schuhgeschäft fallen. Cosimo ging noch immer auf und ab.

»Weißt du, was sie getan hat?«, fragte Cosimo und sah sie an. Tommasina konnte an seinem Blick sehen, dass er nicht nur wütend, sondern auch verletzt war.

Sie schüttelte den Kopf. Was sie empfand, war großer Kummer. Denn wie sollten sie sich gegen die Konkurrenz behaupten, wenn es ihnen nicht gelang, in der Via dell'Amore zusammenzuhalten?

»Sie schickt ihre Kundinnen und Kunden zu einem anderen Schuhverkäufer auf der Via dell'Incoronata. Mit einem dicken Gutschein und einem Rabatt von zwanzig Prozent, wenn sie dort etwas kaufen.«

Tommasina schnappte nach Luft und hielt sich eine Hand auf die Brust. Das war dreist! »Wie kann sie nur?« Es musste Pamela doch klar sein, dass auch sie sich Verluste einhandelte, wenn sie die Kundschaft aus der Via dell'Amore in ein anderes Viertel Neapels schickte. So intelligent war sie allemal.

»Die ersten drei Mal habe ich sie noch freundlich darauf hingewiesen, dass sie doch bitte mal überlegen soll, wie schlimm und auch dumm es von ihr ist, so etwas zu tun. Doch nun hat mich heute schon wieder jemand darauf angesprochen, und ehrlich gesagt, kann ich nicht mehr. Ich bin ihr nächster Nachbar in der Via dell'Amore. Alles bekomme ich ab, alles bekomme ich mit. Jetzt ist es genug!«

Tommasina nickte traurig. »Du hast recht, mein Lieber. Es tut mir leid, wenn ich dich damit alleingelassen habe. Ich hätte viel früher eingreifen sollen.«

»Nein, du verstehst nicht, wir müssen sie loswerden.« Cosimo setzte sich jetzt neben sie, die Ellenbogen auf seine Beine gestützt, der Blick zu Boden gerichtet.

Sie tätschelte seinen Rücken. »Ich weiß.«

»So leid es mir tut, aber ich ändere meine Meinung nicht. Wenn sie bleibt, gehe ich.«

»Ich verstehe, und ich nehme das, was du sagst, durchaus ernst.«

Cosimo nickte. Der elegante Schuhverkäufer aus der Via dell'Amore war am Ende seiner Geduld. So war es mit den guten Leuten, sie hielten viel aus. Viel mehr, als gesund war. Aber wenn sie genug hatten, dann waren sie weg.

Tommasina blickte sich seufzend in seinem hübschen, schmalen und sehr langen Laden um, in dem schon sie ihre Hochzeitsschuhe gekauft hatte. Damals noch bei Cosimos Papà, der ein ebenso eleganter und großherziger Mann gewesen war wie Cosimo. Der Laden war noch der gleiche, obwohl er über die Jahre ein bisschen modernisiert worden war. Wie verzweifelt musste Cosimo sein, um all das, die ganze Tradition, das Lebenswerk seiner Familie, aufs Spiel zu setzen.

Nein, das hier war keine Zankerei zwischen Nachbarn. Das war Hetze, das war die Absicht, jemanden systematisch zu zerstören. Über die Jahre hatte Pamela sich viel geleistet, aber einen so guten Mann wie Cosimo derartig aus der Fassung zu bringen, das war für Tommasina der Tropfen, der das Fass zum Überlaufen brachte.

Sie stand auf – etwas mühseliger als erhofft.

»Mein Lieber, was hältst du davon, wenn du heute mal

eher Schluss machst? Ich verspreche dir, dass ich mir inzwischen etwas überlege ...« Was genau, wusste sie selbst noch nicht.

Auch Cosimo erhob sich. Er kam auf Tommasina zu, umarmte sie spontan und fest. »Lass uns diese Gasse wieder in das verwandeln, was sie ursprünglich war: ein Ort der Harmonie, Freundschaft und Liebe!«, flüsterte er ihr ins Ohr.

»Darauf kannst du dich verlassen!«, versprach sie ihm.

Dann verließ sie seinen Laden und beschloss, einen Spaziergang zu machen. Vor dem Laden hatte sich die Menschentraube längst aufgelöst, der Nachmittag neigte sich dem Ende zu, das Licht in der Via dell'Amore war zu dieser Tageszeit besonders schön. Die Schatten wurden länger. Der Andrang nahm zu, die Gasse war gut besucht. Einkaufen war angenehmer, wenn es nicht ganz so heiß war.

Tommasina fragte sich, was die Via dell'Amore den Menschen bedeutete. Würde sie jemand vermissen, wenn es diese Gasse in dieser Form plötzlich nicht mehr gäbe?

Sie setzte einen Schritt vor den anderen, ganz gemächlich, heute ohne ihre drei Lieblinge, die vor Schreck über ihre übereilte Flucht zuvor daheimgeblieben waren. Ihr wurde bewusst, dass die Gasse zwar sehr hübsch war, aber was die Via wirklich am Leben hielt, waren die Läden mit ihren Besitzern. Vielleicht war es wirklich an der Zeit, dass der Einzigen, die immer wieder störte, eine Lektion erteilt wurde, die sie nicht so schnell wieder vergaß.

Kapitel 21

»Weißt du, was ich am meisten vermisse? Mammas Kekse!«, erklärte Angelina an einem trägen Nachmittag, ein paar Tage nach ihrem Ausflug nach Neapel, von dem sie sich zum Glück gut erholt hatte.

Letizia nickte, fand aber auch gleichzeitig, dass ihre Schwester es gut hatte, wenn die Kekse das waren, was sie am meisten vermisste. Angelina war sehr begabt in Sachen klare Ansagen. Letizia hingegen wollte gar nicht erst anfangen, aufzulisten, was sie an Mamma vermisste. Angelina fiel es auch viel leichter, über Mamma zu sprechen. Sie erwähnte sie oft – wie eben. Und auch darum beneidete Letizia sie ein bisschen.

»Du kennst doch das Rezept. Backst du sie mal?«, bat Angelina und setzte ihren Hundeblick auf, der Letizia regelmäßig einknicken ließ. Sie blickte auf ihre kleine Schwester, die in der Sommerhitze der Insel auf dem Sofa ihres selten benutzten Wohnzimmers lag. Alle Fenster standen offen, sodass sich ein Hauch Luft bewegte. Das einzig stetige Geräusch kam von den Zikaden, die unermüdlich ihr Konzert veranstalteten. Trotz der großen Hitze trug Angelina ihre

Strickjacke. Letizia hingegen war selbst ihr kurzes Sommerkleidchen zu viel. Ihre Haare hatte sie zwar hochgesteckt, aber sie waren so dick, dicht und gelockt, dass sie sie trotzdem zum Schwitzen brachten. Sie fächelte sich auf dem gegenüberliegenden Sofa Luft zu.

Sie benutzten dieses Zimmer nur selten. Es sah noch immer so aus wie zu Nonnas Zeiten, also quasi neu, aber altmodisch. Letizia würde trotzdem nie etwas daran ändern, sie liebte es nämlich gerade deshalb. Hier hing zum Beispiel eines der wenigen Fotos, auf denen die vier Frauen der Familie vereint zu sehen waren. Nonna, Mamma, Letizia und Angelina. Und Mamma mit ihrem Lächeln, mit diesem unvergleichlichen Strahlen. Sie war eine Wucht, ein Stern, eine Sonne gewesen.

»Ja … irgendwann …«

Letizia brachte es noch immer nicht fertig, Mammas Backutensilien zu benutzen. Letizia wollte keinen Kuchen in den Ofen schieben, ohne dass Mamma dabei sein konnte. Sie wollte am liebsten gar nichts mehr mit dem Backen zu tun haben.

»Glaubst du, dass Mamma glücklich war?«, fragte Angelina in die Stille hinein.

Darüber musste Letizia lange nachdenken. Das Mädchen von damals, vom Foto, hätte vermutlich mit einem überzeugten Ja geantwortet. Inzwischen war Letizia aber eine Frau, und sie war sich nicht mehr sicher, ob Mamma tatsächlich zufrieden gewesen war oder ihr zuliebe nur so getan hatte. Sicherlich hatte sie eine schwierige Beziehung zu Papà gehabt, den sie bis über alle Maßen geliebt haben musste, wenn sie ihn jedes Mal wieder aufgenommen hatte, wenn er, selbst nach Monaten der Abwesenheit, einfach wieder aufgetaucht war. Und selbst dann hatte er es nie länger als ein paar Wochen ausgehalten. Eine gesunde Liebe konnte es daher nicht gewesen sein. Deshalb war es nicht so eindeutig, ob Mamma glücklich gewesen war.

»Ich möchte glauben, dass sie ihre Momente des Glücks hatte«, antwortete Letizia ausweichend.

Als hätte Angelina ihre Gedanken gelesen, erwiderte sie: »Wir müssen diesen Fluch durchbrechen, der den Frauen dieser Familie nur unglückliche Beziehungen beschert.«

»Nonna und Nonno waren ein gutes Paar«, gab Letizia zu bedenken.

»Glaubst du? Er war doch immer auf dem Meer. Tagaus, tagein. So stelle ich mir das den Erzählungen nach vor. Ich glaube nicht, dass Nonna begeistert war«, gab Angelina zu bedenken.

Letizia zuckte mit den Achseln. Sie wusste leider zu wenig über ihren Nonno. »Sie schien mir eine ausgeglichene Frau mit ihrem Singen und Tanzen.«

Angelina kicherte. »Was für eine verrückte Familie!«

»Da kann ich dir nicht widersprechen.«

Sie schwiegen wieder eine Weile und hingen ihren Gedanken nach. Letizias kreisten um das Backen. So hatte sie zum Beispiel versucht, gedanklich die Liste der Zutaten zusammenzustellen, die es für Angelinas Lieblingskekse brauchte. Letizia hatte sie schon seit vielen Jahren nicht mehr gebacken, aber sie stellte fest, dass sie sich noch an alles erinnerte. Dann jedoch waren ihre Gedanken zu Donatello gesprungen, der sich in den letzten Tagen etwas rargemacht hatte. »Sag mal, herrscht zwischen dir und Donatello Funkstille?«, fragte Letizia ihre Schwester ganz direkt.

»Ich habe ihm gesagt, er soll nicht mehr kommen!«, gab Angelina offen zu.

Letizia setzte sich überrascht auf. »Aber warum denn?«

»Ich wollte es ihm nur leichter machen. Er hat mich halb ohnmächtig aus einem Buchladen gezogen. Bei unserem ersten Ausflug. Was meinst du, welch große Lust er noch haben kann, etwas mit mir zu unternehmen. Und ich will dabei nicht mal den ganzen romantischen Aspekt ansprechen, der bei ihm nun sicherlich komplett zum Stillstand gekommen ist«, erklärte sie mit der gleichen Sachlichkeit, mit der sie wahrscheinlich auch das Kleingedruckte in einem Vertrag erläutern würde.

»Das ist sehr nobel von dir. Nur ist er ein erwachsener Mann und darf daher sehr wohl selbst entscheiden, ob er große Lust dazu hat oder nicht.« Manchmal fand Letizia ihre Schwester viel zu rational. Klar, das war ein Weg, um sich selbst zu schützen. Aber so funktionierte es im Leben nicht immer. Manchmal musste man einfach springen.

»Aha. Und warum darfst du dann den armen Konditormeister verjagen, ich aber nicht den Bücherwurm?«

»Ich habe niemanden verjagt!«, protestierte Letizia, eher aus einem Impuls heraus. Denn sie hatte ihn doch aufgesucht in Neapel bei der Fotoausstellung. »Ich musste nur ganz schnell weg!«

»Und du hast es nur rein zufällig noch immer nicht geschafft, ihn anzurufen, um ihm Bescheid zu geben, warum du so schnell wegmusstest«, schlussfolgerte Angelina ironisch.

Letizia warf ein Kissen nach ihrer Schwester, das sie mitten im Gesicht traf. Sie lachten beide.

Dann klopfte es an der Tür. Wie immer ging Letizia, um Angelina die hohen Stufen zu ersparen.

Natürlich war es Donatello. Er grinste frech. »Ist die Signorina Ich-gebe-dich-lieber-frei-als-dich-dieser-Tortur-auszusetzen oben?«, fragte er selbstbewusst und überhaupt nicht beeindruckt.

»Im Wohnzimmer«, erwiderte Letizia und ging auf ihr Zimmer, damit die beiden sich ungestört unterhalten konnten.

Letizia hatte am Abend einen Auftritt. Und die nächsten Tage in Folge. Deshalb ruhte sie sich tagsüber am besten aus, so gut es ging.

Sie legte sich auf ihr Bett. Es war einfach, weiß, ohne viel Drumherum. Auf der Insel mochten sie es schlicht, weil die landschaftliche Schönheit vor der Haustür so dominant war. Sie blickte an die Decke und konnte nicht anders, als an Graziano zu denken. Sie wusste nicht, was sie lieber an ihm mochte, sein gutes Aussehen oder seine zuvorkommende Art.

Sie vermisste ihn und wollte es nicht. Sie wollte das Ziehen in der Brust nicht. Auch nicht die ständigen Gedanken an ihn. Denn das bedeutete, dass sie ihn brauchte. Und sie wollte niemanden brauchen. Schon gar keinen Mann. Wohin das führte, hatte sie gesehen. Sie traute keinem Mann, aber Graziano hatte sie vom ersten Augenblick an vertraut. Es war verwirrend. Aber auch schön.

Doch Letizia konnte sich nicht dazu überwinden, wieder einen Schritt auf ihn zuzugehen. Vielleicht brauchte sie jemanden wie Donatello, der sich nicht von Angelinas kalter Schulter beeindrucken ließ. Aber Graziano würde nie auf die Insel kommen, um das Gespräch mit ihr zu suchen.

Nein, nein. Diese ungeschriebene Geschichte erinnerte sie viel zu sehr an die Beziehung zwischen ihrer Mutter und ihrem Vater. Die Distanz vom Festland zur Insel, die an sich nicht unüberwindbar war, hatte Mamma und Papà auseinandergetrieben. Letizia und Mamma hatten nie darüber gesprochen, aber es erschien ihr allzu offensichtlich, dass keiner von beiden bereit gewesen war, das eigene Leben aufzugeben, um ein gemeinsames zu starten. Die Fehler der eigenen Eltern durften die Kinder nicht wiederholen. Sie mussten den Kreis durchbrechen. Genau das war es, was Letizia tat.

Warum fühlte es sich aber dann so schlecht an?

Als es allmählich etwas kühler wurde, suchte Letizia sich ein Kleid aus dem Schrank aus. Es war ein weißes, kurzes Kleid aus flatterndem Stoff, das Oberteil wurde im Nacken gebunden. Sie hängte es ans Fenster und besprühte es leicht mit Parfum, was sie immer tat, weil sie Düfte lieber auf Stoffen als auf ihrer Haut verteilte. Schließlich ging sie ins Badezimmer und duschte, blickte dabei aus dem kleinen runden Fenster, von dem sie zwischen zwei Häusern ein taschentuchgroßes Stück Meer sehen konnte. Auf sonderbare Weise wurde das Duschen durch den Blick aufs Meer noch entspannender. Das Meer war wie eine Medizin für die Seele.

Als Letizia sich nach der Dusche abgetrocknet hatte, beschloss sie, ihre Haare auf dem Balkon von den letzten Sonnenstrahlen des Tages trocknen zu lassen. Sie setzte sich also mit geneigtem Kopf nach draußen und genoss das Gefühl, nicht viel mehr zu brauchen als die Sonne über Capri und ein bisschen Zeit.

»Leti, ich und Dona spazieren zu Mario und holen uns Kekse. Brauchst du etwas?«, wollte Angelina aus der Küche wissen.

»Nein danke. Ich habe alles. Aber ihr passt auf, dass ...«

»*Lalalala* ...«, machte Angelina laut. Es war klar, dass sie mal wieder Letizias gut gemeinte Ratschläge zu ignorieren versuchte. Und sie hatte ja recht. Angelina wusste selbst gut genug, dass sie nicht wie Pietro Mennea durch die Gassen rennen konnte. Da brauchte es nicht auch noch jemanden, der sie ständig daran erinnerte. Das wusste Letizia alles. Damit aufhören konnte sie aber trotzdem nicht.

»Schon gut, schon gut!« Letizia hob schwungvoll den Kopf, sodass ihre Haare mit zurückschwingen konnten, und lachte. Sie grub beide Hände in ihre Locken, die fast schon trocken waren. »Ich werde versuchen, dich etwas weniger zu bemuttern, *va bene?*« Letizia stand auf und ging zu den beiden in die Küche.

»Ja, klar. Du hast es mir auch nur schon dreitausendmal versprochen«, erwiderte Angelina lachend.

»Ich glaube, es waren viertausendmal«, mischte Donatello sich augenzwinkernd mit in das Gespräch. Seine Gestik war immer erheiternd. Jetzt zum Beispiel tat er ganz unschuldig. Beinahe so, als könnte er selbst nicht glauben, dass er das gerade gesagt hatte.

Er war lustig, spontan, schenkte ihnen eine Portion Sorglosigkeit. Letizia war froh, dass die beiden offensichtlich wieder gut miteinander auskamen, und freute sich für ihre Schwester, aber auch für Donatello. Denn Angelina war, wenn man von ihrer Kratzbürstigkeit absah, eine wunderbare junge Frau, die man sehr, sehr gern um sich hatte.

Als die beiden gegangen waren, stand Letizia einen Moment lang unschlüssig in der Küche und beschloss, noch einmal frische Luft zu schnappen. Als sie wieder auf dem Balkon war, setzte sie sich, lehnte die Fußsohlen an das Balkongeländer und begann, ein paar Gesangsübungen zu machen.

Sie klang dabei nicht sehr harmonisch.

»Leti, deine Nonna konnte das besser!«, rief irgendein Nachbar aus einem der vielen Fenster, die direkt auf die Gasse blickten.

Und wie konnte sie ihm unrecht geben? Sie fand den Kommentar so witzig, dass sie dauernd grinsen musste, was die Gesangsübungen auf ganz natürliche Weise beendete, brauchte man dazu doch die volle Kontrolle der Gesichtsmuskeln.

Sie seufzte tief und wohlig.

»Ein schöner Abend mal wieder, hm, Letizia?«, meldete sich nun Liberato von gegenüber zu Wort, der ein kleines Gewächshaus auf seiner Dachterrasse montiert hatte. Von ihrer Position aus konnte Letizia nur sehen, dass darin alles dicht bewachsen und sattgrün war. Wie ein verwunschener Zaubergarten in ganz klein.

»Oh ja, wundervoll!« Eine sanfte Brise streichelte ihre Haut. Sie fühlte sich an wie eine freundlich gestimmte Seele, die sich bemerkbar machen wollte.

»Ist Donatello noch bei euch?«, erkundigte er sich vorsichtig und trat an die durchlöcherte Mauer, die seine Dachterrasse umgab. Sie war weiß wie das gesamte Haus. Weiß war eine von Capris Lieblingsfarben.

»Er ist mit Angelina auf dem Weg zu Mario«, erklärte sie.

»Hat er etwas gesagt?«

Letizia wurde unbehaglich zumute. Sie wollte nicht hinter dem Rücken von Donatello und Angelina über die beiden sprechen. Andererseits war Liberato mehr als ein Nachbar, sie kannte ihn schon ihr ganzes Leben lang und wusste, dass sie stets auf ihn zählen konnte, wenn es mal hart auf hart kam. Und so etwas war für sie, die nur noch Angelina hatte, sehr viel wert.

»Ich denke, das Projekt mit dem Buchladen ist noch immer konkret, aber weit davon entfernt, aktuell zu sein. Sie wollen es beide, aber im Moment gibt es keinen wirklichen Plan.«

Liberato schlug sich an die Stirn. »Wusste ich's doch!«

»Es tut mir leid, aber so ganz teile ich deine Sorge auch nicht. Ich halte einen Buchladen auf Capri für eine ganz starke Geschäftsidee. Es ist ja nicht so, als wäre die Insel irgendwann menschenleer, mal abgesehen von wenigen wetterbedingten Momenten, während denen es unmöglich ist, uns vom Festland zu erreichen. Es besteht durchaus Nachfrage, das musst du zugeben.«

Er nickte geschäftig. »Ja, ja. Ich stelle es auch gar nicht infrage. Aber es gibt zu viele Faktoren, die im Moment dagegensprechen. Zum einen der Preis einer Gewerbeimmobilie, zum anderen Donatellos Studium. Das soll er erst beenden, dann kann er gerne machen, was er will.«

»Was, wenn er es *nicht* will?«

»Dann muss ich ihn zwingen.«

Letizia war ein bisschen erschrocken über seine Standfestigkeit, über die Entschlossenheit in seiner Stimme. Denn sie zweifelte nicht daran, dass er genau so handeln würde, wie er sagte. Im Ernstfall.

»Schau mich nicht so an, Leti«, bat er mit einem gequälten Gesichtsausdruck. »Auch wenn du noch keine Mutter bist, verstehst du mich sicher trotzdem sehr gut. Musst du deine Schwester nicht auch manchmal daran erinnern, was gut für sie ist?«

Letizia nickte. »Ja, auf jeden Fall. Nur geht es in Angelinas Fall um ihre Gesundheit. Sie stirbt, wenn sie Dinge tut, die ihr Herz überbeanspruchen. Oder wenn sie ihre Medizin nicht nimmt. Verstehst du den Unterschied?« Sie wollte nicht anmaßend klingen. Und sie wollte bei Gott nicht diejenige sein, die einen Professor zurechtwies, weil er seinem Sohn nahelegte, sein Studium zu beenden. Das lag ihr fern. Aber sie konnte ein bisschen eigen werden, wenn Angelina ins Spiel kam. Letizias Beschützerinstinkt verwandelte sie sofort in eine Löwin.

»Ja, mein Vergleich war alles andere als glücklich, das

gebe ich zu. Entschuldige. Aber das ändert nichts an der Tatsache, dass ich meine Meinung, was eine eventuelle Buchhandlung betrifft, beibehalte.« Er sagte es fast ein bisschen bedauernd.

Letizia zweifelte nicht an seiner Aufrichtigkeit. Andererseits war das eben doch eine Kriegserklärung gewesen. Oder etwa nicht?

Kapitel 22

Angelina und Donatello kamen mit bester Laune zurück, sie hatten nicht eine Packung Kekse dabei, sondern drei. Aber die Kekse, die leckeren *Caprilù* aus Mandeln und Limoncello, waren gar nicht das Hauptthema, wie Letizia, die sich inzwischen ein schnelles Abendessen zubereitet hatte, schnell heraushörte.

Die beiden setzten sich zu ihr an den Tisch, das Herzstück ihres kleinen Hauses mitten auf Capri, und begannen, gleichzeitig auf sie einzureden. So schnell und aufgebracht, dass Letizia mit der mit Tomatensalat beladenen Gabel auf halber Strecke zu ihrem Mund innehielt. Das gute Olivenöl tröpfelte dabei von der sonnengereiften Tomate zurück auf den Teller, wo es sich wieder mit dem Oregano vermengte. »Ich verstehe kein Wort!«, stellte sie klar.

Doch das schien die Gemüter auch nicht zu beruhigen. Wortfetzen hier und da.

Mario. Buchladen. Ideal.

»Ach, er hat euch erzählt, dass er schließt?«, schlussfolgerte sie.

»Du wusstest es schon?« Angelina wieder. In leicht anklagendem Ton.

»Er hat es mir neulich erzählt, ja. Und noch bevor du mich fragst, warum ich nicht Bescheid gegeben habe: Liberato ist nicht glücklich darüber, dass du, Donatello, dein Studium hinschmeißen willst.« Ihr Blick wanderte zu ihm. »Deshalb wollte ich mit Marios Laden keine Hoffnungen wecken für etwas, das im Moment nicht passieren kann. So.« Und nun aß sie ihre Tomaten weiter.

»Das hat mein Vater nicht zu entscheiden«, stellte Donatello klar. Ein bisschen trotzig vielleicht, aber auch direkt und selbstsicher. Kein Zweifel und eine Menge Rückgrat.

»So einfach ist es nicht«, gab Letizia zu bedenken. »Und er hat ja nicht ganz unrecht.«

»Du stehst also auf seiner Seite?«, fragte Angelina und klang so verletzt, dass Letizia die Tomate, die süßer nicht hätte sein können, fast als bitter empfand.

»Ich stehe auf deiner Seite, Angelina. Das tue ich immer, seit du geboren wurdest. Aber es gibt bei dieser Sache ein paar Hürden, die nicht so einfach zu überwinden sind. Und ich möchte nicht, dass du am Ende enttäuscht wirst.« Besser konnte Letizia es nicht erklären. Die Tatsache, dass sie sich bei dem Plan am meisten um Angelinas Gesundheit sorgte, wollte sie nicht erwähnen. Doch wie sollte ihre Schwester jeden Tag in einem Laden stehen, wenn sie es manchmal nicht schaffte, überhaupt aufzustehen?

Die Stimmung war ordentlich verdorben. Angelina machte ein langes Gesicht, sogar der ewig sorglose Donatello sah geknickt aus. Und die Tomaten schmeckten gar nicht mehr. Letizia schob den Teller beiseite. »Ich muss jetzt leider los, aber wir sprechen noch mal über die ganze Angelegenheit. Und vielleicht ziehen wir Liberato hinzu. Statt von vornherein abzublocken, sollten wir uns seine Beweggründe anhören.«

Angelina und Donatello waren nicht begeistert, aber sie stimmten zu. Für Letizia fühlte es sich schon nach einem kleinen Erfolg an, sie so weit gebracht zu haben.

Das Restaurant, in dem sie am Abend singen würde, befand sich nicht weit von Marios Laden entfernt. Sie war früh dran, und er saß auf einem kleinen Korbstuhl vor der Ladentür. Sie ließ das kleine Ritual des Singens mit ihm über sich ergehen, es schadete sicher nicht, ihre Stimme ein wenig aufzuwärmen.

»Hast du gewusst, dass deine reizende Schwester einen Buchladen eröffnen möchte?«, fragte er wie beiläufig, obwohl ihm klar gewesen sein musste, dass sie exakt aus dem Grund bei ihm vorbeigeschaut hatte.

»Ja, sie hat es erwähnt«, gab sie zurück. Ihr war lieber, seine Sicht der Dinge zu hören, als ihre eigene preiszugeben.

»Mein Ladenraum braucht eine neue Aufgabe, das habe ich dir schon gesagt ...«

»Ja. Ich fürchte nur, dass Angelina sich zu viel vornimmt. Und Donatellos Vater ist gegen die ganze Sache. Das sind alles keine guten Voraussetzungen.« Sie seufzte tief, beobachtete gemeinsam mit Mario die vorbeiströmenden Menschen, die es alle eilig zu haben schienen. Aber wohin wollten sie nur so schnell? Capri war eine Insel, auf der Gemächlichkeit großgeschrieben wurde. Die Eile stieß Letizia unangenehm auf.

»Deshalb denke ich, dass du Teil des Projekts sein solltest. Bücher und Kuchen. Damit könntet ihr eure beiden Talente vereinen und zudem auch noch eurer Mamma gedenken. Abgesehen davon könntest du sie unterstützen, ohne dass sie sich bevormundet fühlt.« Das sagte Mario einfach so. Als wäre es leicht und selbstverständlich und eine natürliche Konsequenz und nicht eine schier unüberwindbare Hürde. Denn genau so sah Letizia diese Idee: als etwas, das sich hinter einer Mauer versteckte, die undurchdringlich war.

Sie wusste nicht, was sie Mario darauf antworten sollte. Es kam für sie nicht infrage, irgendetwas zu tun, das mit Backen, Kuchen oder Mamma zu tun hatte.

»Denk darüber nach, *carissima* Letizia. Ich glaube, du musst zurück zu deiner lieben Mamma finden. Und falls du meine Idee annehmen kannst, dann möchte ich auch keine Miete. Nur ab und an ein Stück Kuchen würde ich mir holen.«

Letizia musste schlucken. Sie blickten beide weiter auf die Passanten, auf dieses hektische Treiben auf ihrer Insel. Und doch waren sie meilenweit entfernt, irgendwo in ihren Erinnerungen. Wann hatte sie Mario überhaupt kennengelernt? Sie hatte das Gefühl, ihn schon immer zu kennen. Sie konnte sich an kaum einen Tag ihrer Kindheit erinnern, an dem sie nicht geschickt worden war, irgendetwas bei ihm einzukaufen. Ständig hatte sie so etwas zu hören bekommen wie: *Holst du bitte Nudeln bei Mario? Kannst du bei Mario vorbeischauen und fragen, ob er frische Zitronen hat? Mario hat sicher noch was von der guten Wurst, frag ihn doch schnell, ja?*

Mario, Mario, Mario.

Wusste er, wie sehr er Teil ihrer Familie war?

Ihr kam in den Sinn, dass er es wahrscheinlich sehr wohl wusste. Dass er deshalb so viel *über* sie wusste.

Es war Zeit für sie, zum Restaurant weiterzugehen. Sie bückte sich zu ihm und gab ihm einen Kuss auf die Wange. Sie sagten sich nichts mehr an diesem Abend. Aber er drückte lange ihre Hand.

Als sie ankam, war das Restaurant noch nicht bis auf den letzten Platz besetzt. Das würde sich aber bald ändern. Sie sang hier gerne, weil es sich in einer Gasse befand, die zwar zentral lag, aber nicht sehr bekannt war. Die großen Massen blieben daher aus, aber es war genau das, was dieses Restaurant ausmachte.

Es hieß sehr bezeichnend *Il segreto*, das Geheimnis, weil es in der Tat ein Geheimtipp war. Dazu passte auch der geradezu magische Innenhof des Gebäudes, in dem sich das Restaurant befand. Genau dort durfte Letizia immer singen, rundherum die kleinen Tische, an denen meistens Paare saßen, die ihr Glück, dieses Juwel gefunden zu haben, kaum fassen konnten. Letizia betrat das Restaurant. Als sie durch die Tür ging, ließ sie all ihre Gedanken, die viel um Angelina, aber auch um Graziano kreisten, hinter sich. Zuerst befand sie sich in einem sehr charakteristischen Eingangsbereich mit weißen Wänden und hellblauen, roten und gelben

Akzenten. Capris Farben. Letizia mochte auch das Gemälde, das eigentlich nur aus ein paar dicken Pinselstrichen bestand, die aber unverkennbar den Vesuv darstellten. Gleich rechts ging es zu den Toiletten, direkt vor ihr befand sich ein kleines Stehpult. Wie immer stand dort eine junge Frau, die dafür sorgte, dass alle Gäste sofort versorgt wurden. War gerade zu viel los und kein Tisch frei, bot sie zwischenzeitlich einen Aperitif an der Bar an. Wollte jemand nur etwas zum Mitnehmen, nahm sie die Bestellung auf. Sie war auch verantwortlich für die Reservierungen, nahm sogar Telefonate entgegen. Sie war ein bisschen Blitzableiter, ein bisschen Psychologin, ein bisschen Kellnerin, aber vor allem freundlich.

Letizia grüßte mit einem Lächeln und ging gleich durch in den überschaubar großen Speisesaal mit sanfter Beleuchtung und intimer Atmosphäre. Auch hier waren die Tische klein, standen unter jeweils einer Lampe in moderner Aufmachung. Viele liebevolle Details waren im Raum verteilt, sodass eine heimelige Stimmung herrschte. Einige hübsche Teller mit Zitronenmotiven waren an einer Wand angebracht. Ein paar Zeichnungen von Capri an einer anderen. Antike Töpfe hier und da. Flaschen, Kerzen, bunte Stoffe.

»Letizia, *buonasera!*«, grüßte Ivano, einer der Inhaber. Er wirkte in seiner figurbetonten Markenkleidung wie ein Manager und war offensichtlich für die Finanzen zuständig. Anders als der zweite Inhaber, der in der Küche stand und exakt so aussah wie der Starkoch Antonino Cannavacciuolo, nur in klein. Er war ein solch begabter Koch. Letizia wurde in ihren Pausen oft in die Küche gerufen und dazu eingeladen, die ein oder andere Speise zu verkosten. Sie tat es immer gern. Sie war eine Feinschmeckerin, liebte die guten, traditionellen Gerichte Capris. Besonders gerne aß sie die für ihre Insel so typischen Ravioli mit Ricotta-Füllung und *sugo*. Sie konnte leicht zehn Stück davon verputzen, während Angelina, die kein Fan von Ricotta-Käse war, schon mit dreien Schwierigkeiten hatte. Hier im *Il segreto* schmeckten sie jedenfalls ganz hervorragend.

Sie wünschte sich plötzlich, Graziano irgendwann hierher ausführen zu können. Letizia hatte sich ihm so nah gefühlt, als sie sich zuletzt gesehen hatten. Und obwohl sie versuchte, ihn mit allen Mitteln aus ihrem Herzen zu verbannen, war er immer noch da. Wie ein Baum, der wie durch ein Wunder jedem Sturm standhielt. Sie musste sich fassen, um sich wieder voll auf das Hier und Jetzt zu konzentrieren. Ivano bot ihr etwas zu trinken an, sie nickte und setzte sich zu ihm an die schöne Bar. Ivano machte ihr einen Capri Sun, der aussah, schmeckte und roch wie ein Spaziergang durch die Mittelmeervegetation der Insel. Zitrusfrüchte, Kräuter und die Farben Capris.

Er stellte ihr das hohe Glas mit Strohhalm hin, und einen Augenblick lang fühlte Letizia sich wie eine junge sorglose Frau, die einen Abend lang ausgegangen war, um sich zu amüsieren. Wenn sie es sich recht überlegte, hatte sie diese Zeit nie gehabt oder viel zu früh verloren. Sie fragte sich, ob sie sich danach sehnte. Sie horchte in sich hinein. Und, Gott, ja! Ein bisschen sehnte sie sich danach, ein Leben ohne Verantwortung zu haben. Einfach mal jung zu sein und sich nicht dauernd den Kopf über irgendetwas zu zerbrechen. Auch fragte sie sich, ob sie einen Traum hatte. Wie Angelina zum Beispiel, die sich nichts sehnlicher zu wünschen schien als diesen Buchladen.

Was war hingegen Letizias Wunsch?

Sie trank von ihrem Cocktail, ließ sich ein bisschen fallen und erlebte dabei das Gefühl, als würde sie vom Boot ins tiefe Meer springen. Auch wenn sie fiel, war die Landung weich. Umgeben von Capris Meer, aufgefangen von Capris Meer.

Was wünschte sich Letizia?

Wenn sie ganz ehrlich war, dann war ihr einziger Wunsch, einen Abend mit Graziano zu verbringen. Einen nur. Einen, an dem sie keinen Ballast mitschleppen musste. Keinen Vater, der sich nie um sie gekümmert hatte. Keinen besten Freund, der einfach gegangen war, ohne einmal zurückzublicken. Keine Todesfälle in ihrer Familie. Keine herzkranke Schwester.

Oh Gott! Sobald sie den Gedanken zu Ende gedacht hatte, schämte sie sich abgrundtief. Wie war ihr so etwas Schreckliches nur in den Sinn gekommen?

Ihre innere Stimme beruhigte sie. Letizia war auch nur ein Mensch. Eine junge Frau, die es nicht leicht gehabt hatte im Leben, die lieber einen Mann von sich schob, der zum ersten Mal seit langer Zeit etwas in ihr bewegt hatte, als sich ihm zu öffnen und ihm eine Chance zu geben.

Sie fühlte sich seltsam betrübt, trank aus und machte sich auf den Weg in den noch schöneren Teil des Restaurants, den Innenhof.

Sie betrat den freien Raum, von dem aus der Himmel zu

sehen war, während die Gebäude rundherum wie ein Schutz vor der Außenwelt wirkten. Einige der Fenster waren beleuchtet und gaben dem Innenhof etwas Heimisches, beinahe Poetisches. Ivano hatte Lichterketten angebracht und die freien Stellen mit kleinen Palmen, Zitronenbäumen und Bougainvillea bepflanzt. Für Letizia war es einer der schönsten Innenhöfe Capris.

Sie ging in die Richtung, in der ein Mikrofon mit Ständer positioniert war. Ivanos Sohn war der Techniker des Restaurants und kannte Letizias Programm schon. Er saß bereit, Laptop zur Hand, und nickte ihr freundlich zu. Und eigentlich brauchte sie nur noch das Mikrofon einzuschalten.

Nur war ihr an diesem Abend nicht nach dem üblichen Programm.

»Sag mal, kannst du mir vielleicht *La felicità inizia tutta a Capri* heraussuchen?«, fragte sie Ivanos Sohn, der nickte und sich gleich anschickte, ihrer Bitte nachzukommen.

Alles Glück beginnt auf Capri. Es handelte sich dabei um eine Ballade, die ihr sehr viel bedeutete. Eine Hommage an ihre Insel, aber auch eine Auflistung der Dinge, die glücklich machten. Nonna hatte dieses Lied auch sehr gemocht. Und heute war Letizia danach, über das Glück zu singen.

Sie trank einen Schluck aus der Wasserflasche, die immer für sie bereitstand. Dann gab sie Ivanos Sohn ein Zeichen, und die Musik setzte ein. Der Lautsprecher war zwar auf das Publikum an den kleinen Tischen gerichtet, die sich im Innenhof verteilt befanden, aber die Lautstärke war gedämpft. Nichts weiter als eine musikalische Untermalung, was vollkommen in Ordnung war.

Sie begann, von der landschaftlichen Schönheit Capris zu singen und hatte die Restaurantbesucher schon nach der ersten Strophe komplett in ihren Bann gezogen. So etwas passierte manchmal. Nicht immer, aber doch oft genug. Sie spürte die Blicke aller, konnte sie aber auch gleichzeitig ignorieren, was gegensätzlich war, aber ihre Nerven beruhigte. Sie konnte sich distanzieren.

»La felicità inizia tutta a Capri,
perché solo qui il cuore tu mi apri.
Con la luna e il cielo immenso
tu mi guardi e io ti penso.«

Sie sang den Refrain und legte all ihre Gefühle in die Worte, die davon erzählten, dass alles Glück auf Capri begann, weil es so leicht war, hier jemandem das Herz zu öffnen. Der Himmel und der Mond halfen dabei und machten es einfacher, sich zu verlieben.

Ein Paar stand auf und begann zu tanzen, eng umschlungen. Das Il *segreto* war zwar kein Tanzlokal, aber es kam ab und an vor, dass sich jemand zum Tanzen hinreißen ließ.

Letizia hatte als Sängerin ständig Kontakt zu Paaren. Sei es bei Hochzeiten oder bei so romantischen Abenden wie diesem. Doch sie war noch immer gerührt von der Liebe, es gab nichts Schöneres.

Kapitel 23

»Peppino hat sich ein Bein gebrochen. Er ist auf der Treppe gestürzt«, berichtete Chiara, während sie sich eine Kirsche in den Mund steckte, die sie aus der Schüssel auf Grazianos Arbeitsfläche genommen hatte. Eigentlich brauchte er die Kirschen zur Weiterverarbeitung, aber das schien Chiara nicht weiter zu stören. Sie war mal wieder in der Pasticceria zu Besuch, und er wurde das Gefühl nicht los, dass sie nicht zufällig vorbeigekommen war, um sich mit ihm über Peppinos Gesundheit zu unterhalten.

»So ein Mist!« Es tat Graziano aufrichtig leid. Peppino war ein sehr netter Mann, und Knochenbrüche heilten ab einem bestimmten Alter nicht mehr so einfach. Sicherlich war auch Tommasina besorgt. Graziano nahm sich vor, sie später zu besuchen, um sie abzulenken.

»Finde ich auch. Er ist zwar schon wieder zu Hause, aber er kann mit dem Gips nicht laufen. Deshalb musst du Nonna morgen nach Capri begleiten.«

Graziano blickte überrascht auf. Aber immer, wenn er dachte, dass er sich verhört hatte, wurde er eines Besseren belehrt. Je absurder die Dinge waren, die Chiara sagte, desto wahrscheinlicher entsprachen sie der Wahrheit. »Wohl kaum!«, stellte er gleich klar.

Bei aller Liebe, aber er würde nicht mit Nonna nach Capri fahren und ihren Freund Peppino ersetzen. Das ging ein bisschen zu weit.

»Nonna hat aber schon alles vorbereitet. Du kennst sie doch. Sie wollte den Ausflug auf die Insel dazu nutzen, den Capri-Stand für die Via dell'Amore zu organisieren, wie von Peppino vorgeschlagen. Und nun hat sie schon verschiedene Treffen mit Hotelbesitzern vereinbart.« Chiara erklärte immer alles sehr gut, nur was hatte Graziano mit der Sache zu tun?

»Das ist sehr löblich von Nonna, so macht man das. Und deshalb wirst du für Peppino einspringen!«, beschloss Graziano. Wieso denn auch immer er? Tommasina hatte schließlich auch eine Enkelin.

»Ich würde ja gerne, aber morgen wird unsere neue Küche eingebaut. Dabei kann ich leider nicht fehlen.« Sie sah nicht so aus, als würde es ihr leidtun.

Chiara und Checco hatten die Wohnung ausgebaut, die sich über dem Fischmarkt im Viertel befand, auf dem Checcos Nonno schon immer seinen frischen Fisch verkauft hatte. Checco hatte bereits als junger Mieter dort gewohnt. Dann hatte er die Wohnung erworben, und als eine weitere nebenan frei geworden war, hatte er die auch gekauft. Und nun steckten sie mitten in Renovierungsarbeiten.

»Ich weiß nicht, wie du es immer anstellst, aber du wickelst mich dauernd um deinen kleinen Finger.« Graziano gab sich geschlagen, auch wenn es mal wieder bedeutete, dass er eine Nachtschicht einlegen musste, um sein Arbeitspensum zu erledigen.

Für Tommasina gab er widerwillig nach. Sie hatte es verdient, ihren kleinen Capri-Urlaub zu erleben. Und wenn das bedeutete, dass er sich ein bisschen aufopfern musste, dann machte er es.

»Arnaldo, du hast es gehört, ich werde mal wieder fehlen. Es tut mir leid ...«, sagte er zu seinem Lehrling, der gerade den Teig für die *sfogliatelle* lang zog und übereinanderlegte. »Übernimmst du morgen die Leitung?«, fragte Graziano.

»*Sicuramente*, Maestro! Soll ich auch etwas länger bleiben, sodass wir die Hochzeitstorte für morgen schon heute komplett fertig machen können?«, schlug der stets zu jeder Schandtat bereite Arnaldo vor, der den Teig der *sfogliatelle* so dünn lang zog, dass sogar Graziano ein bisschen neidisch wurde, der immerhin der Meister war.

»Das wäre toll. Wir schaffen das!«, beschloss er und reckte eine Faust nach oben.

Sein kleines Team applaudierte und nickte, obwohl er nun wirklich keine Motivationsrede gehalten hatte. Zum ersten Mal kam ihm der Gedanke, dass er vielleicht alles richtig machte, wenn seine Lehrlinge sich als fester Bestandteil der Pasticceria sahen.

Wenn doch nur alles so einfach wäre.

Chiara verabschiedete sich flink. Graziano wusch sich die Hände, trocknete sich an einem Küchentuch ab und ging in einen kleinen Raum, den er als Büro nutzte und der sich neben der Backstube befand. Er öffnete seinen Laptop und kontrollierte darauf seinen digitalen Kalender, in dem alle Bestellungen standen. Es war der dreizehnte August. Heute hatten sie bereits zwei Hochzeitstorten geliefert. Morgen stand noch eine an. Und am fünfzehnten August war Nationalfeiertag, da war die Pasticceria geschlossen. Vielleicht fiel der Tag mit Tommasina auf Capri gar nicht so ungünstig wie zuerst befürchtet.

Capri, ja ... Er konnte gar nicht anders, als – wieder! – an Letizia zu denken. Instinktiv griff er nach seinem Handy, das in seiner Hosentasche steckte, und öffnete die Instagram-App. Zuerst rief er den Account der Pasticceria auf, der, wie seine gesamte Internetpräsenz, von einer Agentur gemanagt wurde. Immer wenn er Bilder schoss, sendete er sie der Agentur, und die kümmerte sich darum, den Content so zu veröffentlichen, dass er gut aussah und gut ankam. So wie neulich, als er ein paar Bilder vom Hubschrauberflug nach Capri geschossen hatte. Der Beitrag war unzählige Male geteilt worden und hatte ihm fast einhundert neue Follower beschert. Dafür, dass er nur etwas mehr als über viertausend Follower hatte, war es ein ganz guter Schnitt.

Wie so oft in den letzten Tagen landete er auf Chiaras Account. Er lehnte sich in seinem Schreibtischstuhl zurück, der dabei leicht ächzte. Er streckte die Beine von sich und sah sich die letzten Bilder an. Aus der Bildstrecke mit Letizia.

Sie war nicht nur bildschön, sie war auch interessant. Fast wie bei einem Wimmelbild glaubte er jedes Mal, wenn er sich ihre Fotos ansah, etwas Neues zu entdecken. Ein Muttermal, winzige Sommersprossen auf der Nase, eine besonders widerspenstige Locke, einen ganz leicht schief liegenden Eckzahn, der sie nur noch hübscher machte. Er kam sich vor wie ein Stalker, aber er konnte den Blick nicht von ihr abwenden. Es war ja nicht nur ihr Aussehen, sie war noch dazu witzig, selbstironisch, talentiert. Fürsorglich, verantwortungsbewusst.

Und nun stand Capri mit Tommasina auf dem Plan. Capri war der Ort, an dem er Letizia zum ersten Mal getroffen hatte, Capri war ihre Insel.

Er überlegte und wägte ab. Sollte er sie kontaktieren und um ein Treffen bitten oder es doch lieber bleiben lassen?

Das Gefühl stimmte einem Date zu, der Kopf suggerierte ihm, es bleiben zu lassen. Einerseits fürchtete er einen Korb, er konnte sie nicht gut genug einschätzen. Andererseits sah er auch keine Chance, dass es mit ihr funktionieren würde. Wie sollte das gehen?

Vielleicht sollte er weiterhin dem Schicksal vertrauen, wenn es um Letizia ging.

Graziano fiel ein, dass er auf Capri einen guten Freund besuchen konnte, mit dem er zusammen die Jahre der *superiori* in der Schule besucht hatte. Er suchte die Nummer aus der Kontaktliste und schrieb ihm eine Nachricht.

Dann legte er seufzend sein Handy wieder weg, konzentrierte sich mit großer Überwindung auf die eingegangenen E-Mails am Laptop. Martino De Luca hatte ihm geschrieben. Graziano las geschwind den Inhalt und grinste. Wenigstens dieser Plan schien wunderbar zu funktionieren.

• • •

Tommasina deckte fürsorglich ihren neuen Lieblingspatienten zu.

»Danke, meine Liebste, aber mir ist gar nicht kalt«, gab Peppino zu und schob die Decke leicht zur Seite.

»Oh, tut mir leid«, sie kam sich dumm vor. Natürlich war ihm nicht kalt. Es war immerhin Mitte August. »Möchtest du etwas trinken?«, fragte sie also.

Er hob die Tasse hoch, die sie ihm gerade erst gefüllt hatte, wie sie zugeben musste. Aber wie konnte sie ihm sonst helfen? Sie schüttelte die Kissen auf, schob sie ihm wieder hinter den Rücken. Aber auch das hatte sie erst vor ein paar Minuten das letzte Mal gemacht ...

Sie setzte sich neben ihn auf die Couch, wo er bequem lag. In seinem Wohnzimmer war es sehr aufgeräumt, aber auch angenehm heimelig. Sie hatte trotzdem ein bisschen entstaubt, seine Bücher sortiert, ihm die Fernbedienung gebracht und den Fernseher so verschoben, dass er sich nicht verrenken musste, um hinzusehen.

Peppino hatte noch einen dieser alten Kästen mit Röhre, also keinen Flachbildfernseher. Er war wohl einer der wenigen in ganz Neapel, die einen solchen besaßen. Sie mochte an ihm, dass er sich keiner Mode beugte, sondern das tat, was er für richtig hielt. »Solange er noch funktioniert«, hatte er schulterzuckend gesagt, als sie ihn darauf angesprochen hatte.

Und er hatte recht. Wieso Dinge austauschen, die noch funktionierten?

Tommasina hatte Peppino auch etwas zu essen gebracht. »Hast du Hunger?«, fragte sie ihn.

»Es ist erst elf Uhr …«, gab er zu bedenken. Und er hatte wieder recht.

Sie spürte seinen Blick, der sie etwas nervös machte. Also stand sie wieder auf, was ihre Hunde dazu veranlasste, es ihr nachzutun. Sie blickten sie erwartungsvoll an, glaubten wohl, dass es wieder nach Hause ging. Aber Tommasina wollte gar nicht nach Hause. Sie wollte Peppino helfen, bei ihm sein.

»Du hast mir einen ganz schönen Schrecken eingejagt«, gab sie zu.

Er nahm die Fernbedienung zur Hand, machte den Fernseher aus, sah sie an, klopfte auf den freien Platz neben sich auf der Couch. »Setz dich zu mir, ja?«

Sie zögerte einen Augenblick, setzte sich schließlich doch. Die Hunde verstanden gar nichts mehr. Sie aber auch nicht. Wieso war sie nur so unruhig?

Peppino nahm ihre Hand, streichelte wie so oft mit dem Daumen ihren Handrücken. Das war so eine Geste, an die sie sich gewöhnt hatte. Viel mehr noch: Sie war süchtig danach geworden, weil sie einfach, aber auch gleichzeitig wirkungsvoll war. Die sanfte Berührung beruhigte sie sofort. Peppino hatte ganz allgemein diese Wirkung auf sie. Er ging wie mit einem warmen Bügeleisen über ihr Gemüt und glättete all ihre Ecken und Kanten.

»Es tut mir leid, dass ich dich erschreckt habe. Unfälle passieren leider, aber ich gehe nirgendwohin. Ich habe die Absicht, noch viele wundervolle Jahre mit dir zu verbringen«, erklärte er ernst und sah sie dabei an, wie um seinen Worten Nachdruck verleihen zu wollen.

Sie nickte. »Ja, ich fürchte, ich bin durch den frühen Tod meines Mannes ein wenig traumatisiert«, erklärte sie.

Und er nickte mitfühlend. »Das verstehe ich, und ich wünschte, ich könnte dir diese Angst nehmen. Ich weiß nicht, wer von uns beiden eher gehen wird, meine Liebste. Aber ich kann dir versprechen, dass es bald gar nicht mehr dein primärer Gedanke sein wird. Bis dahin lass uns doch einfach eine gute Zeit miteinander verbringen.«

Sie nickte. »Ich schätze, mehr können wir nicht tun«, stellte sie fest.

»Nun, wir könnten heiraten ...«, deutete er an.

Sie sah ihn überrascht an. Er lächelte zwar augenzwinkernd, aber er schien es ernst gemeint zu haben. Wer machte schon Scherze über so etwas?

Peppino doch nicht! Oder?

»Ich möchte mein Leben mit dir teilen. All die guten Momente, aber auch die schlechten. Ich möchte für dich sorgen, jeden Tag. Ich will die Schulter sein, an die du dich lehnen kannst. Ich möchte neben dir einschlafen und aufwachen. Ich will dir der Halt sein, den du brauchst. Ich ...«, er rang nach Worten, »... Tommasina, ich liebe dich so sehr, dass es schmerzt in der Brust, wenn ich nicht bei dir sein kann. Du bist mein erster Gedanke in der Früh, der letzte, bevor ich einschlafe. Und auch in der Zeitspanne dazwischen gibt es keinen Moment, in dem du nicht in meinem Kopf wärst. Ich liebe dich so aufrichtig, so intensiv, dass es mein Leben bestimmt. Du bist die Frau meiner Träume. Und mit nichts weniger hätte ich mich jemals zufriedengegeben.«

Ach herrje. Hatte sie das Atmen vergessen? Ja, sie hatte das Atmen vergessen. Sie war vollkommen aus der Puste und wartete darauf, dass die Worte, die er gerade gesagt hatte, nach und nach bei ihr ankamen. Sie hatte sie ja gehört, aber irgendwie hatten sie einen Stau veranstaltet, und sie war immer noch beim Teil, an dem er für sie sorgen wollte. Jeden Tag. Und ... ach, all das Wundervolle, all das Romantische. Es erreichte sie. Wie winzige Funken von Wunderkerzen prasselte alles auf sie ein, hinterließ dabei aber kein unangenehmes Gefühl, sondern Aufregung, Wohlwollen, Erwartung, Freude.

Sie lebte in einer Gasse, in der es um die Liebe ging. Sie sah jeden Tag Paare, die sich anhimmelten und es nicht erwarten konnten, den Rest ihres Lebens miteinander zu verbringen. Ja, Tommasina hatte angenommen, sich mit der Liebe auszukennen. Doch die Wahrheit war, dass sie gar keine Ahnung davon gehabt hatte, wie sie sich anfühlte, diese Liebe.

Selbstverständlich hatte sie ihren Mann geliebt, aber das war gefühlt ein ganzes Leben her. Sie war eine völlig andere Person gewesen.

Und jetzt ... diese Wärme in der Brust, die Schmetterlinge im Bauch, sie waren ein Geschenk, mit dem sie nicht mehr gerechnet hatte.

Er legte seinen Arm um sie, und sie kuschelte sich an Peppino und weinte ein bisschen. Zum Glück sah es niemand. Er schlug beruhigend ganz leicht mit der flachen Hand auf ihren Rücken. So als wäre sie ein Baby. Tommasina war alles andere als eine anlehnungsbedürftige Frau, doch bei Peppino fühlte es sich so leicht an, dass sie sich daran gewöhnen konnte. Sie küsste ihn am Hals, unter dem Ohr, und bemerkte dabei aufgeregt, dass er eine Gänsehaut bekam. Ihr wurde wieder ganz warm in der Bauchgegend.

»Peppino?«, flüsterte sie, um die Zweisamkeit nicht zu stören.

»Hm?«, machte er, während er ihren Rücken streichelte und die Augen geschlossen hielt.

Er sah so in Frieden mit sich selbst und mit ihr aus. Wunschlos glücklich und entspannt. Sie mochte diese Seite an ihm. Sie mochte es, dass er in ihrer Gegenwart so sein konnte, sich fallen lassen konnte.

»Sag mal, war das gerade ein Heiratsantrag?« Es hatte ganz danach geklungen, aber besser war es doch, wenn sie noch mal fragte.

Peppino lachte kehlig, hielt dabei seine Augen noch immer geschlossen, streichelte weiter ihren Rücken. Für Tommasina fühlte es sich noch intimer an, als Sex miteinander zu haben. Nicht, dass sie sich noch daran erinnern konnte, wie es sich anfühlte, *Dio mio*, nein! Aber das bedeutete nicht, dass sie es sich mit Peppino nicht wünschte.

Wie töricht! In ihrem Alter! Sie spürte, wie sie errötete, obwohl sie diesen Gedanken gar nicht laut ausgesprochen hatte.

»Möchtest du denn, dass es ein Heiratsantrag ist?«, fragte er nun sehr viel ernster.

Sie streichelte sein Bein, das heile, und dachte eine ganze Weile nach, was er ihr, ohne zu protestieren, gewährte. »Ich glaube, ja«, erwiderte sie schließlich.

Er richtete sich auf, mit etwas Mühe, sein Gips war sicherlich schwer. Seine braune Ledercouch war zwar unverschämt bequem, aber auch so weich, dass man jedes Mal kämpfen musste, um aus der Weichheit wieder herauszufinden. Als er es geschafft hatte, fuhr er sich durchs Haar, dann räusperte er sich, sah sie an, nahm beide ihre Hände in seine. »Eigentlich war das alles für Capri geplant, da ich aber diesen dummen Unfall hatte, muss es wohl ohne die Insel der Liebe funktionieren. Ich hoffe, du wirst es mir verzeihen.« Sie wedelte nur ungeduldig mit der Hand, und er grinste, fuhr dann aber fort. »Seit dem ersten Tag, an dem ich dich in der Via dell'Amore zufällig gesehen habe, stand für mich fest, dass ich dich wollte und niemanden sonst«, erzählte er mit ernstem Gesicht. »Tommasina, du wundervolles Wesen, würdest du mir die Ehre erweisen, meine Frau zu werden?«, fragte er am Ende tatsächlich.

Tommasina fürchtete nicht zum ersten Mal, seit sie mit Peppino zusammen war, einen Herzinfarkt. Sie fühlte sich von ihren Emotionen schier überwältigt. »Ja, das will ich, Peppino«, schaffte sie es dann doch zu sagen.

»*Dio mio*, wer hätte das gedacht! Jetzt kann ich als glücklicher Mann sterben«, verkündete er feierlich und streckte beide Arme in den Himmel.

»Warte damit lieber, bis wir geheiratet haben«, erwiderte Tommasina, um die Rührung zu überbrücken.

Peppino lachte, und sie stimmte mit ein.

Sie küssten sich lang und innig, wie die Protagonisten aus der neapolitanischen Soap-Opera *Un posto al sole*, wenn sie sich nach langem Hin und Her endlich in den Arm nehmen konnten. Und wieder war Tommasina erleichtert, aber auch überrascht, dass es noch immer kribbelte. Und sogar an den richtigen Stellen.

»Sag mal, Peppino, würde ein Ring für diesen Moment nicht besonders gut passen?« Sie hob ihre Hand hoch und zeigte ihre langen, aber ringlosen Finger. Ein bisschen auch ihre neue Maniküre, wenn sie ehrlich sein sollte. Alfonsa hatte den halben Morgen damit verbracht, ihre Nägel schön zu machen.

Peppino hob beide Hände in die Luft. »Mea culpa! Es war, wie gesagt, nicht so geplant. Abwarten, *amore mio*, abwarten!«

Abwarten.

Kein Problem. Sie war ja nur *piep* … irgendetwas mit sieben oder acht. Auch wenn es vom Gefühl her kaum mehr als zwanzig Jahre sein konnten. Sie küsste Peppino erneut. Diesmal als Verlobte. Als sie sich von ihm löste, war er atemlos.

Nun, *er* hatte gefragt. Nicht sie.

Kapitel 24

Mammas Apfel-Ricotta-Kekse

Zutaten:

300 g Mehl
250 g frischer Ricotta-Käse
125 g Zucker
50 g Butter
2 Äpfel
1 Ei
1 Zitrone, möglichst aus Capri (Schale und Saft)
½ Päckchen Backpulver
Puderzucker

Äpfel schälen und in kleine Stücke schneiden, dann die abgeriebene Schale und den Saft einer Zitrone dazugeben.

Mehl, Ricotta, Zucker, Butter (Ricotta und Butter etwa 30 Minuten vorher aus dem Kühlschrank nehmen), Ei und Backpulver mit einer Gabel vermengen, bis der Teig weich ist. Eventuelle Klümpchen beseitigen.

Äpfel dazugeben und mischen.

Das Backpapier auf ein Backblech legen und pro Keks einen Esslöffel Teig auf das Papier geben, bis das Blech voll ist.

Bei 180 Grad ungefähr 25 Minuten goldbraun backen.

Capri, etwa sechs Jahre zuvor

Der Tag war angenehm, nicht brütend heiß, aber glasklar. Letizia hielt Mammas Hand. Sie lag auf ihrer Liege auf dem Balkon. »Ich will das Meer sehen, Leti«, hatte sie gesagt. Und Letizia hatte ihr die Liege, die sie inzwischen überall benutzte, dorthin geschoben und ihr geholfen, sich draufzulegen. Es war kaum mehr Kraft in Mammas Körper, es war kaum mehr Fleisch an Mammas Körper. Aber ihr Geist war so klar und gestochen scharf wie der Tag.

»Es ist so schön«, schwärmte Mamma.

Das Meer war gemeint. Immer wieder.

Liberato winkte ihnen zu. *»Buongiorno!«*

»Buongiorno, Liberato. Was macht Anna?«, erkundigte sich Mamma. Ihre Stimme war nicht halb so fest, wie sie sich sicherlich wünschte.

Es tat Letizia im Herzen weh, aber sie hielt weiterhin fest Mammas Hand. Weil es nichts anderes gab, was sie tun konnte. Tief in ihr war der Drang, wegzurennen, sich irgendwo zu verstecken, um einfach nur eine sorglose junge Frau zu sein. Wieso hatte Letizia dieses Glück nicht?

Liberato zog die Schultern hoch. »Das ist eine gute Frage, meine liebe Giulia. Das Letzte, was ich von ihr weiß, ist, dass sie in der Küche versunken ist. Ich wollte sie retten, aber sie hat mich weggeschickt.«

Mamma lachte. Letizia wollte Liberato umarmen, so dankbar war sie für dieses Lachen.

»Ich nehme an, sie kocht, aber so sicher bin ich mir nicht.« Nun lachte auch Liberato.

»Wir Frauen sind manchmal ein bisschen eigen«, pflichtete Mamma ihm bei.

»Manchmal ist gut …«, er machte ein ulkiges Gesicht. »Aber was wäre die Welt ohne euch?«, bemerkte er und pflückte eine seiner Blumen und reichte sie symbolisch Mamma, die sie auf Distanz natürlich nicht annehmen konnte. Doch sie tat so und warf ihm eine Kusshand zu. Dann widmete sich Liberato wieder seiner Dachterrasse, auf der es immer viel zu tun gab. Sie war sein Zufluchtsort, sein Reich.

Eine Weile saßen Mamma und Letizia wieder still auf dem Balkon. Die Stille wurde ab und an von leisen Unterhaltungen der Nachbarn unterbrochen, irgendeine Katze miaute in der Gasse, dann wieder Schritte, Musik aus Angelinas Zimmer, ein Fernseher irgendwo. Es war ein wundervoller Tag, ihr Viertel hier auf Capri ihre ganze Welt.

»Leti?«, sagte Mamma nach Minuten oder Stunden, Letizia hatte jegliches Zeitgefühl verloren.

»Hm?«, machte sie.

»Hast du Hunger?«

Letizia aß in letzter Zeit schlecht. Wie konnte sie auch gut essen, wenn ihre Mamma Tag für Tag ein bisschen mehr starb. Doch Letizia horchte in sich hinein. »Es geht so. Du?«

»Ich habe Lust auf meine Kekse …«, deutete Mamma an.

»Soll ich dir welche machen?« Letizia war froh, wenn sie ihrer Mamma einen Wunsch erfüllen konnte. Es war auch ein vollkommen egoistischer Akt, weil Letizia sich schlicht besser fühlte, wenn sie etwas für Mamma tun konnte. Egal, was.

»Würdest du?«

»Selbstverständlich!«

»Dann gerne!« Mamma lächelte sie an. Und für einen Augenblick sah Letizia einfach nur ihre geliebte Mamma, nicht eine von der Krankheit gezeichnete Frau.

»Soll ich dich mit reinnehmen?«, erkundigte Letizia sich fürsorglich.

»Oh, nein. Ich bleibe lieber hier. Nur langsam wird mir ein wenig kalt.«

»*Va bene*. Dann hole ich dir erst eine Decke, ja?«

Mamma schien plötzlich erschöpft, nickte nur und schloss die Augen.

Letizia konnte sich nicht sofort von dem Anblick der schlafenden Mamma trennen, überwand sich aber schließlich und stand leise auf, ging zurück ins Haus, dann direkt in Mammas Zimmer, auf deren Bett immer die eine Decke lag. Es handelte sich um eine alte, bunte, von Nonna gehäkelte Decke mit Herzchen. Sie war an einigen Stellen bereits aufgetrennt. Mamma hatte immer versucht, die Stellen auszubessern, aber sie ließen sich einfach nicht mehr richtig zusammenflicken. Doch Entsorgen war für Mamma keine Option. Ganz im Gegenteil, sie wickelte sich bei jeder Gelegenheit in dieses Stück, das sie offensichtlich an ihre eigene Mutter erinnerte.

Letizia nahm sie vom Bett, drückte ihr Gesicht hinein. Einen Augenblick lang war sie versucht, zu schreien, einen Teil ihres Frusts loszuwerden, doch sie schluckte alles hinunter, sog den vertrauten Duft der Decke ein, atmete, beruhigte sich.

Es war einfach nur ein weiterer Tag, den sie durchstehen musste. Nur ein Schritt mehr. Nichts weiter.

Sie brachte Mamma die Decke, doch Mamma schlief. Ihr Atem war wie immer in letzter Zeit: flach, aber regelmäßig. Sie merkte nicht, dass sie zugedeckt wurde. Und es blieb Letizia nichts anderes übrig, als Mammas Kekse zu backen.

Doch bevor sie sich ans Werk machte, ging Letizia zu Angelinas Zimmer, klopfte an, wurde hereingebeten. »Hey«, sagte sie.

Angelina machte die Musik leiser. Sie lag auf ihrem Bett, wie immer hatte sie ein Buch in ihrer Hand. Sie flüchtete sich in ferne Welten. Letizia konnte es ihr nicht verübeln. »Na?«

»Mamma möchte ihre Lieblingskekse. Ich mache sie ihr schnell. Willst du helfen?«, schlug Letizia vor. Es war in Ordnung, dass Angelina ihren eigenen Schmerz mit Büchern verarbeitete. Letizia wollte nur sicher sein, dass ihre Schwester, wenn sie denn Hilfe brauchte, auch die Möglichkeit hatte, darum zu bitten.

Angelina dachte einen Moment lang nach, schlug dann ihr Buch zu und setzte sich auf. »Ja, okay, das wäre schön. Und vielleicht lerne ich auch endlich mal das Backen dabei.«

»Du glaubst also an Wunder?«, zog Letizia sie auf.

»Haha!«, machte Angelina und warf ein Kissen nach ihr.

Letizia lachte und ging voraus in die Küche, wo sie erst wieder nach Mamma auf dem Balkon schaute, die noch immer schlief, und dann direkt zum Kühlschrank eilte, um den Ricotta-Käse herauszunehmen.

Angelina war hinzugekommen.

»Wiegst du mir den Ricotta ab?«, bat Letizia ihre Schwester, die nickte und gleich zur Anrichte ging, wo Mamma all ihre Backutensilien aufbewahrte. Sie nahm die Waage hervor. Seit einigen Jahren waren fast alle Backutensilien ihrer Mamma rot. Es gab da eine Serie eines Herstellers, der ein inzwischen wieder modernes Vintage nachahmte. Mamma hatte sich sofort in die Serie verliebt, und nach und nach hatte sie sich neue Teile davon gekauft oder zum Geburtstag gewünscht. Die Serie war so gut wie komplett, wenn es auch stimmte, dass der Hersteller immer wieder etwas Neues anbot. Aber so viel mehr brauchte Mamma eigentlich gar nicht.

Letizia begann, die Äpfel zu schälen und in kleine Stücke zu schneiden, während sie Angelina nach und nach erklärte, welche Zutaten und wie viel davon sie in eine Schüssel geben konnte.

»Wieso erinnerst du dich an alle Rezepte, während ich noch nicht mal weiß, wie man einen einfachen Mürbeteig macht?«, fragte Angelina irgendwann lachend.

»Keine Ahnung«, sie zog die Schultern hoch, während sie die Zitronenschale auf die klein geschnittenen Äpfel rieb. »Vermutlich habe ich es einfach öfter gesehen als du.« Sie summte. Obwohl Nonna schon so lange tot war, konnte Letizia diese Angewohnheit nie ganz ablegen. Und heute war kein schlechter Tag. Mamma lag draußen und genoss vermutlich wieder den Ausblick auf Capris Meer – ihr Meer –, sie hatte um ihre Lieblingskekse gebeten, nachdem sie die letzten Tage kaum etwas angerührt hatte. Es bestand noch immer Hoffnung auf ein paar gute Wochen. Monate vielleicht. Warum auch nicht ein Jahr?

Letizia schüttete den Saft der Zitrone über die Äpfel und mischte alles gut durch. Sie sog den Duft der Früchte ganz tief ein. Belebend war er und kitzelte in der Nase. Besonders der Duft der Zitrone.

»Woher hat Mamma dieses Rezept eigentlich?«, erkundigte sich Angelina, die beim Mischen der Zutaten in etwa so entspannt aussah wie ein Fisch an Land.

»Ich bin mir nicht sicher, aber sie hat mal behauptet, dass sie einfach nur zusammengemischt hat, was sie dahatte.«

»Ja. Klingt irgendwie danach, oder? Ricotta-Käse mit Äpfeln zu kombinieren ist nicht unbedingt typisch«, stellte auch Angelina fest.

»Typischer ist die Kombination Ricotta, Birne und Schokolade«, wusste Letizia.

»Genau! Da gibt es doch so eine Torte ...«, erinnerte sich Angelina.

»Wow! Hätte ja nicht gedacht, dass du das weißt ...«, nahm Letizia ihre Schwester auf den Arm.

Angelina warf das zusammengeknüllte Papier nach ihr, in dem der Ricotta eingepackt gewesen war. Sie traf Letizia am Arm. Beide lachten. Dann nahmen sie sich die Zeit und Muße, den Teig auf dem Blech zu verteilen. Es duftete so schon wunderbar. Letizia wurde ganz warm in der Magengegend. Der Duft vermittelte Geborgenheit. Sie freute sich, Mamma bald am fertig gebackenen Keks riechen zu lassen.

Denn Letizia vermutete, dass der Duft auch für Mamma positive Gefühle wecken würde.

Letizia und Angelina schoben das Blech in den Ofen. Der Anblick des Teigs, der sich langsam, aber sicher verwandelte, war an diesem Tag für beide so faszinierend, dass sie sich nicht davon trennen mochten. Letizia sang eines von Nonnas Liedern, tanzte dazu. Und auch wenn Nonna nicht dabei war, war sie es doch irgendwie.

Es war alles gut, sie waren sicher, im Moment konnte nichts diese Sicherheit aus dem Gleichgewicht bringen. Das alles vermittelten die Kekse im Ofen. So wichtig war Backen.

»Soll ich uns noch einen Tee dazu machen?«, fragte Letizia und plante, einen kleinen Tisch mit auf den Balkon zu nehmen, sodass sie die Tassen darauf abstellen konnten.

»Ja, sehr gern!«

Letizia setzte Wasser auf, im Kühlschrank war noch eine Zitrone, sodass sie Angelina eine Scheibe in die Tasse legen konnte.

Angelina schaute in den Ofen, als könnte sie darin eine Antwort auf alle Fragen des Universums finden. »Ich hatte eigentlich gar keinen Hunger, aber wenn ich nicht gleich einen Keks haben kann, sterbe ich!«, gab sie lachend zu.

»Sind sie denn fertig?«, erkundigte sich Letizia vom anderen Ende der Küche, wo sie das siedende Wasser vom Herd nahm und in ein Kännchen goss, das mit Sicherheit noch von Nonna stammte. Letizia jedenfalls konnte sich erinnern, dass Nonna darin schon Tee zubereitet hatte, als Letizia kaum älter als ein Kindergartenkind gewesen sein konnte.

»Woher soll ich denn das wissen?«, erwiderte Angelina gut gelaunt.

»Sind sie denn braun?«, fragte Letizia amüsiert. Draußen unterhielt sich Liberato anscheinend wieder mit Mamma. Letizia konnte ihn hören, wenn auch etwas undeutlich.

»Hm … also … braun im Sinne von braunbärbraun, oder eher braun wie Sand?« Angelina stand noch immer gebückt vor dem Ofen, in den sie unbeirrt hineinblickte.

»Goldbraun, Angelina. Einfach nur so ein bisschen bräunlich an der Oberfläche. Verstehst du?«

»Dann, glaube ich, ist es so weit!«, sagte Angelina erfreut.

In dem Moment klopfte es unten an der Haustür. Letizia bat Angelina darum, den Ofen auszustellen, und hüpfte über die Stufen nach unten, machte schwungvoll auf, war überrascht, als Liberato vor ihr stand, der doch eben erst auf seiner Dachterrasse gestanden und sich mit Mamma unterhalten hatte.

»Was …?«, stotterte sie.

Es war sein Blick, der sie sprachlos machte.

»Leti, ich glaube, sie atmet nicht …«, stammelte er. Hilflos. Die Hilflosigkeit dem Tod gegenüber.

Letizia rannte nach oben, durch die Küche direkt auf den Balkon.

Mamma sah friedlich aus, hatte beinahe ein Lächeln auf ihren Lippen. Letizia stellte sich vor, dass sie frei war und im Meer schwamm, so wie früher, an den seltenen Tagen, an denen sie zusammen an den Strand gegangen waren.

Kapitel 25

Die Routine hatte Letizia wieder. Und deswegen wurde sie auch daran erinnert, warum ihr Routine so wichtig war. Es war gut, immer zu wissen, was als Nächstes kam. Sie mochte keine Überraschungen. Ja, sie mochte Graziano, aber nicht all das Ungewisse, das er mit sich brachte. Sie müsste einen Sprung mit ihm wagen, und dazu war sie nicht bereit. Abgesehen davon hatte er nicht nach ihr gesucht, sie nicht kontaktiert. Natürlich musste es für ihn ausgesehen haben, als sei sie weggerannt von ihrem Treffen im ehemaligen Schulgebäude, aber immerhin hatte es einen triftigen Grund dafür gegeben. Was hatte er hingegen gemacht? Er hatte sich nicht einmal erkundigt, ob alles in Ordnung war.

Nein, es war gut so. Die Routine tat gut.

Sie beschloss, bei Mario Kekse zu holen, weil Liberato und Donatello zu einem Gespräch kommen würden. Der Buchladen war etwas, das Angelina und Donatello sich nicht ausreden ließen. Sosehr Letizia es auch versuchte. Sie glaubte ganz einfach nicht, dass Angelinas Gesundheit es ihr erlauben würde, dieses Projekt dann auch durchziehen zu können. Aber sie war auch nicht in der Lage, es ihrer

Schwester zu verbieten, denn sie war erwachsen und hatte, dank Mammas Erbschaft, auch das Geld dazu.

Bei Mario war gerade sehr viel los, was Letizia ganz recht war, zumal ihr das Singen mit ihm auch immer ein bisschen peinlich war. Heute hatte er zum Glück keine Zeit dazu. Doch er nahm seinen Hut vom Kopf, zwinkerte ihr zu, und sie ging direkt durch zu dem Regal, in dem er Kekse und allerhand Süßes verstaut hatte. Sie nahm zwei Packungen in die Hand, stellte die Kekse mit Apfelkompott dann aber zurück ins Regal, weil sie fürchtete, dass sie wie ein schwacher Abklatsch von Mammas Keksen schmecken würden.

Sie versuchte, nicht daran zu denken, wann sie die Kekse zuletzt gebacken hatte. Ein Dolch bohrte sich in ihr Herz. Ihre Hand zitterte, und sie musste auch die anderen Packungen zurück ins Regal stellen und durchatmen.

Einmal.

Langsam.

Zweimal.

Sie spürte eine Hand auf ihrem Rücken. »Lass uns kurz rausgehen«, sagte Mario.

Und sie wollte schon protestieren. Aber wogegen? Er hatte ja recht. Sie brauchte frische Luft.

Draußen ging es gleich viel besser. Das farbenfrohe Hin und Her auf der Straße, die flanierenden Frauen in langen Sommerkleidern, die vielen Düfte, die Brise vom Meer. Das Inselleben, der klare Himmel.

All das lenkte sie ab.

»Tut mir leid«, sagte sie.

Mario sah sie an, lehnte sich dabei wie so oft an die Wand neben dem Eingang zu seinem Laden. »Was tut dir leid?«

»Ich weiß auch nicht«, gab sie lachend zu. »Du solltest wieder zurück in den Laden. Die Signora an der Kasse wird gleich sauer!« Letizia konnte die Dame von ihrer Position aus sehen, wie sie ungeduldig mit der Fußspitze auf den Boden schlug.

»Das ist mir egal«, gab er grinsend zu. »Aber ich muss wohl trotzdem wieder.« Er zeigte mit dem Daumen nach drinnen. »Geht es dir besser?«

»Ja, sehr viel besser. Danke.« Sie fühlte sich gerade ganz klein, ein bisschen anlehnungsbedürftig. Aber sie atmete durch und fasste sich. Was war denn nur los mit ihr?

»Hast du schon nachgedacht wegen des Ladenraums? Wird etwas aus meiner Idee? Bücher und Kuchen?« Er hörte gar nicht mehr auf, zu fragen, und nahm sie wieder mit in den Laden, wo er die Signora an der Kasse ignorierte, Letizia mit zu den Keksen nahm, ihr die Packung, die sie wieder hingelegt hatte, in die Hand drückte und Letizia dann erwartungsvoll ansah.

»Ich habe in der Tat gleich ein Gespräch mit Liberato, der ja nicht so begeistert ist, dass sein Sohn wegen des Buchladens sein Studium abbricht. Was macht das?« Sie hielt ihm die Packung entgegen.

Er wiegelte ab. »Gar nichts«, sagte er. Dann ging er zur Kasse, um seine Arbeit zu machen. »Viel Glück für das Gespräch!«, rief er. Und dann fing er natürlich an, sein Lieblingslied über Capris Mond zu singen.

»Auf manche Dinge ist Verlass«, sagte Letizia zu sich selbst und ging mit deutlich besserer Laune nach Hause.

Liberato und Donatello standen pünktlich vor der Tür. Letizia merkte sofort, dass Donatello angespannt war. Die Anspannung übertrug sich auf Letizia, die vor Nervosität dauernd mit dem Armband spielte, das sie sich umgelegt hatte. Es war eines von Mamma. Eines aus der Schmuckschachtel. Letizia trug zum ersten Mal überhaupt Schmuck von Mamma. Sie hatte über Chiaras Worte nachgedacht, die ihr einleuchtend erklärt hatte, warum Schmuck benutzt werden sollte. Und Letizia wollte nicht, dass Mammas Sachen einfach herumlagen. Sie wollte sie an sich und um sich spüren, weil es alles war, was von Mamma noch übrig war. Nicht viel anderes, Greifbares war ihnen geblieben.

Angelina war schweigsam. Sie mochte diese Art von Konfrontation nicht. Letizia wusste, dass sie ihre Schwester in Watte gepackt hatte. Letizia hatte immer versucht, Angelina zu beschützen, vielleicht zu sehr. Es war gut, dass sie anfing, das richtige Leben zu spüren. Wenigstens ein bisschen davon.

Als sie alle im Wohnzimmer saßen, servierte Letizia Zitronenlimonade und Kekse. Es war so leise, dass sogar ihr Kauen zu hören war.

»Ich wünschte, wir könnten uns heute einfach nett miteinander unterhalten«, leitete Letizia das Gespräch ein. »Ich denke, wir mögen uns alle viel zu sehr, um zu streiten, was mir sowieso fernliegt.«

Liberato nickte geschäftig, schob die Brille nach oben.

»Das hast du schön gesagt, Leti. Ich würde nie mit dir streiten, dazu seid ihr beiden mir zu wichtig ...«

Er wollte jetzt sicherlich so etwas sagen wie, dass er Giulia auch sehr gemocht hatte, weil sein Blick zu dem Foto von Mamma, Nonna, Letizia und Angelina wanderte. Vielleicht glaubte er, dass es nicht angebracht war, sie zu erwähnen. Aber es hätte Letizia nichts ausgemacht. Mamma war ohnehin immer präsent in ihrem Kopf, in diesem Haus, in ihrem Herzen.

»Gut, wenn wir uns darüber einig sind, kann ja gar nichts mehr schiefgehen«, fand sie. »Wie ihr alle wisst, möchte Mario seinen Ladenraum zur Verfügung stellen.«

Sie begannen, das zu diskutieren, aber es wurde immer deutlicher, dass der einzige kritische Punkt im ganzen Projekt Donatellos Studium war.

»Was, wenn Donatello sein Studium gar nicht aufgibt, sondern beides macht? Wenn er sich auf seine Prüfungen vorbereiten muss, kann noch immer jemand von uns einspringen. Ich, Liberato oder vielleicht Anna. Oder sogar Mario selbst, der sicher nichts dagegen hat, noch weiter auszuhelfen. Da lässt sich bestimmt eine Lösung finden. Außerdem hat Mario auch vorgeschlagen, dass ich Kuchen vorbereite und wir so etwas wie ein literarisches *caffè* daraus machen.« Letizia war ganz leidenschaftlich geworden, ohne es überhaupt beabsichtigt zu haben. Die Worte, die sie eben ausgesprochen hatte, kamen erst allmählich bei ihr an. Was hatte sie gerade vorgeschlagen? Dass sie Kuchen beisteuerte? Das würde nicht funktionieren, weil sie nie wieder backen würde ... Aber wie ruderte sie am besten zurück?

»Das ist eine fantastische Idee mit Kuchen und Gebäck!«, fand aber Liberato. »Würdest du dein Studium erst fertig machen und pendeln?«, fragte er schließlich seinen Sohn.

»Ich schätze, das ließe sich einrichten«, willigte Donatello nicht vollends begeistert, aber immerhin kooperativ ein.

»Und du, Angelina, fühlst du dich auch damit wohl?«, erkundigte sich Liberato weiter.

»Ja, sicher. Die Details müssten wir natürlich noch klären, aber alles klingt ganz wunderbar.«

»Ist das nicht großartig?«, fand Liberato, der auch schon aufstand und in die Hände klatschte. »Komm, Dona, wir gehen gleich rüber zu Mamma und erzählen ihr das!«, schlug er vor. Sie gingen dann auch tatsächlich, und Letizia war ganz froh darüber.

Als sie gegangen waren, räumte Letizia das Geschirr aus dem Wohnzimmer und klopfte an Angelinas Zimmertür. Ihre Schwester war sehr schweigsam gewesen während des Treffens. Letizia wollte sich vergewissern, dass alles in Ordnung war.

»Ja!«, kam es aus dem Zimmer.

»Darf ich rein?«

»Ja-ha!«

Letizia betrat das Zimmer, in dem sich viel verändert hatte in den letzten Jahren. Angelina hatte es vom Kleinmädchenzimmer in eine Art Bibliothek verwandelt. Überall lagen, standen oder stapelten sich Bücher. Angelinas Bett war hingegen ganz einfach, aus Metall, dafür aber über und über mit Kissen versehen. In allen Formen und Farben. Manchmal verschwand sie regelrecht inmitten all der Kissen. Und auch jetzt sah Angelina ganz winzig aus, beinahe komplett bedeckt.

»Na, du?«, sagte Letizia und setzte sich aufs Bett. Dann merkte sie jedoch, dass Angelina schluchzte, und erschrak. »Wieso weinst du?«

Wie erwartet kam keine Antwort. »Habe ich etwas Falsches gesagt vorhin beim Treffen mit den beiden?« Wahrscheinlich hatte sie mehr als nur etwas Falsches gesagt. Die Wahrheit war, dass sie keine Ahnung hatte, was richtig oder falsch gewesen wäre. Sie führte diese Art von Gespräch auch nicht jeden Tag. Doch Angelina erwiderte noch immer nichts.

»Es tut mir so leid ...«, wiederholte Letizia deshalb und streichelte das Bein ihrer Schwester.

Doch dann setzte Angelina sich auf. »*Dio mio*, Leti, dir muss doch nichts leidtun! Du machst immer alles richtig, immer! Seit ich denken kann. Weißt du noch, als wir das Bäumchen namens Alberto geholt haben, das dann eingegangen ist? Du hast es ausgetauscht, ohne etwas zu sagen, nur, damit ich nicht traurig bin.«

Letizia legte sich eine Hand auf die Brust. Das hatte Angelina bemerkt?

»Und mit Mamma ... Du hast alles auf dich genommen, hast sie gepflegt, sie zu Arztterminen begleitet, hast sie ermutigt, gefüttert, geliebt. Alles ganz allein, Leti. Und ich habe nichts getan, nicht einen Finger gerührt. Aber nicht etwa, weil ich krank bin, sondern weil ich ein Feigling bin.

Ich konnte es nicht mitansehen, wie sie jeden Tag ein Stückchen mehr starb.«

»Ach, hör schon auf, das war doch selbstverständlich!«

Doch Angelina schüttelte vehement den Kopf. So stark, dass ihre langen schwarzen Haare hin und her schwangen. »Nein, Leti. Und da liegst du falsch. Nichts von dem, was du tust, ist selbstverständlich. Auch bei dem Gespräch heute hast du mal wieder alles richtig gemacht. Und ich weiß einfach nicht, wie ich dir danken soll. Ich weiß gar nicht, wo ich anfangen soll. Meine Dankbarkeit ist so groß, sie reicht um die ganze Welt.«

»Ich will doch keine Dankbarkeit. Ich will nur, dass du glücklich bist.«

Letizia legte sich zu Angelina aufs Bett, erlaubte ihrer Schwester, dass sie sich an sie kuschelte. »Ich bin glücklich, Leti. Vor allem, weil ich die beste Schwester habe, die man sich nur wünschen kann.«

»Ach, nun hör aber auf, sonst muss ich auch gleich weinen.« Letizia strich Angelina über das Haar. So als wären sie wieder in der Zeit, als sie beide noch kleiner, jünger und sorgloser waren.

»Du hast Mammas Armband um?«, fragte Angelina irgendwann in die Stille hinein.

»Mhm. Stört es dich?« Letizia lag jetzt ganz entspannt auf dem Bett.

»Ich bin froh, dass du diesen ersten Schritt gegangen bist. Ich hoffe, du wirst auch bald wieder backen.«

Die gute Laune verflog genauso schnell, wie sie gekommen war.

»Nun werde nicht gleich wieder sauer ...«, bat Angelina.

»Werde ich auch nicht. Nur irgendwie traurig. Ich kann nicht vergessen, wie wir an dem Tag in der Küche gebacken und dabei nicht mal gemerkt haben, dass sie von uns gegangen ist. Das kann ich mir nicht verzeihen.« Sie trug dieses Schuldgefühl schon so lange mit sich herum. Es endlich ausgesprochen zu haben fühlte sich so irreal an, als hätte sie es wieder nur gedacht.

»Mamma hätte es genau so und nicht anders haben wollen. Ich glaube sogar, dass sie extra um ihre Kekse gebeten hat, damit wir abgelenkt sind und sie in Frieden einschlafen kann.«

Letizia seufzte tief. »Das habe ich mir auch schon oft gedacht. Aber es ändert nichts daran, dass ich nicht mehr backen werde. Es erinnert mich zu sehr an Mamma.«

»Das ist doch gerade das Gute daran. Ich *möchte* an Mamma erinnert werden. Ich bin leider vollkommen untalentiert, was das angeht, wie du weißt, aber könnte ich es, ich würde jeden Tag backen. Ich vermisse Mamma so sehr, und sie wird nicht wiederkommen. Aber das Backen ... das könnten wir am Leben erhalten.«

»Du sagst manchmal sehr schlaue Dinge«, gab Letizia mit einem Lachen zu.

»Ach ja? Dinge wie, dass du endlich den Konditormeister um ein Date bitten sollst?«

Letizia gab einen genervten Laut von sich. »Vergiss es, er hat sich ja auch nicht gemeldet. Es geht mir besser ohne ihn! Ich will nichts anfangen, was sowieso keine Zukunft hat.«

»Sagt wer?«

»Ich!«

»Leti, hör auf, dich zu verstecken!«

Letizia setzte sich auf, schob sich vom Bett, erhob sich. »Ich verstecke mich ganz und gar nicht.« Und dann verließ sie das Zimmer.

Aber eigentlich tat sie es doch. Angelina hatte schon recht, sie musste damit aufhören. Letizia ging in der Küche, auf und ab, hatte plötzlich den Drang, etwas zu tun, egal, was. Sie hatte die ganze Zeit über den Wunsch unterdrückt, mit Graziano zu sprechen, da sie aber die Schutzmauern kurz weggeräumt hatte, sehnte sie sich sehr nach ihm. Sie nahm ihr Handy zur Hand, suchte nach irgendeinem Kontakt zu ihm, fand auf Instagram den Account seiner Pasticceria. Eine Festnetznummer war angegeben. Und bevor sie es sich anders überlegen konnte, wählte sie sie.

Es meldete sich eine weibliche Stimme.

»Kann ich bitte mit Graziano sprechen?«, bat Letizia.

»Das tut mir leid, er ist heute leider nicht hier. Worum geht es denn?«

»Es ...« Und nun war Letizia plötzlich um Worte verlegen. So verzweifelt war sie nun doch nicht, dass sie einer Wildfremden ihren Kummer anvertrauen musste. Sie legte auf, was sich wie eine Niederlage anfühlte.

Noch eine.

Kapitel 26

Capri, Capri, Capri!

Tommasina war so aufgeregt wie schon lange nicht mehr. Es tat ihr im Herzen weh, dass Peppino nicht dabei sein konnte, aber immerhin wurde sie von ihrem Graziano begleitet. Es war ungewohnt, auch weil ihre Hunde nicht dabei waren, auf die Alfonsa aufpasste. Aber es war dennoch schön, sehr sogar!

Tommasina mochte es gar nicht laut aussprechen, aber sie war noch nie auf Capri gewesen. Am Abend zuvor, als sie mit Alfonsa gepackt hatte, hatte sie es ihrer Haushaltshilfe gestanden.

»Was? Na, dann wird es aber Zeit!«, hatte Alfonsa gerufen und ihr gleich noch einen Badeanzug mit in die Tasche gestopft, den Tommasina einen Augenblick später schon wieder herausnahm. Bei aller Liebe, aber baden würde sie nicht!

Und, ja, manchmal hatte man die größte Schönheit direkt vor der Nase und wusste es gar nicht mehr zu schätzen. So oder ähnlich war es für sie gelaufen. Immer wieder hatte sie sich vorgenommen, einen freien Tag zu nehmen, um auf die nahe gelegene Insel überzusetzen, aber dann war immer etwas dazwischengekommen. Die Via dell'Amore hatte ihre ganze Zeit beansprucht. Und Capri hatte währenddessen geduldig auf sie gewartet.

Sie hatten am Morgen die Fähre genommen und näherten sich jetzt der Insel, dem Hafen. Tommasina war überwältigt von all der Schönheit, die eine Freude und Aufregung in ihr weckte, die sie schon lange nicht mehr gespürt hatte.

»Schau mal, Graziano!«, sagte sie und zeigte auf eine Jacht, die im Hafen angelegt hatte und so futuristisch aussah wie nichts, das sie jemals gesehen hatte. Alles war dunkel verglast und verchromt, und die Formen liefen aerodynamisch zusammen. Es hätte Tommasina nicht gewundert, wenn man damit direkt bis zum Mond hätte fahren können.

»Ja, ich sehe es, Nonna! Irre, nicht wahr?«, pflichtete Graziano ihr bei.

Ja, es war schier verrückt, wie viel Reichtum sich allein schon im Hafen zu tummeln schien. Ihr wurde beinahe schwindelig von all den Eindrücken. Vielleicht waren es aber auch die Manöver der Fähre, die sich in den überladenen Hafen zwängen musste. Egal, Tommasina liebte jede Sekunde dieses Ausflugs.

Als Tommasina wenig später an Land ging, war sie ein bisschen gerührt, sie hielt sich an Grazianos Hand fest und setzte ihren Sonnenhut auf, den Alfonsa als übertrieben bezeichnet hatte. Aber was wusste Alfonsa schon!

»Du siehst aus wie eine Diva aus dem Fernsehen, Nonna«, bemerkte Graziano, was Tommasina dazu veranlasste, ihre Sonnenbrille aufzusetzen. Das taten Divas doch dauernd, oder?

Sie fühlte sich seltsam heimisch inmitten von Reichen und Schönen, aber auch bescheidenen Tagestouristen. Die Sonne strahlte warm und freundlich auf sie alle, das Meer verströmte den typischen Geruch nach Wasser, Salz, Fisch, Algen, Sand und Weite. Der Hafen war so voll von farbenfrohen, großen, herkömmlichen, aber auch modernen Booten und Jachten, dass sie auf Tommasina so wirkten wie ein Haufen bunter Muscheln, die auf der Meeresoberfläche trieben. Auch die Gebäude am Hafen waren in allen Farben vorhanden und machten die ersten Schritte auf Capri zu einem heiteren Erlebnis.

Sie war so abgelenkt gewesen von all den Eindrücken, dass sie ihren Blick gar nicht weiter nach oben gerichtet hatte, aber, oh, welch Schönheit hätte sie beinahe verpasst! Sie hielt sich beide Hände auf die Brust. Hinter den Gebäuden am Hafen erhoben sich geradezu majestätisch Felsen, die teilweise mit Mittelmeervegetation bedeckt waren. Sie war sich sicher, dass sich irgendwo ganz oben auf einem dieser Felsen das Herzstück der Insel, also die Piazzetta, befand. Herrlich!

Als sie sich vom Anblick lösen konnte, blickte sie sich wieder um. Menschenmassen strömten an ihr vorbei, und sie fragte sich einen Moment lang, wie es denn jetzt weiterging, wie sie am besten zu ihrem Hotel kamen, als ein Mann in Anzug und ebenfalls mit Sonnenbrille auf sie zukam. »Signora Tommasina?«, fragte er mit tiefer Stimme und einem unverkennbaren neapolitanischen Dialekt, den er nicht verbergen konnte.

Sie sah zu Graziano, der nur die Schultern und Augenbrauen hob.

»Ja, die bin ich!« Sie streckte ihm ihre Hand entgegen, und er gab ihr, wie es sich gehörte, einen Handkuss. Sie merkte, wie die Passanten anfingen, sich nach ihr umzublicken. Sicherlich fragten sie sich, ob sie eine Berühmtheit war. Und sie ließ sie in dem Glauben. Denn ein bisschen stimmte es. Zumindest in einer kleinen Gasse im Herzen Neapels war sie berühmt.

»Dann folgen Sie mir doch bitte!«, sagte der Mann im Anzug und führte sie zu einem gelben Cinquecento-Cabrio, innen mit weißem Leder ausgestattet. Er reichte ihr einen dicken Blumenstrauß, den sie an Graziano weiterreichen musste, weil sie ihn gar nicht tragen konnte. Der Duft war betörend.

»Mit besten und liebevollen Grüßen von Peppino!«, erklärte der Mann und half ihnen einzusteigen. »Ich fahre Sie direkt zu Ihrem Hotel.«

»Das ist aber lieb von Peppino, dass er das organisiert hat!«, fand Tommasina.

Graziano, der jetzt neben ihr auf der Rückbank des Cabrios saß, nickte und hob einen Daumen. Der Arme ließ es sich nicht anmerken, aber Tommasina wusste natürlich, dass er sich insgeheim umsah in der Hoffnung, irgendwo Letizia zu erblicken. Tommasina konnte nicht vermeiden, sich zu fragen, ob es am Alter lag. Je jünger die Menschen, desto komplizierter machten sie es sich mit der Liebe. Doch weiter kam sie mit dem Gedanken nicht, denn es ging los. Oh, und was für ein wunderbares Gefühl. Sie glaubte zu träumen. Die Landschaft war berauschend schön. Tommasina war an das Meer gewöhnt, entdeckte aber nun, dass die Farben von hier aus noch viel intensiver waren und es tatsächlich bis ins Unendliche zu reichen schien. Sie konnte sich daran nicht sattsehen. Auch die Steilhänge rechts und links vom Hafen wirkten wie aus einem Gemälde. Und um sie herum so viel Freude, Erwartung, Staunen. Gewürzt mit einer Prise Sommer. Wie herrlich! Diese Insel war unglaublich, und sie würde in der Via dell'Amore gerne empfehlen, auf Capri zu heiraten. Denn wenn das gemeinsame Glück hier begann, konnte gar nichts mehr schiefgehen.

Als sie nach einer berauschenden Fahrt mit spektakulären Eindrücken am Hotel ankamen, half der Fahrer ihnen aus dem Auto.

»Ach, sieh an, es ist das Hotel, in dem Billys Tochter geheiratet hat und zu dem ich per Hubschrauber die Torte eingeflogen habe«, erklärte Graziano erstaunt. »Die ganze Geheimniskrämerei von Peppino macht jetzt Sinn. Das ist sicher eine große Überraschung für dich, ich denke, es ist eines der schönsten Hotels Capris.«

Tommasina konnte nicht leugnen, dass sie Peppino vermisste. Mit ihm – ihrem Verlobten – wäre alles noch viel schöner gewesen. Sie war nun tatsächlich ein bisschen traurig.

Von der Verlobung hatte sie noch niemandem etwas erzählt. Sie wollte es mit Peppino gemeinsam tun, sobald er den Gips abbekam.

Die Zimmer waren ein Traum aus weichen Stoffen, Polstern und Linien, dezenten Farben und edlen Möbeln. Peppino hatte sogar noch eines dazugebucht, damit sie ihres nicht mit Graziano teilen musste. Von ihrem Raum aus hatte sie einen unbeschreiblich schönen Blick auf einen Pool, und ein bisschen bedauerte sie es, dass sie ihren Badeanzug wieder ausgepackt hatte. Wenig später entdeckte Tommasina aber, dass Alfonsa beharrlich geblieben war. Sie hatte den Badeanzug wieder in die Tasche gesteckt. Innerlich dankte Tommasina ihr ungefähr eine Million Mal. Wie so oft hatte Alfonsa recht behalten. Tommasina brauchte ihren Badeanzug sehr wohl. Sie machte sich, so schnell es in ihrem Alter ging, fertig für den Pool und klopfte bei Graziano an die Tür.

»Komm, wir gehen schwimmen!«, forderte sie ihn auf, sobald er die Tür öffnete.

»Selbstverständlich, Nonna, dein Wunsch sei mir Befehl«, erwiderte er. Dass ein wenig Ironie mitschwang, ignorierte Tommasina geflissentlich. Denn, mal ehrlich, wer verbrachte schon gerne ein romantisches Wochenende mit seiner Nonna auf der Trauminsel Capri? Aber so war es jetzt, Jammern half nichts. Sie konnten nur das Beste draus machen, und, oh, das hatte sie auf alle Fälle vor.

Am Pool suchten sie sich die schönsten Liegen, Tommasina bestellte für sich und Graziano den teuersten Cocktail, der in so hohen Gläsern serviert wurde, dass sie Mühe hatten, daraus zu trinken. Sie lehnte sich in ihrem Liegestuhl zurück, der im Schatten eines nagelneuen beigen Sonnenschirms stand, und genoss das leise Geräusch des plätschernden Wasserspiels am Pool. Die Sonne kitzelte ihre Fußspitze, die es nicht ganz in den Schatten geschafft hatte.

Das war ein Leben!

»Wann ist dein erster Termin?«, erkundigte sich Graziano, der neben ihr lag und es auch sichtlich genoss, heute mal komplett abzuschalten.

Wenn sie auch Peppino vermisste, so war sie doch froh, dass Graziano nun quasi auch dazu gezwungen worden war, sich auszuruhen. Er hatte es bitter nötig.

»In zwei Stunden erst. Wir können noch entspannen.«

Graziano nahm sie beim Wort, denn wenig später schlief er ein.

Tommasina blickte sich neugierig um, war viel zu freudig erregt, um einzuschlafen. Sie fand es um einiges interessanter, die Menschen um sich herum zu beobachten. Die Liegen waren mittlerweile fast vollständig belegt, doch es war noch immer so leise, dass man nichts weiter hörte als das Plätschern des Wassers. Und es war nicht so, dass sie die Stille nicht genoss, aber sie war nicht daran gewöhnt. In der Via dell'Amore lärmte es rund um die Uhr. Ihr Körper, ihre Ohren waren wohl darauf trainiert.

»So ruhig ist es hier …«, sagte Tommasina irgendwann zu ihrer Liegenachbarin, die seit unzähligen Minuten in einem Buch blätterte.

»Ja, wundervoll, nicht?«

Tommasina nickte. »Da, wo ich lebe, sind wir nicht an diese Stille gewöhnt«, gab sie zu.

Die Frau klappte ihr Buch zu. »Ach? Wo leben Sie denn?«, tat sie ihr den Gefallen zu fragen.

»In der Via dell'Amore. Kennen Sie sie? Schon einmal davon gehört?« Tommasina nahm noch einen tiefen Schluck ihres Cocktails. Einen Augenblick lang wunderte sie sich: Sie hatte doch die alkoholfreie Variante bestellt, oder? Irgendetwas stieg ihr nämlich gerade zu Kopf. Der Orangensaft? Wohl kaum.

»Das ist ja interessant. Ich habe davon in einem Neapel-Reiseführer gelesen. Ist die Gasse einen Besuch wert?«, erkundigte sich die Frau weiter.

Und Tommasina hatte es zwar nicht direkt darauf angelegt, aber keine halbe Stunde später saßen alle Frauen, die zuvor auf Liegen vor sich hingedöst hatten, um sie herum und sangen neapolitanische Volkslieder, in denen es um das einzige Thema ging, das wirklich wichtig war: *l'amore*!

»Ist er dein Gigolo?«, fragte eine der Frauen mit Seitenblick auf Graziano, der sie amüsiert über den Rand seiner Sonnenbrille beobachtete.

Tommasina verschluckte sich an ihrem Cocktail oder dem Rest davon. Die Frage war derartig absurd, dass sie sie ignorierte.

Tommasina verabschiedete sich eine Stunde später mit größtem Bedauern von ihren neuen Freundinnen, die ihr winkten und ihr Kusshände zuwarfen, als würden sie sich schon seit Jahrzehnten kennen. Was für ein sagenhafter Tag am Pool war das gewesen! Unbeschreiblich. Doch nun rief die Arbeit. Sie ließ sich von ihrem lieben Graziano zum

Fahrstuhl führen, weil sie, zugegeben, etwas wackelig auf den Beinen war. Aus der verspiegelten Wand im Lift blickte ihr eine nicht mehr ganz junge, aber durchaus attraktive Frau entgegen, mit Sonnenbrille und Sommerhut und einem Kaftan über dem Badeanzug. Das war sie: Tommasina aus der Via dell'Amore.

»Du siehst gut aus, Nonna!«

Sie lächelte. »Danke, *bello di nonna*. Du aber auch! So gut, dass sie dich für meinen Gigolo gehalten haben.«

Er hustete, um sein Lachen zu unterdrücken, aber schon einen Augenblick später lachten sie aus vollem Halse, und Tommasina war froh, dass ihre Blase stark genug war. Manchmal war beinahe alles perfekt. Einige Augenblicke lang.

Der Nachmittag auf Capri verging wie im Flug, Tommasina gelang es, ihre Termine so überzeugend zu gestalten, dass alle sich dazu bereit erklärten, in irgendeiner Weise am Capri-Stand auf der Via dell'Amore teilzunehmen. Ein großer Erfolg. Sie rief Peppino an, um ihm davon zu erzählen, aber er ging nicht ran. Sie wollte nicht gleich in Panik geraten und bereitete sich stattdessen auf das Abendessen vor, das in einem Garten stattfinden sollte. Peppino, der Gute, hatte alles bis ins kleinste Detail geplant, ein richtiges Programm wartete auf sie. Wenn sie nicht schon in ihn verliebt gewesen wäre, dann wäre es mit Sicherheit während dieses Wochenendes geschehen.

Graziano holte sie zur verabredeten Zeit am Zimmer ab. Peppino hatte ihr jemanden zum Schminken und Frisieren geschickt. Sie waren zwar kurz unterbrochen worden, weil ein Hubschrauber auf dem Dach gelandet war, aber der Moment der Aufregung hatte nur einige wenige Minuten gedauert, dann war es weitergegangen. Das Resultat hatte Tommasina sprachlos gemacht. Sie hatte sich noch nie so schön wie an diesem Abend gefühlt. Sie wünschte, Peppino könnte sie sehen.

In der Tat war auch Graziano überrascht. Er staunte nicht schlecht. »Du siehst bezaubernd aus!«, fand Graziano und gab ihr einen Kuss auf die Wange. Wie der Zufall wollte, kam in dem Moment eine ihrer Freundinnen vom Pool vorbei, die ihr zuzwinkerte und einen Daumen hob.

Der Moment sorgte wieder für absurd gute Laune, und Tommasina vergaß, Peppino noch einmal anzurufen.

Sie ließ sich von Graziano zum Fahrstuhl führen, der sie hinunter ins Erdgeschoss transportierte, von dem aus sie leicht in den Garten des Hauses gelangten. Das Personal blickte ihnen hinterher, die anderen Gäste nickten ihnen zu. Und vielleicht war Tommasina auch hier auf Capri ein bisschen berühmt.

Im Garten gingen sie auf einen Pavillon zu. Vorhänge aus edlem Stoff versperrten ihr die Sicht ins Innere. Intensive Düfte nach Zitrone, Blumen und Kräutern erreichten sie. Sie atmete sie tief ein.

Am Pavillon angekommen, schoben zwei Kellner den Vorhang gekonnt und elegant zur Seite, und Tommasina begann, sich über diesen ganzen Aufwand zu wundern. Sie wollten doch nur zu Abend essen.

Doch dann verschlug es ihr die Sprache, denn am Tisch

unter dem Pavillon saß jemand, den sie hier als Allerletzten erwartet hätte.

»Peppino?«, rief sie und ging auf ihn zu. »Was machst du denn hier?«

Der zuckte mit den Achseln. »Ich habe es ohne dich nicht ausgehalten in Neapel. Und dann ist mir eingefallen, dass Graziano neulich mit dem Hubschrauber geflogen ist und ...«

»Das warst du mit dem Hubschrauber vorhin?« Sie konnte das alles nicht glauben. Noch nie hatte jemand so etwas Wundervolles für sie getan. Sie eilte zu ihm und gab ihm einen Kuss, setzte sich dann und winkte Graziano zu, der sich dezent verabschiedete. Sie würde ihm später für alles danken.

»Ja! Das war aufregend. Morgen fliegen wir beide damit zurück, ja?«

»Wie hast du das denn angestellt mit deinem Gips?«

»Ach, lange Geschichte. Rollstuhl, Krankentransport, um dann auch sicher zum Landeplatz gefahren zu werden. All das. Aber jede Anstrengung wert. Es gibt nichts, was ich nicht für dich tun würde.«

Tommasina war geplättet, überwältigt. Ihr Herz schon wieder ... es klopfte ihr bis zum Hals, sie hörte das Blut in ihren Ohren rauschen. »Ja, Peppino. Ich würde immer Ja zu dir sagen.«

Er kramte in seiner Jackentasche. »Apropos Ja.« Er hielt ihr eine Schmuckschachtel entgegen, die ihr sehr bekannt vorkam. Eine von Chiara natürlich. »Hier nun noch einmal und ganz offiziell: Willst du meine Frau werden, Tommasina?«

Um sie herum dieser wundervolle, romantische Garten. Zikaden, die ihr Konzert hielten, ganz fern im Hintergrund Musik und unzählige Düfte, vielleicht sogar des Meeres. »Ja, Peppino, das will ich!«, antwortete sie mit fester Stimme.

Er steckte ihr einen zauberhaften Ring an den Finger. Blütenblätter fielen auf sie herab, eine Laterne stieg in den Himmel. Sie nahm sich ein Kissen von einem der Stühle und kniete sich neben Peppino, legte ihren Kopf auf seinen Schoß. Er streichelte ihren Kopf, bis sie ihn wieder hob.

»Hast du gesehen, wie toll die Frisur heute aussieht?« Sie drehte und wendete sich, damit er alles sehen konnte.

»Ja, ich habe es sofort bemerkt. Du siehst bezaubernd aus. Die schönste Frau auf der Welt. Was bin ich doch für ein Glückspilz!«

»Ich bin diejenige, die hier das größte Glück hat.«

Sie küssten sich wieder.

Ein Kellner kam auf sie zu. Tommasina empfand ihn als störend, sie war versucht, ihn wegzuscheuchen. Doch er blieb beharrlich.

»Die Herrschaften mögen mir verzeihen. Ich habe eine dringende Nachricht zu überreichen.«

Er legte ihnen ein kleines Tablett mit einem Umschlag auf den Tisch und trat dann ein paar Schritte zurück.

»Ist das auch von dir eingefädelt, Peppino?«, fragte Tommasina nun doch beunruhigt.

»Nein, *amore mio*, ich habe nichts damit zu tun«, versicherte Peppino ihr.

Sie erhob sich, natürlich mit sehr viel mehr Mühe, als ihr lieb war. Dann nahm sie den Umschlag vom Tablett, öffnete ihn. Ihre Hände zitterten. *Wahrscheinlich von der Anstrengung*, versuchte sie, sich selbst zu beruhigen.

Sie las die Nachricht und war seltsam gefasst, denn im Leben war es doch immer so: Auf Freude folgte Leid.

»Tommasina, Liebste, was steht denn da?«

Sie räusperte sich. »Diego, Ciro und Fabio. Sie sind verschwunden, laut Alfonsa.«

Eine einzelne Träne rann über ihre Wange und fiel auf das Blatt mit dieser schrecklichen Nachricht. Denn ein Leben ohne ihre Hunde konnte sie sich nicht vorstellen.

Kapitel 27

Graziano hatte Tommasina zwar sehr gerne nach Capri begleitet, doch als am Nachmittag der Anruf von Peppino gekommen war, um ihm seinen Plan, sie nun doch zu überraschen, mitzuteilen, war er erleichtert gewesen.

Sie hatten so vertraut miteinander ausgesehen unter dem Pavillon. Er hätte sich für Nonna nichts Schöneres vorstellen können. Peppino war der Mann ihres Lebens.

Chiara hatte, wie sie Graziano mitgeteilt hatte, in Rekordschnelle den Verlobungsring für sie gemacht. Am Ende war dann alles nach Plan gelaufen.

Schade, dass es in ihm ganz anders aussah.

Seit er auf Capri war, glaubte er alle paar Sekunden, Letizia zu sehen. Es war sicherlich ein Streich, den ihm sein Gehirn spielte. Die Insel war zwar klein, aber die Wahrscheinlichkeit, ihr hier zufällig über den Weg zu laufen, war trotzdem gering.

Doch es fühlte sich schrecklich an, wie die nächste verpasste Chance.

Graziano brauchte Ablenkung und freute sich, seinen guten Freund kontaktiert zu haben, der gesagt hatte, er könnte jederzeit bei ihm im Restaurant vorbeischauen. Genau das wollte Graziano jetzt tun. Er ging gemächlich zum Ausgang des Hotels, wo ein kleiner Shuttlebus die Gäste des Hotels, das sich in Anacapri, einem Ortsteil von Capri, befand, ins Zentrum fuhr. Es standen schon ein paar weitere Urlauber an der gekennzeichneten Haltestelle. Es dämmerte bereits, und die Sonne hatte deutlich an Strahlkraft verloren. Der Abend war angenehm warm, wundervoll.

»Ganz ohne Begleitung unterwegs?«, fragte ihn jemand.

Es war eine der Frauen, mit denen Nonna sich am Pool so amüsiert hatte. War es die Frau gewesen, die ihn für einen Gigolo gehalten hatte?

Er war kurz versucht, das Spiel weiter aufrechtzuerhalten, aber letztendlich ließ er es bleiben. Es gab sicherlich Besseres, als für den *amante* der eigenen Nonna gehalten zu werden. »Meine Nonna ist im Hotel geblieben, ja«, erklärte er.

»Oh«, machte sie. Und es war die Art von *Oh*, die man von einer etwas älteren Frau nicht unbedingt hören wollte. Sie näherte sich ihm auf etwas unangenehme Weise. »Ich bin auch ganz allein!«, behauptete sie und lächelte ihn an. Sie zeigte dabei einen unschönen Abdruck ihres roten Lippenstifts auf ihren beiden Schneidezähnen.

Ging es irgendwie noch schlimmer?

»Ich habe eine Verabredung. Gleich«, gab er vor. Er zeigte auf seine Armbanduhr, was gar keinen Sinn ergab, seine Nerven aber etwas beruhigte.

Zum Glück fuhr der kleine Bus vor, sodass jede weitere Unterhaltung unmöglich wurde.

Als der Bus etwas später an der Piazzetta hielt, machte er sich gleich aus dem Staub und beschloss, zunächst ein bisschen zu bummeln, da er noch keinen großen Hunger hatte. Er erinnerte sich ganz gut, wo es von der Piazzetta aus in die Via Camerelle ging, deshalb durchquerte er den kleinen Marktplatz, in dem sich wohl gleichzeitig ganz Capri tummelte, und verließ ihn gleich wieder, um in die Gasse mit den exklusivsten Geschäften der Insel zu gelangen. Graziano hatte nicht vor, etwas zu kaufen. Er legte keinen großen Wert auf teure Kleidung, aber er hatte nichts dagegen, sich die Schaufenster anzusehen. Er holte sich auch gerne Ideen für seine Kuchen und Torten. Manchmal sah er schöne neue Parfumflaschen, die ihn inspirierten, andere Male auch Taschen. Es kam gar nicht so selten vor, dass er Torten in Form einer Frauenhandtasche zubereiten musste. Der Fantasie waren keine Grenzen gesetzt.

Die Gasse war äußerst elegant, Graziano konnte das viele Geld der Einkäufer förmlich riechen. Die Gebäude rechts und links der Gasse waren geradezu perfekt instand gehalten. Kein aufgeplatzter Putz, keine Risse, perfekte Farben, sauberer und einwandfreier Sonnenschutz in Weiß über jedem Schaufenster, damit die teure Ware durch die heiße Sonne Capris nicht verblasste. Ja, alles war hier perfekt, selbst die Kundschaft, die wie aus dem Katalog einer Modelagentur aussah.

Trotzdem fehlte Graziano etwas. Es war das Herz, die Seele. Anders als in der Via dell'Amore war dies hier einfach nur eine Einkaufsstraße, die sich auch irgendwo anders auf der Welt hätte befinden können. Die Via dell'Amore aber konnte ohne das Herz und die Mentalität Neapels nicht bestehen. Die Via dell'Amore konnte es so nur in der Stadt der *tausend Farben* geben, wie schon Pino Daniele einst gesungen hatte.

Und Graziano war stolz auf die Via dell'Amore, stolz, auch ein Teil davon zu sein.

Er betrat spontan einen der Läden und traf auf eine Verkäuferin, die so dürr war, dass man glaubte, ihre Knochen zu sehen. Dafür waren ihre Lippen aber so voll, dass man befürchten musste, sie könnten noch vor Ende des Tages platzen.

»*Ciao*, kann ich helfen?«, fragte sie freundlich, aber so distanziert, dass Graziano ganz kalt wurde. Was aber auch an der Klimaanlage im Laden liegen konnte.

Er kaufte ein viel zu teures T-Shirt, das er noch dazu nicht brauchte, aber die Verkäuferin hatte ihm so leidgetan, dass er sich dazu hatte überreden lassen.

»Ihre Freundin wird das T-Shirt an Ihnen lieben!«, hatte sie ihm versprochen. Und er hatte dabei natürlich an Letizia gedacht. Sie war überhaupt die Einzige seit Jahren, die in ihm so etwas wie eine Sehnsucht nach einer Beziehung geweckt hatte. Er dachte an sie als Frau, als Partnerin, als die Person, neben der er aufwachen und dann wieder einschlafen wollte. Er dachte daran, wie sehr er sich auch körperlich von ihr angezogen fühlte, wie bildschön sie war. Wie einzigartig. Und nun dachte er, dank der Verkäuferin, auch daran, ob sie das T-Shirt an ihm mögen würde.

Gott, er wollte Letizia so gerne sehen …

Er nahm sein Handy zur Hand, traute sich dann aber doch nicht, steckte es wieder weg.

Er war so durcheinander, wusste nur, dass er inzwischen Hunger hatte, weshalb er das Naheliegendste tat und sich auf zum Restaurant seines Freundes machte.

Der Beschreibung nach war es in einer anderen Nebengasse der Piazzetta, er hatte aber kein Schild gesehen, vertraute der kurzen Wegbeschreibung, die sein Freund ihm geschickt hatte. Graziano verirrte sich ein paarmal, bevor er endlich in die Gasse kam, in der sich das Restaurant befand. Er betrat den Eingang und meldete sich an einem weißen Stehpult bei einer jungen Frau an, die sehr freundlich, aber auch äußerst kompetent wirkte. Sie versprach ihm, Davide in der Küche gleich Bescheid zu geben.

»Wir haben heute Livemusik, da ist es immer besonders geschäftig«, erklärte sie.

Und er hob abwehrend die Hände. »Ich möchte sicher nicht stören, nur kurz *Ciao* sagen«, versicherte er.

»Oh, Sie stören keineswegs, das organisieren wir gleich«, versprach sie.

Er stellte sich etwas auf die Seite, als er hörte, dass es mit der Livemusik losging. Eine Frau sang, und er bekam Gänsehaut. War das vielleicht Letizia?

Aber nein! Wie hoch lag die Wahrscheinlichkeit, dass er Letizia rein zufällig hier beim Singen traf?

Er schüttelte den Kopf, begrub seine Hoffnung sofort.

»So, Davide holt Sie gleich hier vorne ab, ja?«, informierte ihn die junge Frau.

Er bedankte sich mit einem Nicken, fuhr sich über die nackten Arme, wollte die unsinnige Gänsehaut loswerden.

Was, wenn er die junge Frau nach dem Namen der Sängerin fragte? Ja, warum auch nicht. Er fragte, sie würde ihm irgendeinen Namen nennen, mit Sicherheit nicht Letizia, und er würde sich beruhigen, aber, verdammt, es klang so sehr nach ihr!

Als er sich gerade dazu entschlossen hatte, sie zu fragen, kamen ihm andere Gäste zuvor, die exakt in dem Moment das Restaurant betraten und sich nach einem Tisch erkundigten.

Chance verpasst.

Schon wieder.

Er wartete, war aber versucht, einfach hineinzugehen und selbst nachzusehen.

Doch dann kam Davide in seiner Kochuniform. Und obwohl Graziano abgelenkt war, grinste er breit und freute sich, denn Davide war ein wirklich guter Freund.

»Du hast dich ja kaum verändert!«, stellte Graziano fest und umarmte ihn, wobei er ihm fest auf den Rücken schlug. »Du siehst immer noch genauso aus wie Cannavacciuolo.«

Davide lachte polternd. »Und du wie ein gottverdammter Rockstar!«

Nun musste Graziano lachen. Er fand eigentlich, dass er kein bisschen wie ein Star aussah, aber als sie zu Schulzeiten miteinander befreundet gewesen waren, hatte er dieses Image des unnahbaren, ein bisschen arroganten Musikers gehabt. Weiß der Geier, warum.

»Komm mit in die Küche, du musst was essen«, beschloss Davide und nahm ihn einfach mit.

Der Gedanke an die Sängerin ließ Graziano noch immer nicht los. Er musste einfach wissen, ob diese Vorahnung, dieser Verdacht, dass es sich um Letizia handelte, wahr sein könnte. Er hoffte, dass er auf dem Weg zur Küche einen Blick auf sie erhaschen würde.

Leider war dem nicht so, als er Davide vom Eingangsbereich in einen kleinen Speisesaal folgte, dann weiter in die Küche, in der ganz schön viel los war.

»Du, wenn ich störe …«, deutete Graziano an, der sehr wohl wusste, wie es sich anfühlte, wenn man mit Lebensmitteln zu tun hatte und entsprechend zügig arbeiten musste.

»Du störst keineswegs. Wozu habe ich die ganzen Leute hier eingestellt?« Davide zeigte um sich.

Es roch wirklich appetitlich in der schönen, modernen Küche. Weißwein, Knoblauch, Fisch, Pilze. Es war eine ganze Lawine an Düften, die Grazianos Magen augenblicklich zum Knurren brachten.

Davide bot ihm einen improvisierten Sitzplatz in einem Eck der Küche an, vor dem Eingang zur Kühlanlage. Zwei umgedrehte Eimer dienten als Stühle, eine umgedrehte Kiste war der Tisch. Nichts, was Graziano nicht kannte. Er aß ja selbst ständig in seiner Backstube, und da war eben kein Platz für einen Esstisch mit bequemen Stühlen.

»Magst du noch immer Pasta?«, erkundigte sich Davide.

Es war erstaunlich, wie vertraut sie noch miteinander waren, obwohl sie sich schon so lange nicht mehr gesehen hatten. »Oder lieber Fisch?«

»Pasta geht immer«, war Grazianos Devise. Er wusste aber auch sehr genau, dass er die Pasta nicht genießen würde, wenn er nicht erst nachsah, ob es sich bei der Sängerin um Letizia handelte.

»*Bene*, ich mach dir gleich etwas Leckeres«, versprach Davide.

»*Grazie*, ich wasche mir inzwischen schnell die Hände, ja?« Graziano stand vom Eimer auf und zeigte mit beiden Händen nach oben.

»Klar, die Toiletten sind vorne im Eingangsraum.«

Graziano nickte und verließ die Küche, aber er machte sich nicht direkt auf den Weg zur Toilette, sondern ging in die Richtung, aus der er die Stimme kommen hörte. Er folgte seinem Gehör auf eine Terrasse, oder eine Art Innenhof, in dem diverse Tische standen.

Seine Augen mussten sich erst an die viel schwächere Beleuchtung gewöhnen, und kurz hatte er den Eindruck, wie blind für die vielen Gesichter zu sein.

Doch dann sah er sie.

Kapitel 28

Letizia legte das Mikrofon beiseite und trank einen Schluck. Das Publikum applaudierte, und sie bedankte sich mit einem Handkuss. Ein kleiner Scheinwerfer leuchtete dabei direkt in ihr Gesicht, blendete sie. Eigentlich hätte sie gern mehr vom Publikum gesehen, was von ihrer Position leider nicht möglich war.

»Letizia?«, hörte sie eine Stimme.

Sie kniff die Augen zusammen, schirmte sie mit der flachen Hand ab, bewegte sich aus dem Schein des intensiven Lichts, sah jemanden winken. Instinktiv erkannte sie die Person sofort. Doch das Bewusstsein brauchte einen Moment, weil es nicht sehr wahrscheinlich war, bei einem ihrer Auftritte ausgerechnet auf ihn zu treffen.

Sie nahm das Mikrofon zur Hand, kündigte eine kurze Pause an und stieg dann von der Bühne.

Er kam auf sie zu. Nahm in einer sehr vertrauten Geste ihre Hände, lächelte sie an. »Ich muss zugeben, ich habe einen Moment gebraucht, um dich zu erkennen. Du siehst fantastisch aus«, sagte er.

Und eigentlich war ihr nicht danach, ihn mit Komplimenten zu überhäufen, doch alles, was sie sagen konnte, war: »Du aber auch, Claudio.«

Es war unglaublich. Unzählige Male hatte sie Szenen durchgespielt, in denen sie ihn wiedersah, nachdem er einfach so aus ihrem Leben verschwunden war. In keiner dieser Szenen war sie auch nur annähernd so nett gewesen wie in diesem Moment. Aber was brachte es nach all den Jahren noch, ihm böse zu sein? Die Freude, ihren Schulfreund nach so langer Zeit in Fleisch und Blut vor sich stehen zu haben, überwog.

Er umarmte sie fest. Sie ließ es geschehen. Dann lösten sie sich wieder voneinander.

Sie konnte ihn nur stumm ansehen und versuchen, ihre Erinnerungen an ihn dem Bild anzupassen, das sie nun vor sich hatte. Claudio hatte noch dieses offene Lächeln, das sie immer so sehr an ihm gemocht hatte. Dafür hatte er deutlich weniger Haare und trug eine Brille. In seinem sicherlich maßgeschneiderten Anzug sah er gut aus. Richtig gut.

Er fand als Erster die Worte wieder. »Kannst du …«, er zeigte mit dem Finger auf die Bühne, »… hast du kurz Zeit? Ein paar Minuten nur?«

Sie nickte und spürte erst jetzt, wie angespannt sie gewesen sein musste, weil ihre Beine ihr nicht hundertprozentig gehorchten und ihre Hände leicht zitterten. Er führte sie galant, mit einer Hand auf ihrem Rücken, die sie kaum berührte, aus dem Saal, in dem sich die Hochzeitsgesellschaft befand, für die sie auftrat. Sie hatte noch nie in dem Saal gesungen, meist suchten sich die Gäste als Location die wundervolle Gartenanlage des Hotels aus. In der Gartenanlage hatte sie hingegen schon oft ihren Dienst getan. Zuletzt an dem Tag, an dem sie Graziano zum ersten Mal gesehen hatte.

Ja, Graziano ...

Sie schob den Gedanken an ihn beiseite.

Letizia ließ sich von Claudio aus dem Saal auf die Terrasse führen. Sie lehnte sich an das Geländer, hielt sich daran fest.

»Ich kann es noch immer nicht glauben ...«, sagte er und rieb sich die Nase, stellte sich etwas näher zu ihr, lehnte sich ebenfalls an das Geländer.

Es war seltsam.

Letizia war ziemlich aufgelöst, in ihr drehte sich alles. Und doch, trotz der Wut auf ihn, trotz der vergangenen Zeit, war er ihr vertraut. Damit hatte sie nicht gerechnet. Nicht mit diesem Zugehörigkeitsgefühl.

»Ich auch nicht. Warum bist du denn auf dieser Hochzeit?«, fragte sie, einfach, um irgendetwas zu sagen.

»Giovanni, der Bräutigam, ist ein Arbeitskollege«, erklärte er knapp.

»Und wie kommt es dazu, dass die Einladung von Giovanni das geschafft hat, was du in den letzten«, sie musste nachrechnen, »mindestens sieben Jahren nicht geschafft hast?« Nun spürte sie sie doch, die Bitterkeit, die Wut.

Er blickte zu Boden. Und sie war gleichermaßen verwirrt und neugierig auf diese erwachsene Version ihres ehemals besten Freundes. Er war gewachsen, er war *erwachsen*. Und das alles war ohne sie passiert.

»Die Wahrheit ist viel unspektakulärer und einfacher, als

du vielleicht denkst. Weißt du, solange man auf der Insel lebt, denkt man, sie ist die ganze Welt. Aber sobald man sie einmal verlässt, sieht man sie als das, was sie ist: ein winziges Fleckchen Erde mitten im Meer, mit allen damit verbundenen Einschränkungen. Ich meine, Leti, plötzlich hatte ich das Gefühl, dass mir die echte, ganze Welt zu Füßen liegt. Ich war in Rom, dann Mailand, habe Auslandssemester in England und den Staaten absolviert.«

Sie unterbrach ihn. »... und deiner besten Freundin zu Hause auch von überall aus Postkarten geschickt ...« Sie behielt den gleichen begeisterten Ton bei, den er benutzt hatte.

Er sah sie an, blickte ihr zum ersten Mal in die Augen. Sie hielt seinem Blick stand. Er sah als Erster weg.

»Ja. Diesen Part habe ich leider nicht so gut umgesetzt. Ich bin nicht stolz auf mich. Aber je mehr Zeit verging, desto schwieriger wurde es, dich zu kontaktieren. Mir war klar, dass du sauer auf mich sein würdest, aber ...« Er rang nach Worten.

»Aber? Aus den Augen, aus dem Sinn?«

Er hob die Schultern hoch. »Ich fürchte, so war es, ja.«

»Deine Zeit hat auch nicht gereicht, um zur Beerdigung meiner Mutter zu kommen?« Ja, es war vielleicht nicht fair, ihn nach all den Jahren mit einem derartig schwerwiegenden Thema zu konfrontieren. Er hatte es ja gerade zugegeben: Er hatte sie schlichtweg vergessen. Was nützte es jetzt noch, ihm zu zeigen, wie sehr sein Fernbleiben sie damals verletzt hatte?

Sanft berührte er ihren Arm, aber nahm die Hand dann sofort wieder weg. »Dafür gibt es keine Entschuldigung.«

Zumindest sah er das ein.

Der Satz stand zwischen ihnen wie eine unsichtbare Wand.

Sie schwiegen. Zu hören waren nur die Stimmen der Gäste im Speisesaal. Letizia wusste, dass sie zurück auf die Bühne musste. Claudio hielt sie jedoch zurück. Nicht buchstäblich, sondern symbolisch. Claudio mitsamt den Erinnerungen aus ihrer Jugend. Claudio mit der Sorglosigkeit von damals. Claudio als Symbol für die Zeit, in der noch beinahe alles in Ordnung war.

»Und du? Wieso hast du mich nie zu kontaktieren versucht? Meine Eltern wussten schließlich immer, wo ich war.«

Ja.

Er hatte ein Recht auf diese Frage. Sie glaubte aber, dass er sich damit nur das Gewissen reinwaschen wollte. Denn er kannte all ihre Gründe. Er wusste nur allzu gut, wie ihr Leben vor seiner Abreise ausgesehen hatte, und es brauchte keinen Wahrsager, um sich vorzustellen, wie ihr Leben *nach* seiner Abreise ausgesehen hatte. Die Wahrheit war, dass sie ihn mehr gebraucht hätte als andersherum. »Ich bin nicht gut darin, um Hilfe zu bitten«, gab sie schließlich zu.

Er nickte. »Ich weiß.«

Und weil er das wusste, war sein Verschwinden nur noch schlimmer.

Sie seufzte.

Was für ein wundervoller Abend. Die Sterne über Capri

waren von atemberaubender Schönheit. Sie funkelten regelrecht, und der Mond war riesig, erweckte den Eindruck, nur einen Arm heben zu müssen, um ihn zu berühren.

Die Wahrheit war, dass Capri wundervoll war. Für genug Menschen war und blieb die Insel die ganze Welt. Und das war in Ordnung.

»Ich muss wieder rein zum Singen«, sagte sie und sah ihn an.

Er nickte. »Hast du Lust auf einen Drink, später, wenn du fertig bist? In unserer alten Lieblingsbar?«, fragte er daraufhin. »Ich würde mich freuen, Zeit mit dir zu verbringen.«

Wie früher.

Er sprach es nicht direkt aus, brauchte es aber auch gar nicht. Denn dass sie sich beide nach den guten alten Zeiten sehnten, war offensichtlich.

»Ja, warum nicht?« Es war keine Entscheidung, die vernünftig oder besonders gut durchdacht war. Es war aber die einzig mögliche, wenn sie sich, und auch nur für einen Augenblick, wieder so fühlen wollte wie die kaum erwachsen gewordene Letizia.

Sie betraten gemeinsam den Saal, trennten sich aber bereits an der Tür. Claudio ging zurück an seinen Tisch, Letizia auf die Bühne. Sie überlegte schon, wie sie das Angelina erzählen sollte. Oder vielleicht sagte sie besser gar nichts und behielt dieses unerwartete Treffen für sich.

Die Musik setzte ein, und es war gut, lenkte sie ab von dem gerade Erlebten, ließ sie eintauchen in eine andere Dimension, in der immer alles gut war, solange sie die richtige Note erwischte.

Das Hochzeitspaar hatte den ersten Tanz schon hinter sich gebracht. Sie hatten sich dafür ein Lied ausgesucht, bei dem Letizia sich richtig ins Zeug hatte legen müssen. Der Bräutigam hatte sich *Almeno tu nell'universo* gewünscht. Ein Liebeslied. *Das* Liebeslied. Gesungen von der unvergessenen Mia Martini, einer Ikone, einer Meisterin der Interpretation.

Die Wahrheit war, dass dieses Lied von jemand anderem gesungen immer nur halb so gut klang wie das Original. Aber wer war Letizia schon, um sich den Wünschen des Brautpaars zu widersetzen? Sie hatte ihr Bestes gegeben. Und der Bräutigam, der ihr dann gestanden hatte, sich das Lied nur gewünscht zu haben, weil er nicht tanzen konnte und man bei der langsamen Melodie nichts falsch machen konnte, war zufrieden gewesen.

Aber jetzt war Letizia froh, eher leichte Musik auf dem Programm zu haben. Wie jetzt mit *Una canzone d'amore* von 883. Der Gedanke, dass Claudio ihr dabei zuhörte, machte sie ein bisschen nervös. Es war immer leichter, vor Unbekannten zu singen als vor Freunden. Aber Claudio hatte sie andererseits auch schon oft genug beim Singen gehört.

Sie vergaß ihn recht bald, wie sie alles vergaß, was um sie herum geschah, wenn sie sich auf die Noten konzentrierte. Sie sah Menschen, die auf der Tanzfläche vor ihr tanzten, sie sah Paare, sie sah Kellner, die unbeirrt ihren Service fortführten, obwohl die Gäste nach dem – was mochte es jetzt sein – vermutlich sechsten Gang keinen Hunger mehr haben konnten.

Sie sah all das, und doch war sie blind dafür.

Als Letizia wieder eine kurze Pause einlegte, um etwas

zu trinken, bat die Braut sie um ein gemeinsames Foto. Auch das passierte ab und an. Die Braut, eine sehr nette junge und ganz natürliche Frau, winkte Letizia zu sich, zückte ihr Handy und schoss ein Selfie von ihnen beiden. Sie zeigte Letizia das Bild. Es war wundervoll. Die Braut war sowieso bildhübsch, obwohl – oder vielleicht gerade weil – sie nur wenig Make-up trug und ihre Haare ohne irgendwelchen Schmuck offen gelassen hatte. Aber auch Letizia sah nett aus, mit geröteten Wangen, wahrscheinlich vom Singen, Mammas fliederfarbenem Kleid, das sie bei Auftritten oft trug, und hochgestecktem Haar. Sie hatte sogar eine von Mammas Ketten angelegt.

Letizia bat die Braut darum, ihr das Bild zu schicken.

Und dann wurde auch schon die Torte angekündigt, und Letizia konnte erneut einen Moment durchatmen. Sie stellte sich also an eines der Fenster und sah dabei zu, wie die Torte auf einem Wägelchen in den Saal gefahren wurde, und konnte gar nicht anders, als an Graziano zu denken.

Hier, in diesem Hotel, hatte sie ihn zum ersten Mal getroffen. Sie lächelte. Er war in Panik geraten, weil seine Torte auf einer Seite eine winzige, kaum sichtbare Delle gehabt hatte. Sie hatte ihn tatenlos dastehen gesehen und sich gefragt, warum er denn nichts machte. Dann hatte sie an Mamma zurückgedacht, die manchmal ähnlich reagiert hatte, wenn eine ihrer Torten, an der sie womöglich den ganzen Morgen gearbeitet hatte, plötzlich zusammenfiel. Oder einfach nicht gut aussah.

Letizia konnte das Gefühl also nachvollziehen.

Und ohne darüber nachzudenken, hatte sie ihm geholfen. Weil sie schon unzählige Male Kuchenbäckern geholfen hatte.

Sie seufzte und riss sich aus ihren Erinnerungen, richtete ihre Aufmerksamkeit wieder auf den heutigen Abend. Die Torte war schön, nicht die übliche mehrstöckige Pracht, sondern ein flacher Obstkuchen. Riesig. Mit bunten Früchten belegt, was auch langweilig wirken konnte, in diesem Fall aber gigantisch aussah und zu dem eher lockeren Stil dieser Hochzeit passte.

Das Brautpaar schnitt das Prachtstück von Kuchen heiter an, bevor sie es weiter an die Kellner gaben, die sich darum kümmerten, dass jeder Gast ein Stück bekam. So auch Letizia, die dankend annahm.

Sehr lecker und frisch.

Als sie begann, die Zutaten erraten zu wollen, befahl sie sich selbst, damit aufzuhören. Aber das Paar war sowieso schon wieder bereit und wollte tanzen.

Na, das konnten sie haben.

Letizia sang noch zehn weitere Lieder, dann war Schluss.

Sie verließ den Saal, als es fast zehn Uhr abends war, die Party war aber noch in vollem Gange, die Musik kam jetzt aus einer Anlage.

»Hey!« Sie drehte sich um. Claudio lief ihr hinterher. »Du hast mir einen Drink versprochen!«, rief er.

Claudio.

Ihr bester Freund Claudio.

Ihr Herz krampfte sich zusammen.

Er war inzwischen so anders und doch irgendwie immer noch der Gleiche.

Letizia wurde abgelenkt vom Geräusch eines sich nähernden Hubschraubers.

Schon wieder? Es war nicht der erste heute.

Sie nickte. Was sollte sie auch anderes machen.

Gemeinsam, aber schweigend gingen sie auf den Fahrstuhl zu, Claudio drückte auf den Rufknopf.

Sie kamen gar nicht dazu, ein Gespräch anzufangen, als der Fahrstuhl schon da war und sich öffnete. Er war besetzt mit einem Mann mit Gips und Rollstuhl und einer Frau. Letizia brauchte einen Augenblick, um den langen Kaftan und die schwarze Hochsteckfrisur zuzuordnen.

»Tommasina?«, fragte Letizia verwundert und fing sich einen überraschten Blick von ihr ein.

Auch Tommasina brauchte eine Sekunde, bis der Groschen fiel. »*Dio mio*, mein liebes Kind, Letizia!«

Der Mann im Rollstuhl hinderte die Fahrstuhltüren daran, sich zu schließen.

Sie sahen sich alle an, etwas sprachlos, überrascht und überwältigt. Letizia merkte aber, dass Tommasina aufgelöst war. »Ist irgendetwas passiert?«, fragte sie daher.

Und dann brach Tommasina in Tränen aus.

Die Entscheidung war getroffen, noch bevor Letizia sich überhaupt gefragt hatte, wohin ihr Herz sie leiten würde.

Sie drehte sich zu Claudio um. Der zögerte nicht und stieg mit Letizia zu Tommasina in den Fahrstuhl.

Tommasina ließ sich von Letizia umarmen, der Mann hielt deren Hand.

»Meine Hunde sind verschwunden«, erklärte Tommasina und wischte sich die Tränen von den Augen. »Ich muss schnellstens zurück nach Neapel. Ein Hubschrauber holt uns oben ab«, erklärte sie. Der Fahrstuhl setzte sich Richtung Dachterrasse in Bewegung.

»In Ordnung. Kann ich etwas für dich tun?«, erkundigte sich Letizia. Tommasina tat ihr so leid. Dann schlug Tommasina sich an die Stirn. »Graziano! Den Armen habe ich ja komplett vergessen«, jammerte sie.

»Er ist hier?« Letizia verstand nicht.

»Ja. Irgendwo. Würdest du ihm bitte Bescheid geben, dass ich gehen musste?«

Letizia war kurz überrumpelt, sie wusste ja nicht einmal, wo er sich genau befand. Doch dann blickte sie in das Gesicht der komplett neben sich stehenden Tommasina und nickte. »Keine Sorge, um Graziano kümmere ich mich.« Erst danach fiel ihr ein, dass sie eigentlich Claudio versprochen hatte, noch etwas mit ihm trinken zu gehen. Sie spürte, dass er sie ansah, dann nickte er ihr zu. Es war als Ermutigung gemeint, und sie verstand, war ihm auch unglaublich dankbar. Als der Fahrstuhl zum Stehen kam, verabschiedete sie sich von ihm. Sie wusste nicht, ob sie ihn wiedersehen würde, aber damit konnte sie leben. Claudio war Teil ihrer Vergangenheit.

Kapitel 29

Graziano verließ das *Il segreto*, nachdem Davide ihm nicht nur *Scialatielli ai frutti di mare*, sondern auch *Frittura di pesce*, *Risotto al limone* und einen kleinen *Insalata caprese* zubereitet hatte. Graziano fühlte sich so voll wie noch nie in seinem Leben, aber es hatte lecker geschmeckt, *mamma mia*, und wie! Trotzdem war er betrübt. Er hatte wirklich gedacht, wie durch Magie Letizia im Restaurant zu finden. Wie sehr hatte er sich getäuscht.

Er wusste gar nicht, was mit ihm los war. Seltsame Gedanken, Vorahnungen, die sich nicht bewahrheiteten. Schrecklich war das heute!

Da blieb ihm nur noch, ins Hotel zurückzugehen und sich hinzulegen. Capris Gassen führten, anders als in Neapel, entweder treppauf oder treppab. Die Häuser und Gebäude waren aufeinandergebaut und standen außerdem eng beieinander, sodass es wahrscheinlicher war, sich zu verirren, als zum Ziel zu gelangen. Der Lebensraum war begrenzt. Andererseits musste die Bevölkerung zusammenhalten. Früher wohl, um sich vor Angriffen zu schützen, und heutzutage, weil das Leben auf einer Insel von einem Moment zum anderen schwierig werden konnte, wenn zum Beispiel das Meer wütete und keine Verbindung zum Festland möglich war.

Graziano fragte sich, ob er auf einer so kleinen Insel wie Capri leben könnte. Er war ein Stadtmensch, er brauchte das Chaos Neapels, die Vielfältigkeit, die Freiheit. Aber wieso fragte er sich das überhaupt?

Er erreichte die Via Roma, auf der alle dreißig Minuten ein Shuttlebus zum Hotel abfuhr. Er hatte gerade die Straße überquert und sich an die Haltestelle gestellt, als sein Handy klingelte. Im selben Moment fuhr eine Vespa knapp an ihm vorbei, was ihn nicht sonderlich aus der Ruhe brachte. Da konnte er als Neapolitaner nur müde lächeln. Er fischte sein Handy aus der Hosentasche und meldete sich.

»*Pronto?*«

»Maestro, störe ich?«

»Nein, Arnaldo, natürlich nicht. Kann ich etwas für dich tun?« Graziano blickte auf seine Uhr. Der Bus war etwas spät dran, stellte er fest.

»Ich hätte dich ja nie im Leben mit dieser Bitte gestört, aber, du weißt ja, meine Freundin ist schwanger, und sie bildet sich nun ein, dass sie unbedingt *Caprilù*-Kekse aus Capri braucht. Wäre es für dich irgendwie möglich, mir eine Packung mitzubringen?« Graziano hörte eine weibliche Stimme im Hintergrund und musste lächeln. Arnaldo war zwar noch jung, aber er nahm die Schwangerschaft seiner Freundin sehr ernst. Wahrscheinlich hängte er sich deshalb so sehr in die Arbeit rein. Und Graziano hatte schon lange beschlossen, ihn nach der Ausbildung zu übernehmen, wenn er es denn wollte.

»Natürlich! Gar kein Problem. Ich schaue gleich, ob ich ein paar Packungen finde«, versprach er ihm und legte auf.

Der Bus schien nicht zu kommen, und er entdeckte voller Grauen die Gigolo-Freundin von Tommasina. Bevor sie auf ihn aufmerksam werden konnte, drehte er lieber noch eine Runde und schaute nach den Keksen. Wenn er sich nicht täuschte, hatte er zuvor auf der anderen Straßenseite einen kleinen Laden entdeckt. Graziano überquerte flink die Straße, in der Hand immer noch die Tragetasche mit dem zuvor gekauften T-Shirt darin.

Der Laden war unerwartet hübsch. Ganz sein Fall. Er hatte Charakter, was man heutzutage nicht mehr oft fand.

»Kann ich helfen?«, fragte ein netter älterer Herr mit Hut, der äußerst sympathisch wirkte und nur der Besitzer sein konnte.

»Ja, haben Sie vielleicht *Caprilù*-Kekse?« Graziano blickte immer wieder nach draußen, um seinen Bus nicht zu verpassen.

»Certamente!« Der Mann zeigte mit dem Finger auf ein Regal, und da sah Graziano die Kekse auch schon.

»Grazie!« Er schnappte sich zwei, nein, besser drei Packungen und brachte sie zur Kasse, die sich auf einem etwas älteren Holztisch befand. Der Tisch war vollgepackt mit Utensilien, unter anderem stand auch eine Schüssel mit Visitenkarten darauf, Graziano nahm sich ein paar heraus, während der Mann die Beträge in die Kasse eintippte.

Er sah sich die Karten näher an. Rein als Zeitvertreib.

Doch dann weckte eine davon seine Aufmerksamkeit. Schlicht, sehr klassisch, aber in warmen, mediterranen Farbtönen gehalten.

Hochzeits- und Eventsängerin stand in schönen, aber klaren Lettern darauf. Ja, und dann der Name, der ihn fast laut zu rufen schien.

Letizia.

Er blickte wieder nach draußen, noch immer keine Spur vom Bus, der ihm inzwischen sogar ziemlich egal geworden war.

Graziano hielt die Visitenkarte noch immer in der Hand. Wie einen Schatz, wie ein Juwel, aber auch wie das Wunderbarste, das er jemals hatte halten dürfen.

»Ich kann Ihnen diese Sängerin nur empfehlen«, sagte der Mann.

»Ach ja? Kennen Sie sie?« Er hatte die Frage gestellt, ohne sie zuerst in seinem Kopf formuliert zu haben. Sie schien direkt von seinem Herzen in seinen Mund gelangt zu sein.

»Letizia? Oh ja! Seit sie so klein war.« Er zeigte mit seiner großen Hand bis etwa zu seinem Knie.

Da musste Letizia aber wirklich noch sehr klein gewesen sein, überlegte Graziano amüsiert, aber auch ein bisschen gerührt.

Es war unglaublich. Ihre Begegnungen waren nie lang gewesen, und trotzdem war sie irgendwie immer präsent.

»Habe ich etwas Falsches gesagt?«, erkundigte sich der Mann, der sich als Mario vorgestellt hatte, besorgt.

Graziano schüttelte den Kopf. »Nein. Keineswegs.« Er

zögerte einen Augenblick lang, wägte ab, ob er einem Wildfremden seine Gefühle offenbaren sollte. »Ich kenne Letizia.«

»Tatsächlich?« Mario schien sehr interessiert.

»Ja, wir haben einmal zusammengearbeitet.«

»Ah, Sie sind auch Sänger?« Mario ließ ihn keinen Moment aus den Augen. Er war ein sehr aufmerksamer Mann und gefiel Graziano immer besser.

»Nein, Konditormeister.«

Dem verwirrten Gesichtsausdruck von Mario nach zu urteilen, verstand er nur noch Bahnhof. »Letizia backt aber doch gar nicht mehr. Oder habe ich etwas verpasst?«

Oh. Der Bus! Er kam gerade an der Haltestelle zum Stehen.

Einen Moment lang war Graziano versucht, alles stehen und liegen zu lassen und sich in den Bus zu setzen, um gar nichts mehr zu hören. Nicht über Letizia, nicht über das Backen. Gar nichts.

Doch er hielt noch immer ihre Visitenkarte in der Hand, und es fühlte sich an, als berührte er nicht nur die Karte, sondern auch sie. Egal, wie kompliziert sich diese Bekanntschaft gestaltete, er wollte sie nicht loslassen. Nicht die Karte, nicht Letizia.

Deshalb ließ Graziano zu, dass der Bus ohne ihn abfuhr. Dann wandte er sich erneut an Mario. »Haben Sie gerade etwas Zeit?«, fragte Graziano ihn.

Mario nahm einen kleinen Stuhl mit Korbsitzfläche aus einem Eck, brachte ihn nach draußen, stellte ihn vor seinem Laden ab und setzte sich. »So. Nun erzählen Sie!«

Und das tat Graziano dann auch.

Er erzählte alles. Vom ersten zufälligen Treffen, bei dem sie, ohne es zu wissen, zu seiner Heldin geworden war, bis zu dem Tag, an dem sie ohne ein Wort aus dem ehemaligen Schulgebäude verschwunden war. Er erzählte von seinen Gefühlen, aber auch von seinen Ängsten.

»Ich glaube, an dem Tag, an dem sie so plötzlich verschwunden ist, hatte sie Angelina mit dabei. Der Kleinen war nicht gut, und sie mussten schnell zurück nach Hause.«

Graziano war betreten. Es tat ihm leid, dass er Letizia falsch eingeschätzt hatte. »Aber warum hat sie sich dann gar nicht mehr gemeldet?«

Mario zog die Schultern hoch. »Sagen wir es einmal so. Letizia war schon immer eher verschlossen. Die Tatsache, dass ihr Vater sich nie um sie gekümmert hat, war dabei sicher nicht hilfreich. Dann noch die vielen Todesfälle in ihrer Familie und eine kranke Schwester, die nur noch sie hat. Das ist schon eine ganze Menge für eine so junge Frau. Sie hat Angst, sich zu öffnen. Sie verlässt sich schon so lange nur auf sich selbst, dass sie gar nicht mehr weiß, wie es funktioniert, einem anderen Menschen zu vertrauen, geschweige denn einem anderen Menschen ihr Herz anzuvertrauen.«

Graziano lehnte sich an die Hauswand, atmete tief ein. Wie herrlich war diese Insel nachts, wenn es ein bisschen ruhiger wurde und der Himmel sich wie eine Samtdecke anfühlte, die sich um alles und jeden legte. Er sehnte sich nach dem Rauschen des Meeres. Er sehnte sich nach Letizia.

»Was soll ich tun?«, fragte Graziano. Er wusste nicht,

was er von Mario erwartete. So etwas wie die ideale Lösung gab es wohl nicht.

»Na ja, bei ihr anrufen!«, erwiderte Mario achselzuckend.

Verdammt, ja!

Graziano nahm sein Handy aus der Tasche und tippte ihre Nummer ein.

• • •

Letizia konnte nicht glauben, dass ihr Handy sie ausgerechnet in diesem Moment im Stich ließ. Sie hatte wieder vergessen, es aufzuladen, und nun war es tot. Ihr blieb nichts anderes übrig, als nach Hause zu gehen. Graziano war offenbar nicht im Hotel, sie hatte an der Rezeption nach seiner Zimmernummer gefragt, die Notlage erklärt, aber er war dort nicht zu erreichen gewesen, deshalb hatte sie eine Nachricht für ihn hinterlassen. Wenn er wiederkam, würde er auf diese Weise erfahren, dass Tommasina abgereist war, um nach ihren Hunden zu suchen.

Letizia bedauerte es, ihn nicht gefunden zu haben. Sie bedauerte eine ganze Menge weitere verpasste Chancen mit ihm.

Sie ging zur Bushaltestelle, um damit zur Piazzetta zu fahren. Sie war nun aber auch wirklich müde, das Singen hatte sie geschlaucht. Aber auch das unerwartete Treffen mit Claudio, das ihr nun immer wieder durch den Kopf ging.

Sie hatte gemerkt, dass der Mann von heute ihr nichts

mehr bedeutete. Den Freund von damals würde sie hingegen vermutlich bis an ihr Lebensende vermissen.

Sobald sie die Haltestellte erreichte, kam der Bus, der zu dieser Uhrzeit menschenleer war. Es war eine der letzten Fahrten, sie hatte Glück, noch einen erwischt zu haben.

Während der Fahrt dachte sie weiter nach. Über ihr Leben, über Angelina, über Graziano, der ihr einfach nicht aus dem Kopf ging. Doch vielleicht musste sie loslassen. Diese Schwärmerei führte zu nichts.

Aber war es wirklich nur eine Schwärmerei?

Fragen über Fragen und das leise Summen des Motors, das leichte Schaukeln des Busses auf der teilweise holprigen Straße. Sie war froh, dass sie bald da waren, lange würde sie wohl nicht mehr wach bleiben können.

Zum Glück waren die Straßen frei, sodass sie zügig zur Piazzetta kam. Der Bus fuhr die Haltestelle an. Sie verabschiedete sich vom Fahrer, der sie natürlich, wie alle gebürtigen Capresen, namentlich kannte. »Bis wann dauert deine Schicht noch?«, fragte sie ihn.

»Letzte Runde zurück zum Hotel, dann habe ich Feierabend!«, gab er zurück.

»Bis dann«, sagte sie.

Er hob die Hand zum Gruß.

Sie machte sich auf den Weg nach Hause, Mario hatte bereits geschlossen, die Piazzetta war noch voller Touristen, die vom Ausblickspunkt aus den Himmel bewunderten oder verteilt auf alle Tische, die zu den zahlreichen Bars gehörten, sommerliche Getränke tranken und sich unterhielten. In den VIP-Lokalen, die es überall auf der Insel gab, wurde sicher noch gefeiert und getanzt. Früher hätte sie wer weiß was gegeben, um auf einer dieser Partys dabei sein zu dürfen. Mittlerweile konnte sie es meist kaum erwarten, abends ins Bett zu kommen.

Fantastisch! Nun gehörst du schon zum alten Eisen, kommentierte eine innere Stimme. Und ja, manchmal fühlte sie sich fast schon alt. Genug erlebt hatte sie in ihrem bisherigen Leben schließlich schon.

Gemächlich spazierte sie durch die Gassen. Hier und da war noch Licht zu sehen. Vereinzelt waren Fernseher aus den offen stehenden Fenstern zu hören. Die ein oder andere Hausfrau war sogar noch mit dem Tellerwaschen beschäftigt. Es waren alles vertraute Geräusche, die zum Leben in einer Gasse dazugehörten. Sie war fast an ihrem Haus angekommen und suchte in ihrer Handtasche nach dem Schlüssel, als sie fürchterlich erschrak, weil sie eine Bewegung an ihrer Haustür wahrnahm.

Sie blieb wie angewurzelt stehen. Da stand jemand.

»Nicht erschrecken, ich bin's!«, flüsterte dieser Jemand, der aus dem Schatten trat und im schwachen Schein einer Straßenlaterne sichtbar wurde.

»Graziano?«

Kapitel 30

»Ja. Tut mir leid, falls ich dich erschreckt habe«, flüsterte Graziano noch immer.

»Ich habe dich gesucht, hast du meine Nachricht erhalten?«, wollte Letizia wissen. Sie war so verwirrt, aber auch gleichzeitig glücklich, ihn zu sehen.

»Du hast mich gesucht?« Es lag so viel Freude in diesem Satz, dass Letizia ganz anders wurde und sie sich fragte, warum sie es nicht schon vorher getan hatte.

»Nein, welche Nachricht?« Sie konnte Grazianos Gesicht im Dunkeln der Gasse nicht richtig sehen, aber er musste wohl genauso verwirrt sein wie sie.

»Komm rein!«, beschloss sie deshalb kurzerhand. Angelina schlief ohnehin bei Donatello, kein Grund also, besonders leise zu sein.

Graziano nickte und wartete ab, bis sie die Tür aufschloss. Doch das war gar nicht so einfach, wenn die Finger zitterten. Sie versuchte es ein paarmal, bis Graziano ihr sanft die Schlüssel aus der Hand nahm und aufschloss.

Das Schloss hatte einen kleinen Defekt, das konnte Graziano nicht wissen. Der Schlüssel durfte nicht ganz bis zum

Anschlag eingeführt werden. Erst in der richtigen Position war ein Drehen möglich. Eigentlich kein Problem für Letizia, die es nicht anders kannte. Aber auch Graziano gelang es recht schnell. Sie war beeindruckt.

Und dann standen sie plötzlich im kleinen Eingangsbereich des Hauses, wo Letizia das Licht anmachte und Graziano endlich richtig sehen konnte. Falls er irgendwie überfordert war, so zeigte er es jedenfalls nicht. Nur sie fühlte sich wie ein Bündel frei liegender Stromkabel. Und vielleicht stand sie tatsächlich ein bisschen unter Strom, denn die Mobiles bewegten sich sanft, aber sichtbar. So sehr, dass Graziano an die Decke blickte.

»Wie schön! Hast du die gemacht?«, erkundigte er sich. Er hob einen Arm und erreichte dabei fast eines der tiefer liegenden Mobiles.

Letizia schüttelte den Kopf. »Meine Schwester.«

»Oh.« Er machte ein erschrockenes Gesicht und schlug sich auf den Mund. »Schläft sie?«

»Das vermute ich stark«, erklärte sie. »Aber nicht hier, sondern bei ihrem Freund.«

Graziano sah erleichtert aus.

»Willst du ablegen?«, fragte sie ihn. Er hatte eine Tüte dabei.

»Ja, gerne. Ich habe, wie der schlimmste Tourist, ein T-Shirt und *Caprilù*-Kekse gekauft.«

Sie lachte. »*Buon Dio*! Bitte kein T-Shirt mit *Capri*-Aufschrift!«

»Schlimmer. Ich habe ein Markenshirt gekauft.« Er zog es spontan aus der Tragetasche, zeigte es ihr.

Es war schwarz und hatte ein winziges Logo vorne rechts auf der Brust.

»Okay ... nun, es sieht sehr schlicht aus.« Sie war froh über die Ablenkung.

»Schlicht? Und dafür habe ich fast zweihundert Euro gezahlt?« Sein Gesicht war ehrlich schockiert.

Und wieder konnte sie nicht anders, als zu lachen.

Dann tat Graziano etwas Unerwartetes: Er zog sein T-Shirt aus und das neue an. Es hatte keine paar Sekunden gedauert, aber er hatte einen Augenblick lang mit nacktem Oberkörper dagestanden. Gerade so lange, dass sie seine ausgeprägte Muskelpartie und den Haarflaum unterhalb seines Bauchnabels sehen konnte. Er war erstaunlich gut gebaut, hatte einen ganz flachen Bauch, sodass seine Hose locker auf der Hüfte saß.

Letizia schluckte und versuchte, sich auf seine Worte zu konzentrieren.

»Sag mir, dass es wie teure Markenkleidung aussieht!«, forderte er sie augenzwinkernd auf. Er stand jetzt mit ausgebreiteten Armen vor ihr. Schön wie ein Model, anziehend wie kein Mann, den Letizia jemals kennengelernt hatte.

»Es sieht wie Markenkleidung aus«, brachte sie hervor, klang aber selbst in ihren Ohren wenig überzeugend. Doch das war allemal besser, als den einzigen dominanten Gedanken, der in ihrem Kopf klopfte, auszusprechen, der besagte: *Ich will nur einen Kuss! Nichts weiter ...*

»Lass uns nach oben gehen«, bot sie an. Und er hängte die Tüte an den Haken im Eingangsbereich, an dem bereits ihre Handtasche hing, behielt sein Markenshirt an und folgte ihr.

Sie führte ihn in die Küche, es gab keinen Ort im Haus, an dem sie sich wohler oder sicherer fühlte.

»Wow, schön hast du es hier!«, rief er aus, was sie ein bisschen stolz machte. »Die Küche sieht aus wie aus einem Katalog für Vintage-Design. Ich mag dieses Waschbecken. Und den Tisch. Und sieh dir nur diese Lampe an!« Er war ehrlich begeistert, erkannte Letizia, die sich über jedes einzelne seiner Worte so sehr freute, als hätte er von ihr gesprochen.

»Setz dich doch!«, bot sie an.

Sie konnte den Blick nicht von ihm abwenden. Er passte so gut in diese Küche, in ihre, aber auch Nonnas und Mammas Küche, dass sie weinen mochte. Er sah nicht aus wie ein Gast, sondern wie ein Teil der Familie, und diese Tatsache brachte sie fast aus der Fassung. Sie hatte so starke Gefühle für diesen Mann, und es wurde immer schwieriger, sie unter Kontrolle zu halten.

»Möchtest du etwas trinken?«, fragte sie. Ihre Stimme zitterte. Er bemerkte es auch, denn er blickte zu ihr auf.

»Komm her!«, erwiderte er einfach nur und rückte mit dem Stuhl ein Stück weit vom Tisch weg. Er schlug sich mit beiden Händen auf seine Beine.

Sie zögerte nur einen winzigen Augenblick, nahm aber dann sein Angebot an und setzte sich auf seinen Schoß. Es fühlte sich nur die erste Sekunde lang seltsam an. Ungewohnt, ein bisschen fremd. Dann aber schmolzen ihre Körper zusammen, so fühlte es sich für Letizia an. Sie schmiegte sich an ihn. Er umarmte sie, zog sie an sich, streichelte ihren Arm. Küsste ihre Haare.

Alles viel zu vertraut dafür, dass sie sich nur so wenige Male gesehen hatten. Andererseits aber so natürlich und richtig, dass sie es einfach geschehen ließ.

»Wieso bist du gekommen?«, fragte sie ihn, ihre Stimme nur ein Hauch. Sie war plötzlich so müde. Ihr Kopf lag an seiner Schulter, ihr Gesicht reichte bis zu seiner Brust. Sie konzentrierte sich auf seinen Herzschlag, dieses rhythmische, gesunde Pumpen, in das sie sich augenblicklich verliebte.

»Weil ich dich brauche«, erwiderte er und hatte es tatsächlich geschafft, sie mit dieser einzigen kleinen Bemerkung vollkommen von den Socken zu hauen.

Sie hob ihre Hand an seinen Nacken und streichelte ihn, was seiner Kehle einen leisen, wohligen Laut entlockte. Sie blickte zu ihm auf und war nicht bereit für die Leidenschaft, die sie in seinem Gesicht lesen konnte. »Ich möchte dich küssen«, hörte sie sich selbst sagen.

Er hob sanft ihr Kinn an und legte seine Lippen auf ihre. Einfach so. Doch die winzige Berührung fühlte sich an wie der letzte Stoß gegen einen Damm, der ohnehin fast brach. Die gesamte Tragweite ihrer Gefühle ergoss sich in ihr und breitete sich aus wie eine warme Flüssigkeit, die in alle Richtungen ging. Unaufhaltsam, ganz intensiv und so, so gut.

Die Küsse, die anfangs sehr vorsichtig gewesen waren, gingen über in einen Rausch und die leidenschaftliche Erkundung ihrer Münder, die sie schon bald atemlos machte.

Sie grub ihre Hände in seine kurzen Haare und wünschte sich immer mehr. Mehr davon, mehr von ihm. Mehr.

Er aber ließ irgendwann von ihr ab. Die Augen nach wie vor geschlossen.

»Oh, entschuldige!«, sagte sie, in der Annahme, etwas zu leidenschaftlich gewesen zu sein.

»Wofür?«, fragte er und wirkte komplett und absolut ahnungslos.

»Das war wohl zu viel des Guten.« Sie versuchte aufzustehen, er hielt sie aber fest. Wieder nur ganz sanft. So als wäre sein Festhalten nur ein Vorschlag, den sie jederzeit ablehnen konnte.

Er sprach in ihr Ohr. »Ich will nichts tun, was du nicht willst …«, versuchte er, sich zu erklären.

»Was, wenn ich dich will?«

»Du hast mich schon. Vom ersten Augenblick an«, gab er zu.

Es war so ungefähr das Schönste und Erregendste, das sie jemals gehört hatte. Sie war es nicht gewohnt, dass ein Mann exakt das sagte, was er dachte. Sie sah diese unglaubliche Ehrlichkeit in ihm, die sie ganz wirr im Kopf machte.

Es war keine bewusste Entscheidung, die sie traf, aber sie stand auf, und er ließ es geschehen. Sie hielt ihm ihre Hand hin. Er nahm sie und stand auch auf, ließ sich führen. In ihr Schlafzimmer, wo sie die Tür schloss.

Am Abend, als sie dieses Zimmer verlassen hatte, um zur Arbeit zu gehen, hätte sie niemals gedacht, hier mit Graziano zu landen. Sie war jedoch dem Leben dankbar für diese Chance, für diesen Traum. Für all die starken Gefühle, die sich in ihrem Bauch angesammelt hatten und sie Dinge tun ließen, die sie nicht für möglich gehalten hätte, die aber das einzig Richtige waren.

Sie zog Graziano das T-Shirt über den Kopf und tat das, was sie schon zuvor im Eingangsbereich hatte tun wollen. Sie fuhr mit dem Finger all die Linien seiner Muskelstränge nach. Dass er dabei eine Gänsehaut bekam, nahm sie mit wachsender Erregung zur Kenntnis. Sie ging um ihn herum, küsste seinen Rücken, bis er stöhnte, bevor sie erneut vor ihm stand. Seine Augen waren geschlossen, und einen erschreckenden Augenblick lang wurde ihr bewusst, dass sie alles für diesen Mann tun würde. Ausnahmslos.

»Zieh dich aus«, bat er sie.

Und sie öffnete den Reißverschluss ihres Kleides und ließ es zu Boden fallen. Sein bewundernder Blick erfüllte sie, machte sie zur glücklichsten Frau auf der Welt.

Graziano begann, sie zu streicheln. Erst an den Armen, dann ihr Dekolleté, schließlich ihre Brüste. Und von dem Moment an wurden ihre Handlungen instinktiv. Sie gab sich ihm hin. Total und komplett. Mit einem Vertrauen, das sie selbst am meisten wunderte.

Sie liebten sich langsam, respektvoll, antastend. Dann leidenschaftlich, gierig. Und schließlich vertraut, mit Liebe fast. Immer wieder, bis Capris Nacht sich über sie legte und sie eng umschlungen einschliefen.

Letizia fuhr irgendwann vor Schreck hoch, weil es ihr wieder eingefallen war. Sie hatte vergessen, Graziano Tommasinas Nachricht zu überbringen. Sie machte sich Sorgen, dass sie ihm etwas wirklich Wichtiges vorenthalten haben könnte, denn vielleicht brauchte Tommasina ihn dringend. Andererseits schlief er gerade so friedlich, dass sie ihn nicht wecken mochte.

Sie allerdings war nun hellwach. Es fühlte sich auch ungewohnt an, ihr Bett mit jemandem zu teilen. Und nun, da ihr Körper befriedigt war, begann ihr Geist zu spinnen. Sie machte sich Sorgen, fragte sich, ob sie einen Fehler begangen hatte. Denn sie hatten nicht das Wichtigste geklärt: Würden sie sich von nun an öfter treffen, sich besser kennenlernen? Hatte er echtes Interesse an ihr?

Die Fragen plagten sie so sehr, dass sie sich das Erstbeste überzog, was sie im Dunkeln erwischte, und das Zimmer leise verließ.

Barfuß ging sie hinüber in die Küche und machte sich einen Kamillentee. Sie goss sich die Flüssigkeit in ihre Lieblingstasse, die einst Nonna gehört hatte. Sie war aus weißer Keramik, an einer Seite leicht aufgesprungen, mit gelben und hellblauen Punkten. Capris Farben.

In der Küche merkte Letizia erst, dass sie in der Eile Grazianos Markenshirt angezogen hatte. Sie lächelte und wickelte sich sehnsüchtig darin ein. Er hatte es zwar selbst nur ganz kurz getragen, aber es roch bereits nach ihm. Sie liebte den Gedanken, etwas von ihm an sich zu haben.

Sie rührte ihren Kamillentee und pustete in die Tasse, nahm dann den Löffel heraus, der zu Boden fiel. In der Stille der Nacht schepperte es laut. Sie verfluchte sich und horchte, fragte sich, ob sie damit Graziano geweckt hatte.

Ja, das hatte sie wohl, denn in der Tat erschien er wenig später verschlafen an der Küchentür.

»Soll ich gehen?«, fragte er und stand da, bereit, erneut das zu unterbrechen, was sie gerade erst angefangen hatten. Ihr Magen verkrampfte sich.

Doch dann hob er beide Hände, kam, einzig mit seinen Boxershorts bekleidet, einige Schritte auf sie zu. »Nein, Moment, das hast du jetzt sicher falsch aufgefasst. Ich sage es deutlicher und unmissverständlicher: Ich würde gerne bleiben, aber ich mache mir Sorgen, dass dich meine Anwesenheit den Schlaf kosten könnte, was ich nicht möchte. Das ist der einzige Grund. Okay?« Er sah sie aufmerksam und gefühlvoll an.

Und sie wusste nicht, was sie dazu sagen sollte.

»Hier, trink den Kamillentee«, war das Beste, was ihr einfiel. Sie reichte ihm ihre Tasse.

Er nahm sie, ohne mit der Wimper zu zucken, und setzte sich. Als wäre es das Normalste auf der Welt. Um drei Uhr morgens.

Sie stand auf und nahm zwei Äpfel aus dem Obstkorb, begann, sie zu schälen und in kleine Stücke zu schneiden. Einfach so und nicht bewusst gesteuert.

Sie reichte Graziano die Schüssel mit den Apfelstückchen zusammen mit einer Zitrone, einer Reibe und einem Messer. »Schale und Saft, bitte«, sagte sie zu ihm.

Er verzog keine Miene und stellte sich an den Küchentisch, wo sie ihn besser dabei beobachten konnte, wie er die Schale gekonnt abrieb und dabei die Küche mit dem unvergleichlichen Aroma füllte. Dann zerschnitt er die Zitrone und drückte den Saft in seine Hand, damit keine Kerne in die Schale fielen. Schließlich rührte er mit dem Messer in den Äpfeln, damit die Flüssigkeit jedes Stück benetzen konnte.

Als er fertig war, blickte er zu ihr auf, sagte nichts.

Und ihr Kopf begann, sich Geschichten auszumalen von einer glücklichen Zukunft, in der sie einen Mann bei sich hatte, der sie auch ohne viele Worte verstand, der nachts mit ihr Äpfel klein schnitt, ohne sie für verrückt zu erklären.

»Was machen wir jetzt damit?«, fragte Graziano.

»Mammas Kekse«, hörte sie sich sagen.

»Okay«, sagte er wie selbstverständlich. Und sie liebte ihn dafür.

»Aber ich muss dir erst etwas sagen.« Tommasinas Nachricht fiel ihr wieder ein.

Er blickte aufmerksam auf, wartete ab.

»Tommasina musste abreisen, weil ihre Hunde verschwunden sind.«

Graziano fluchte leise, aber er rührte sich nicht von der Stelle.

»Willst du nicht gehen?«, fragte sie ihn.

Er seufzte, ging um den Tisch herum und zog sie an sich. »Ich gehe nirgendwohin. Ich will mit dir zusammen sein.«

»Wie soll das funktionieren?«

Er zuckte mit den Achseln. »Ich weiß es nicht. Aber es *wird* funktionieren, wenn wir beide es wollen.« Er küsste sie auf den Mund und schmeckte nach Kamillentee.

Manchmal waren Antworten auf komplizierte Fragen so einfach.

»Und jetzt lass uns Mammas Kekse backen!«, schlug er vor.

Zum ersten Mal, seit sie nach Mammas Tod alles weggeräumt hatte, ging sie selbst zur Anrichte und nahm Mammas schöne Waage heraus, die Angelina neulich aus dem Keller geholt hatte.

Wieso?

Weil es einfach an der Zeit war.

Kapitel 31

Auf dem Weg vom Hubschrauberlandeplatz, wo sie sich von Peppino getrennt hatte, weil er von einem privaten Krankentransporter abgeholt worden war, bis hin zu ihrer Ankunft in der Via dell'Amore hatte Tommasina sich hundert Szenarien ausgedacht, wie sie Alfonsa kündigen würde. Immerhin waren die Hunde unter ihrer Aufsicht gewesen. Als Tommasina aber dann die Tür aufschloss und den Zustand sah, in dem ihre Haushaltshilfe sich befand, fand sie, dass das Strafe genug war.

Alfonsa war regelrecht außer sich. Ihr sonst so ordentliches schwarzes Haar stand in alle Richtungen ab, ihr Gesicht war vom Weinen so verquollen, dass Tommasina ernsthaft in Erwägung zog, den Notarzt zu rufen, und sie zitterte so stark, dass sie keinen deutlichen Satz hervorbrachte.

»Es tut mir so leid, es tut mir so leid, es tut mir so leid«, stammelte sie, wenn sie gerade nicht von einem Weinkrampf gequält wurde.

»Um Gottes willen, Alfonsa, reiß dich zusammen«, schimpfte Tommasina. Aber auch nur, weil sie selbst einen Schritt vor dem gleichen Abgrund stand.

Das Haus war so leer ohne Diego, Ciro und Fabio. Und der Blick auf die verlassenen Körbchen war herzzerreißend. Doch irgendwer musste die Nerven behalten. Wie so oft war diejenige mal wieder sie.

Dann musste sie doch tatsächlich Atemübungen mit Alfonsa machen, die aber den guten Nebeneffekt hatten, dass sie Tommasina gleich mit beruhigten. Damit die Übungen auch lange genug anhielten, kippten sie beide zweimal einen doppelten Grappa nach.

Erst danach waren sie fähig, sich einigermaßen normal miteinander zu unterhalten.

»Erzähl!«, forderte Tommasina ihre Haushaltshilfe auf.

Alfonsa weinte noch immer, aber wenigstens schluchzte sie nicht mehr unkontrolliert. Die Hunde waren für sie beide wie ihre Kinder. Tommasina sah ihren eigenen Schmerz und ihre Sorge in Alfonsa. Spontan legte Tommasina ihre Hand auf Alfonsas und drückte sie.

»Ich habe sie am Nachmittag ganz normal wie immer im Körbchen vom Balkon aus auf die Via gelassen. Du kennst das Prozedere, machst es auch nicht anders.«

Tommasina nickte. Ja, das war die tägliche Routine.

»Und dann?«

»Ich habe ihnen eine Weile hinterhergeblickt. Sie haben sich nicht anders verhalten als sonst. Schnuppern, Beinchen heben, spazieren. Das Übliche.«

»Denk nach! Versuch, dich zu erinnern, ob du irgendetwas gesehen hast, das hilfreich sein könnte. Egal, was. Jede noch so winzige Kleinigkeit«, beharrte Tommasina.

Aber Alfonsa schüttelte nur den Kopf.

Tommasina erhob sich und ging in der Küche auf und ab. »Was, wenn wir deinen Cousin kontaktieren? Du weißt schon, Gaetano.«

Es war kein Geheimnis, dass besagter Cousin in einem Clan war. Tommasina hatte ihn nur einmal gesehen. Dieser Kerl war ein Riese, ein Muskelpaket mit einem Nacken wie ein Stier. Und er hatte seine Verbindungen, in der Stadt, in der Unterwelt. Denn wenn jemand die Hunde gestohlen hatte – es waren immerhin reinrassige Chihuahuas –, dann konnte er es vielleicht herausfinden.

»Das habe ich längst getan«, gab Alfonsa zu.

»Und was hat er gesagt?«

»Dass er die Augen offen halten wird.«

»Na, das ist doch schon mal eine gute Nachricht«, stellte Tommasina fest, die es ein wenig ironisch fand, dass ein Kontakt zu einem *camorrista* das Einzige war, das sie in der Hand hatten.

»Du willst also nicht die *carabinieri* benachrichtigen?«, erkundigte sich Alfonsa. Sie goss ihnen Grappa nach.

Tommasina setzte sich erneut und trank, schüttelte sich und kniff die Augen zusammen. »Nein.« Nichts für ungut, aber die *carabinieri* hatten gar keine Ahnung vom Leben in Gassen und Gässchen, von dem, was sich abspielte im Schatten einer Stadt, die so viele Ecken und dunkle Durchgänge und Höfe hatte, dass nicht mal die stärkste Sonne reichte, um sie alle zu erhellen. So viel Bewegung, wenn niemand hinsah. Nein, die *carabinieri* konnten nichts tun. »Lass uns abwarten und sehen, was Gaetano herausfinden kann.«

Sie standen beide von den Küchenstühlen auf, wackelig

vom Grappa, aber wild entschlossen. Nur stellte sich heraus, dass sie verschiedene Pläne hatten, denn Alfonsa begann, ihre Sachen zusammenzuräumen. Ihre Hausschuhe, ihre Tasche, die paar sauberen T-Shirts, die sie bei Tommasina aufbewahrte. Im Bad holte sie ihre Bürste, ein Deo, das ihr gehörte.

»Was machst du denn da?« Tommasina blickte ihr hinterher, wie sie von einem Raum in den nächsten ging und irgendein Ziel verfolgte, von dem Tommasina nichts wissen wollte.

»Ich packe. Ich schäme mich so sehr, dass ich hier nicht mehr arbeiten kann«, gab Alfonsa schniefend zu.

»Alfonsa, nimm es mir nicht übel, aber ich habe jetzt nicht den Nerv für dramatische Auftritte, ja?«

»Oh, glaub mir, ich werde nicht weiter stören, hab's auch gleich.« Alfonsa zeigte auf ihre Tasche, die erstaunlich voll war und die sie an die Haustür stellte. »Danke für all die wunderbaren Jahre, in denen ich deine Haushälterin sein durfte. Es war mir eine Ehre. Ich hoffe, du wirst mir meine Nachlässigkeit irgendwann verzeihen können.«

Tommasina rollte mit den Augen. Sie wollte das alles nicht hören.

Alfonsa schnappte sich aber ihre Tasche und griff an die Klinke der Haustür.

»Verdammt noch mal, Alfonsa, wirst du wohl aufhören!«, schrie Tommasina. Ihre Nerven lagen blank.

Dann aber wurden sie von einem kaum hörbaren Geräusch abgelenkt und sahen, wie ein Zettel unter der Tür durchgeschoben wurde, dann erklangen schnelle Schritte im Treppenhaus. Alfonsa riss die Tür auf, lief wem auch immer hinterher, während Tommasina den Zettel aufhob und dann Alfonsa folgte, aus Angst, sie könnte etwas Dummes tun. Tommasina rief sie laut, holte sie aber nicht ein, keine Chance. Und so stand sie auf der Via dell'Amore, es war Nacht, die Beleuchtungen der Läden aufs Minimum gedimmt. Sie hatte sich hier immer sicher gefühlt, selbst wenn es woanders in der Stadt zu Schießereien gekommen war. In der Via dell'Amore hatten immer andere Regeln gegolten. Wie ein Ehrenkodex.

Und jetzt war sie hier, mit einem Zettel, auf dem stand: *Wenn die Alte ihre Hunde wiedersehen will, muss sie aus der Via dell'Amore verschwinden. Für immer.*

Das war ein Affront gegen sie, aber auch gegen die Via dell'Amore.

Auch wenn die Nachricht augenscheinlich nicht Pamelas Handschrift trug, fiel es Tommasina nun wie Schuppen von den Augen.

Natürlich! Warum hatte sie nicht eher daran gedacht?

Endlich kam Alfonsa keuchend zurück.

»*Dio mio*, Alfonsa, meinst du, mir reicht die Sorge um die Hunde nicht schon aus?«, schalt Tommasina sie.

»Ich dachte, ich würde ihn erwischen …«, erwiderte sie atemlos.

»Es war ein Mann?«

Tommasina machte sich auf den Weg zurück zur Haustür, Alfonsa folgte ihr.

»Ja. Wieso fragst du?«

Tommasina reichte ihr wortlos die Nachricht, die Alfonsa las, während sie die Treppen zur Wohnung hochstiegen. »Klingt irgendwie nach Pamela«, fand Alfonsa.

»Na, ist der Groschen gefallen?«, half Tommasina ihr auf die Sprünge.

Alfonsa blieb wie angewurzelt stehen, aber Tommasina zog sie in die Wohnung.

»Du meinst, sie ist die Auftraggeberin?«, fragte Alfonsa mit aufgerissenen Augen. Nun, so gut sie die vom Weinen geschwollenen Augen aufreißen konnte.

Tommasina seufzte ganz tief. »Wer denn sonst?« Wieder ging sie auf und ab. »Schick deinem Cousin ein Foto von der Nachricht und erzähl ihm von unserem Verdacht!«

Tommasina hatte keine große Lust, einen Kriminellen um Hilfe bitten zu müssen. Aber sie hatte es sich auch nicht ausgesucht, sich von einer anderen Kriminellen – denn das war Pamela! – ihrer allerliebsten Hunde berauben zu lassen.

Ja, es war bisher alles nur ein Verdacht, aber eigentlich war es so naheliegend, dass keine andere Option ihr auch nur annähernd plausibel vorkam. Wenn es jemanden gab, der sich in der Via dell'Amore danebenbenahm, dann war es Pamela. Immer wieder Pamela.

»Dann soll ich also bleiben?«, fragte Alfonsa hoffnungsvoll.

»Nun hör schon auf, Alfonsa. Natürlich sollst du bleiben! Du bist Familie. Was dir passiert ist, hätte auch mir passieren können. Die Hunde sind an ihre Spaziergänge gewöhnt. Und ich weiß, dass du sie genauso sehr liebst wie ich. Jetzt tu mir den Gefallen und schreib deinem Cousin, damit Diego, Ciro und Fabio so schnell wie möglich wieder nach Hause kommen, ja?«

Alfonsa warf sich ihr an den Hals und umarmte sie so fest, dass sie fast schon wieder bereute, sie bei sich behalten zu haben. Aber, nein, das stimmte natürlich nicht. Die Wahrheit war, dass Tommasina ohne diese treue Seele verloren war.

Doch nun war sie müde, der Tag war lang gewesen.

»Soll ich dir den Sessel an den Balkon schieben? Nur für den Fall, dass sich während der Nacht etwas auf der Gasse tut?«, schlug Alfonsa fürsorglich vor.

»Ja, bitte. Das ist eine gute Idee!«

Tommasina ließ sich fallen, sobald Alfonsa den Sessel so hingestellt hatte, dass sie durchs Balkonfenster auf die Via dell'Amore blicken konnte.

»Alfonsa?«

»Hm?«

»Bleibst du über Nacht?« Die Wohnung fühlte sich so leer an ohne ihre Hunde.

»Natürlich, wenn du es wünschst ...«

»Ja, ich wünsche es!«

Alfonsa drückte ihre Hand, Tommasina hielt den Blick starr auf die Gasse gerichtet. Es tat sich rein gar nichts um diese Uhrzeit. Nein, das stimmte nicht, denn eine Katze schlich sich zur Holzbank, die auf der Via dell'Amore stand und auf der Peppino vor ihrer Bekanntschaft oft gesessen hatte, sprang darauf, rollte sich ein und schlief.

Alfonsa zog sich den zweiten Sessel mit an das Balkonfenster, dann hantierte sie in der Küche und kam mit zwei Gläsern zurück.

»Eistee«, erklärte sie. Es war noch immer warm, vielleicht eine der wärmsten Nächte dieses Sommers. Sie setzte sich, lehnte sich zurück.

»*Grazie.*« Tommasina nahm einen großen Schluck. »Wie machst du das eigentlich immer, so genau zu wissen, was ich brauche?«

Alfonsa zuckte mit den Achseln. »Ich verrate dir ein Geheimnis: Ich weiß es gar nicht so genau, ich versuche nur mein Glück.«

Tommasina lächelte. Das war so typisch Alfonsa, dass ihr gar nichts mehr dazu einfiel.

Sie saßen schweigend da, tranken ihren Eistee, zuckten bei jeder Kleinigkeit zusammen. Doch es tat sich nichts.

»Morgen bestimmt!«, wiederholte Alfonsa immer wieder und drückte ihre Hand.

Die Wahrheit war, dass Tommasina vor Sorge ganz schlecht war. Hatten die Hunde ihr Fressen bekommen? Hatte jemand ihnen wehgetan? Waren sie überhaupt noch am Leben?

Die Fragen waren eine Tortur und schienen ein Loch in ihr Gehirn zu bohren.

»Was ist denn das überhaupt für ein Ring an deinem Finger?«, erkundigte Alfonsa sich irgendwann.

»Ach, lange Geschichte …«, wiegelte Tommasina ab. Vielleicht war es gerade nicht der richtige Moment, um sich über den Ring zu unterhalten.

»Dann mach sie doch einfach kurz«, schlug Alfonsa vor.

Tommasina seufzte. »Peppino ist jetzt mein Verlobter«, gab sie zu.

Alfonsa kreischte vergnügt auf, und Tommasina zuckte erneut zusammen. Zeitgleich hörte sie das Rattern eines Rollers, was in der Stille der Nacht wie der Vorbote einer schlechten Nachricht klang.

Der Roller hielt mit Vollbremsung vor dem Eingang zu ihrem Wohnhaus. Von ihrer Position aus konnte Tommasina sehen, wie der Fahrer eine Tasche an die Tür legte und dann davonbrauste.

Tommasina und Alfonsa sahen sich an, zu überrascht, um klar zu denken oder gar zu handeln. Dann aber sickerte es zu ihnen durch, was sie gerade gesehen hatten, und sie sprangen gleichzeitig auf. Sie rannten – oder besser: Alfonsa rannte, und Tommasina tippelte hinterher – in das Treppenhaus, dann die Stufen wieder hinunter und sofort hinaus ins Freie. Alfonsa bückte sich und machte die Tasche auf. Tommasina sah erst die Ohren, dann den ganzen Rest ihrer Lieblinge, die verwirrt aus der Tasche sprangen. Vor Erleichterung sackte sie zusammen, was die Hunde als Spiel verstanden, weshalb sie ihr auf den Schoß sprangen und ihr Gesicht leckten, bis sie sie lachend wegschieben musste.

Diego, Ciro und Fabio waren zurück, und es war einer der schönsten Augenblicke ihres Lebens.

Doch die Freude hielt nicht lange an, denn als sie zurück in die Wohnung gingen, piepte Alfonsas Handy.

Gaetano hatte eine Nachricht geschickt: *Sag deiner Chefin, sie soll aufpassen. Die Feindin ist keinen Schritt weit entfernt.*

Das bestätigte nur, was Tommasina schon wusste. Die Feindin war keinen Schritt weit entfernt.

Noch.

Kapitel 32

Capri, einen Monat später

Letizia war schon seit Sonnenaufgang wach. Heute hatte Angelina Geburtstag, und Letizia hatte ihr einen Kuchen gebacken. Da der Ofen schon an war, hatte sie auch eine ganze Ladung von Mammas Keksen mit hineingeschoben. Seit Letizia wieder angefangen hatte zu backen, waren Mammas Backutensilien und der Ofen ständig im Einsatz. Das Backen gab Letizia wider Erwarten Frieden. Sie spürte die Nähe zu Mamma, und es war alles andere als negativ, wie sie die ganzen Jahre über befürchtet hatte. Es war eine Art, die Erinnerung an sie am Leben zu erhalten. Und Letizia war erleichtert, dass sie es endlich begriffen hatte.

Liberato hatte angeboten, Angelinas Geburtstag bei ihm auf der Dachterrasse zu feiern, was Letizia auf eine Idee gebracht hatte ...

Donatello hatte die Dekoration übernommen, und auch das sollte eine Überraschung für Angelina sein.

Der September auf Capri zeigte sich von seiner schönsten Seite. Es war von der Temperatur her noch Sommer, aber die Tage wurden immer kürzer, sodass die kühleren Stunden zunahmen. Das Meer war ein Traum, warm, glatt, klar. Das wusste Letizia so genau, weil sie sich die Muße und Zeit genommen hatte, die letzten Wochen über regelmäßig darin zu baden. Roberto, der Besitzer des Lidos, war noch immer dort, deutlich weniger aktiv als noch zu Mammas Zeiten, aber das Alter schien für ihn nur eine Zahl zu sein. Manchmal erschien er Letizia wie eine menschliche Mutation, die sich dem Leben am Strand angepasst hatte. Seine Haut zum Beispiel war so dunkel und hart wie Leder, seine Füße irgendwie hitzebeständig, denn er konnte auf heißem Sand gehen, während Letizia die Hitze selbst durch die Sandalen hindurch spürte. Sand schien nicht an seiner Haut zu haften. Auch blinzelte er nicht mal, wenn die Sonne so hoch stand, dass Letizia es nur mit Sonnenbrille hinbekam, irgendetwas zu sehen.

Und er nannte sie Letizia-Letizietta, wie einst Mamma Giulia-Giulietta.

Er war so eine Figur Capris, die in die Geschichtsbücher der Insel gehörte. Wie so viele andere. Wie vielleicht sogar Mamma …

Angelina war wach, sie schlurfte in die Küche. Ihre kleine Schwester, eingewickelt in ihre für sie so typische Strickjacke! Letizias Herz machte einen Hüpfer. Gemeinsam waren sie so weit gekommen …

»*Tanti auguri*, alles Gute!«, rief Letizia und lief zu Angelina, um sie zu umarmen. Die kleine Schwester, die bekannt war für ihre stets ein bisschen gelangweilte und manchmal auch genervte Art, ließ es geschehen. Sie drückte sogar fest zurück. So fest sie konnte.

»Danke! Ich habe sogar geträumt, dass Mamma hier war, um zu gratulieren«, berichtete Angelina, die sich gleich darauf an den Tisch setzte und ihre Medikamente nahm. Letizia beobachtete sie dabei, versuchte, einfach nur eine junge Frau zu sehen, die eine strahlende Zukunft vor sich hatte, und nicht immer nur ihre kranke kleine Schwester, die jeden Augenblick sterben konnte. Denn streng genommen konnte auch Letizia jeden Augenblick sterben.

»Tee?«, fragte Letizia.

Angelina schluckte ihre Medizin mit einem großen Schluck Wasser und nickte schließlich. »Das wäre lieb, danke!«

Letizia setzte das Wasser auf. Es war für sie eine Selbstverständlichkeit, immer alles für ihre Schwester zu tun, zu erledigen, zu machen. Es war die einzige Art, sich nützlich zu fühlen. Und manchmal hatte Letizia den Eindruck, dass Angelina eher ihr einen Gefallen damit tat, das Bemuttern zuzulassen.

Letizia nahm eine Tasse aus der Anrichte und ging auf den Balkon, um eine Zitrone vom Bäumchen zu pflücken, die sie ihrer Schwester schließlich zuwarf. Angelina fing sie dieses Mal. Sie sahen sich kurz an und lächelten beide.

»Wie fühlst du dich denn heute? Älter?« Letizia stellte ihrer Schwester den Tee und einen Teller mit Mammas Keksen hin.

Angelina steckte sich sofort einen davon in den Mund. »Wie soll ich mich schon fühlen? Wie eine Sterbenskranke, die noch mal die Kurve gekriegt hat!«, sagte sie mit vollem Mund und ihrer üblichen Selbstironie, die Letizia aber trotzdem noch ab und an scharf die Luft einziehen ließ, obwohl sie eigentlich daran gewöhnt sein sollte. »Ich glaube, du bist die neue Meisterin dieser Kekse«, fuhr Angelina unbeirrt fort und schob sich noch einen hinterher. »Ich meine, sie schmecken gleich, aber doch irgendwie ein bisschen anders.«

Letizia sagte ihr nicht, dass ihr jemand empfohlen hatte, ein bisschen Zimt dazuzugeben. Sie sah es als ihr kleines Geheimnis. Ein süßes kleines Geheimnis.

Als Angelina und Letizia sich fertig gemacht hatten und es Zeit fürs Mittagessen war, machten sie sich auf den Weg zu Liberato. Letizia jonglierte den Kuchen auf den Armen und freute sich auf die kleine Feier.

Bei Liberato wurden sie herzlich von Anna empfangen, die sich sichtlich über ihren Besuch freute. Sie umarmte Angelina so lange, dass Letizia schon fürchtete, ihre Schwester würde sie genervt wegschieben. Der Nächste, der gratulierte, war Donatello. Er sah sehr gut aus, wie eine jüngere Version von Liberato, aber noch anziehender dank Annas Genen. Er küsste Angelina schweigend auf die Lippen, was offenbar genau das war, was sie brauchte, was sie wollte, was sie an ihm schätzte. Letizia sah und wusste, dass Donatello eher der Typ Mann war, der seine Liebe mit Taten und nicht mit Worten zeigte.

»Huhu! Kommt ihr hoch?«, rief Liberato von der Dachterrasse aus.

Sie lachten alle, und Anna sagte so etwas wie: »Ihm fehlt nur noch ein Bett und ein Bad da oben …«

Die Stufen in Liberatos Haus waren ähnlich steil und hoch wie bei ihnen gegenüber. Und Letizia hatte ein bisschen Sorge wegen Angelina, was aber unnötig war, wie sich herausstellte. Donatello schob sie nämlich diskret an, sodass es Angelina nur die halbe Anstrengung kostete.

Oben angekommen, war Letizia einen Moment sprachlos. Sie war schon so lange nicht mehr hier gewesen. Das letzte Mal wohl bei einem Abendessen, das Anna organisiert hatte, vor gut fünf Jahren. Liberato hatte die Terrasse in ein echtes Juwel verwandelt, das ganze Haus war ein Sammelsurium an kleineren oder größeren Hinguckern. Gemälde mit Szenen von Capri, antike Möbelstücke, in die man sich auf den ersten Blick verliebte, Kerzenständer, die so groß waren wie ein ganzer Stuhl, Lampen, die so verschieden waren, dass sie jedem Raum einen anderen Charakter verliehen. Dieses Haus war aufregend wie ein Vergnügungspark und gleichzeitig ein sicherer Hafen.

Und die Dachterrasse setzte dem Ganzen die Krone auf. Jeder verfügbare Quadratmillimeter war mit Töpfen voller Sukkulenten versehen. Aber auch Kakteen lagen hoch im Kurs. Sie blühten größtenteils und sahen zauberhaft aus. Dann noch das Gewächshaus mit Gemüse und die Sitzecke!

Letizia wusste gar nicht, wohin sie zuerst blicken sollte. Der große Tisch war sehr hübsch gedeckt, die Dekoration war von Büchern inspiriert. Buch-Girlande, Buch-Servietten, überall Bücher.

»Willkommen, *benvenute!*« Liberato kam auf sie zu, nahm

Letizia erst die Torte ab, gratulierte dann Angelina ganz herzlich.

Sie behandeln sie wie ein Familienmitglied, schoss es Letizia durch den Kopf. Und nichts daran war falsch. Ganz im Gegenteil. Angelina schien sich andersherum auch sehr wohlzufühlen. Sie machte weniger ironische Bemerkungen, sah auch deutlich weniger genervt aus. Und vielleicht lag es daran, dass die Familie sie nicht dauernd bemutterte oder sie daran erinnerte, dass sie krank war.

Sie setzten sich alle an den Tisch, auf dem schon allerhand Leckeres serviert war. Anna brachte immer noch mehr, und Letizia wollte schon wieder aufstehen, um mitzuhelfen, als Anna sie sanft auf den Stuhl drückte. »Du musst heute nichts tun, du bist Gast ...«, flüsterte sie ihr ins Ohr. Und erst durch Annas Worte wurde Letizia bewusst, wie ungewohnt es sich für sie anfühlte, die Verantwortung abzugeben. Sie hatte sich schon von sehr früh an viel zu viel auf die Schultern geladen. Und es war gut, dass sie es jetzt so deutlich sehen konnte.

»Wer soll denn das alles essen?«, fragte Angelina leise.

»Oh, das schaffen wir schon«, versicherte Letizia ihr und liebäugelte bereits mit dem Gemüseauflauf, der unglaublich lecker aussah und noch viel besser roch.

Sie hörten es klingeln, und Anna rief von unten aus der Küche, dass sie aufmachen würde. Ein paar Minuten später kam sie mit noch einem weiteren Tablett, voll beladen mit *focaccia*, die betörend nach Rosmarin, Knoblauch und Olivenöl roch. »Ich habe noch jemanden mitgebracht!«, verkündete sie, sodass alle neugierig zu ihr blickten. Und als kein anderer als Graziano auf die Dachterrasse trat, machte Letizias Herz einen Sprung.

Sie stand sofort auf und ging auf ihn zu. Er umarmte und küsste sie. Die ganze Welt verschwand um Letizia herum. »Was machst du denn hier?«, fragte sie atemlos, während ihr Puls sich wieder normalisierte.

»Ich bin zu einer Geburtstagsparty eingeladen«, erklärte er schlicht. »Und bitte entschuldige mich, aber ich habe dem Geburtstagskind zu gratulieren.« Er löste sich augenzwinkernd nach einem weiteren Kuss von ihr und ging zu Angelina, die aufgestanden war und sich Graziano an den Hals warf.

Das war so eine Sache, die Letizia immer wieder aufs Neue rührte. Diese innige Freundschaft, die sich zwischen ihrer Schwester und ihrem Freund entwickelt hatte, war besonders, ja, einzigartig. Sie hatten sich vom ersten Augenblick an verstanden, sie waren vom ersten Augenblick an vertraut und respektvoll miteinander umgegangen. Und offensichtlich hatte Angelina ihn hinter Letizias Rücken eingeladen.

Oft sagte Letizia Graziano mit Absicht nicht Bescheid, wenn auf Capri etwas auf dem Programm stand. Sie wollte nicht, dass er sich stressen musste, um dabei zu sein. Denn er hatte so viel in seiner Pasticceria zu tun, ließ aber doch immer wieder alles stehen und liegen, um bei ihr zu sein. Auch wenn er Arnaldo und noch zusätzlich einen zweiten Konditormeister eingestellt hatte, legte er doch immer gerne selbst Hand an.

»Ich bin nicht dein Vater. Neapel ist nur einen Katzensprung weit entfernt«, versicherte er ihr immer wieder. Ja, er hatte ihre größte Angst sofort verstanden und akzeptiert. Und er tat sein Bestes, ihrer Überzeugung, nicht wichtig genug, nicht gut genug zu sein, gegenzusteuern.

Letizia beobachtete Graziano dabei, wie er Angelina ein kleines Päckchen überreichte, und erkannte, dass es eine von Chiaras Schmuckschachteln war. Angelina öffnete das Schächtelchen und zog eine wundervolle Kette mit Buchanhänger heraus, die sie sofort umlegte. Dann umarmte sie Graziano erneut und hielt den Anhänger mit einer Hand fest. Letizia kannte ihre Schwester gut genug, um zu wissen, dass der Schmuck genau ihrem Geschmack entsprach. Und Letizia liebte Graziano dafür, dass er sich die Mühe gemacht hatte. Er war so viel besser, so viel mehr, als sie sich jemals erhofft hätte.

»So, *carissimi*, nun kommt aber alle zu Tisch, wir wollen beginnen!«, verkündete Liberato, der strahlte wie ein Honigkuchenpferd. Letizia hatte ihn noch nie so erlebt. So ausgelassen, so gut gelaunt.

Graziano setzte sich neben Letizia und schob seinen Stuhl so nah an ihren, dass ihre Beine sich berührten. Sie war ganz vernarrt in seine Art, seine Liebe für sie zu manifestieren, manchmal auch zu zelebrieren.

»Ich muss dir was erzählen!«, flüsterte er ihr ins Ohr, während Anna Liberato zum dritten Mal erklärte, wie sie die Auberginenbällchen zubereitet hatte.

»Hm?«, machte sie.

»Chiara ist schwanger!«

»Was?« Sie blickte überrascht zu ihm. Sie waren ein paarmal alle zusammen ausgegangen während Letizias Besuchen in Neapel im letzten Monat.

»Ja! Tommasina ist ganz aus dem Häuschen. Kannst du dir das vorstellen? Ein *bambino* in der Via dell'Amore!« Auch Graziano freute sich, sie sah es ihm an.

»Oder eine *bambina*«, gab Letizia zu bedenken, während sie überlegte, was für ein toller *zio* er sein würde.

»Tsss, das kannst du vergessen!«, sagte er. *»Team Bambino!«*

Sie lachte und legte ihre Hand auf seinen Oberschenkel. Und es fühlte sich alles so perfekt an, wie die perfekte Vision einer möglichen Zukunft.

Sie aßen alle viel zu viel. Doch Platz für den Geburtstagskuchen fanden sie dann doch noch.

»Dio mio, mir fällt gerade auf, dass du heute zum ersten Mal einen Kuchen von mir probieren wirst«, sagte Letizia nervös und blickte zu Graziano.

»Und?« Er zog die Schultern hoch.

»Sei gnädig mit deinem Urteil, ja, ich habe alles nur von Mamma gelernt«, bat sie.

Graziano rollte mit den Augen, was bei ihm zum Anbeißen aussah. *»Pssst!«*, machte er einfach nur und legte seinen Zeigefinger auf ihre Lippen.

Und da klingelte es endlich wieder an der Tür. Die Eingeweihten hatten auf nichts anderes gewartet, denn Mario war der Überraschungsgast.

Er hatte sich für den Anlass so fein herausgeputzt, dass Letizia beinahe sentimental wurde.

Letizia achtete besonders auf Angelinas Reaktion, die in der Tat verwirrt wirkte.

Mario grüßte alle der Reihe nach winkend, hielt aber bei Angelina und küsste sie auf beide Wangen. »Liebste Angelina, was wäre ein Geburtstag ohne ein Geburtstagsgeschenk? *Ecco qua!*«, rief er fröhlich und reichte ihr einen Umschlag, den Angelina dankend, aber noch verwirrter als zuvor annahm.

Angelina suchte instinktiv Letizias Blick, und da wurde es Letizia doch ein bisschen zu viel, und sie spürte dieses wohlbekannte Brennen in der Nase und in den Augen. Sie ging auf Angelina zu und nahm deren Hand. »Mach es auf!«, sagte sie.

Und als sie den Umschlag öffnete und Angelina die erste Seite der Dokumente las, die darin enthalten waren, flossen auch bei ihr die Tränen.

Zum Glück rettete Mario die Situation, indem er seinen Charme spielen ließ. »Wir Insulaner halten zusammen«, begann er. »Und deshalb haben wir beschlossen, eine Gesellschaft zu gründen, die sich *Libri e Biscotti in Piazzetta*, Bücher und Kekse in der Piazzetta, nennt. Vier Gesellschafter, Liberato, Letizia, meine Wenigkeit und Graziano, haben in gleichen Teilen investiert.« Letizia fuhr herum, als sie den Namen Graziano hörte. Sie blickte ihren Freund fragend an. Er nickte nur. Als wäre es selbstverständlich, dass auch er mit von der Partie sein würde. Doch Letizia hatte keine Ahnung davon gehabt. Er hatte auch sie überrascht. Und sie liebte ihn dafür noch ein ganzes Stück mehr. Spontan hakte sie sich bei ihm ein. »Angelina und Donatello übernehmen den

Buchverkauf, für die Kekse ist Letizia zuständig. Alle vier Gesellschafter stehen immer zur Verfügung, den Verkauf im Laden zu machen, falls Angelina oder Donatello mal ausfallen. Wie der Gewinn geteilt wird, steht im Vertrag. Ich persönlich kann es kaum erwarten, dass es losgeht.«

»Ich danke euch allen so sehr!«, rief Angelina, die sich vor lauter Aufregung setzen musste.

Und weil der Tag ein so wunderbarer war, fing Mario an zu singen. Diesmal nicht über den Mond, sondern darüber, wie alles Glück auf Capri begann. Beim Refrain stieg Letizia mit ein. Und seit sie Graziano hatte, war das Singen noch viel schöner, denn sein bewundernder Blick, der nichts als Dankbarkeit und Liebe ausdrückte, machte alles viel besser.

Kapitel 33

Tommasina war außer Atem. Was für ein Morgen in der Via dell'Amore. So viel Bewegung, so viel Freude. Sie hatte diesen Event so lange und so intensiv vorbereitet, und doch überstieg die Realität jede Vorstellung.

Die Hotelbesitzer aus Capri hatten keine Kosten und Mühen gescheut und nicht mit einem Stand, sondern gleich mit fünf davon die ganze Via dell'Amore entlang aufgetrumpft. Sie hatten Poster mitgebracht, Limoncello, Keramik und sogar ganze Zitronenbäume, sodass es in der Gasse gerade ein bisschen so wie auf Capri selbst aussah. Natürlich war es gerappelt voll, man kam schon fast nicht mehr durch. Das hatte Tommasina, wenn auch in geringerem Ausmaß, bereits vorausgesehen, weshalb sie Sicherheitsleute angeheuert hatte, die immer dort eingriffen, wo sich die Menschen zu stauen begannen, sodass es gar nicht erst dazu kam.

Die Paare waren interessiert an den Hotels auf Capri, die als Hochzeitslocations geeignet waren, und sammelten gefühlt tonnenweise Broschüren ein, die sie in den hübschen, eigens für den Event entworfenen *La-Via-dell'Amore-incontra-Capri*-Taschen durch die Gasse trugen.

Heiraten war plötzlich wieder ein bisschen attraktiver, zumindest hier, wo es nur ums Heiraten ging.

Letizia stand auf der kleinen Bühne und sorgte mit ihrer wundervollen Stimme für musikalische Unterhaltung. Hinter ihr befand sich die Leinwand, auf der schon bald der Werbespot das erste Mal gezeigt werden würde. Tommasina, aber auch alle anderen der Via dell'Amore konnten es kaum erwarten, denn sie hatten die Endversion noch nicht gesehen.

»Peppino! Wo sind die Hunde?«, fragte Tommasina bestimmt nicht zum ersten Mal an diesem Tag.

»Noch immer alle drei hier in meinem Transportrucksack«, erklärte er von der Bank aus, auf der er mit den Hunden saß, während sie hin und her lief und dabei wahrscheinlich schon diverse Kilometer hinter sich gebracht hatte.

Diego, Fabio und Ciro hatten sich sehr schnell an den Rucksack gewöhnt. Sie waren traumatisiert. Der Vorfall vor etwas mehr als einem Monat hatte sie erschüttert. Diego verweigerte das Fressen, Ciro hinterließ überall in der Wohnung Pipi, und Fabio hatte Albträume.

Der Tierpsychologe arbeitete daran.

Alfonsa weigerte sich, die Verantwortung für die Hunde zu übernehmen, und Tommasina ... nun, sie hatte die Episode auch nicht schadenfrei überstanden. Aber sie hatte ihre Methoden, um damit fertigzuwerden.

Sie beschloss, noch einmal nach dem Rechten zu sehen, bevor sie das Okay gab.

Sie begann ihre letzte Runde vor Ausstrahlung des Werbespots mit einem schnellen Besuch bei Cosimo.

»Du bist also noch immer mit von der Partie?«, erkundigte sie sich bei ihm, als er sich einen Augenblick von den vielen Kunden loseisen konnte, die seinen Laden an diesem wundervollen Tag belagerten.

Cosimo nickte und zeigte auf den Karton mit den Flyern, die sie alle in Zusammenarbeit organisiert hatten. »Natürlich. Für mich kann es nur in diese eine Richtung gehen!«, sagte er überzeugt.

Tommasina atmete tief ein. Es tat gut, ihn mit an Bord zu haben, auch wenn sie die Sache mit den Flyern auch allein durchgezogen hätte. Wenn sie aber eines gelernt hatte, dann war es, dass sie hier in ihrer Via dell'Amore niemals allein sein würde.

Sie zog weiter, schob sich durch bis zu Grazianos Pasticceria. Auch bei ihm bestand ein unglaublicher Andrang, weil er, passend zu den Capri-Ständen, *Caprilù*-Kekse gebacken hatte, die weggingen wie frisches Brot. Nein, noch besser. Er hatte, mithilfe der zauberhaften Letizia, schon am Abend zuvor mit dem Backen angefangen und kaum eine Pause gemacht. Aber so war er, ihr Liebling Graziano …

Tommasina wollte ihn auch gar nicht stören, ihn eher informieren, dass sie bereit war. Deshalb ging sie durch zur Backstube, betrat sie, wechselte einen Blick mit ihm und hob den Daumen. Er nickte und zwinkerte ihr aufmunternd zu, zeigte auf das Paket mit den Flyern. Und sie hatte ihm zwar schon einige Male gedankt, weil er sie mit Martino De

Luca bekannt gemacht hatte, aber sie tat es noch einmal im Geiste.

Tommasino zog weiter zu Giacomino an der Bar, kam aber gar nicht erst zu ihm durch. Aber sie ging davon aus, dass er noch immer von ihren Plänen überzeugt war.

Auch das Erreichen von Chiaras Goldschmiede gestaltete sich eher schwierig. Aber heute war Checco eingesprungen, um an der Tür ein bisschen die Kontrolle zu behalten über all die Leute, die in die Goldschmiede wollten, und diejenigen, die sie wieder verließen. Bei so kostbarer Ware, wie Chiara sie anbot, war ein bisschen Vorsicht nicht verkehrt.

»Ist bei Chiara im Laden alles in Ordnung?«

»Ja, Tommasina, ich werfe ein Auge auf sie, keine Sorge.« Und das tat er, seit sie schwanger war, sogar noch mehr.

Tommasina war übrigens *Team Bambina*. Falls es überhaupt notwendig war, das extra zu erwähnen.

»Vergesst nicht, dass es bei *Qui sotto il cielo di Capri* losgeht!«

Sie hatten dieses Lied als Signal dafür ausgesucht, mit der Verteilung der Flyer zu beginnen.

»Oh, glaub mir, das vergesse ich ganz sicher nicht.«

Tommasina nickte und ging weiter. Teresa in ihrem Blumenparadies beriet zwar gerade zwei Interessenten gleichzeitig, aber auch sie war bereit. Und dann blieb nur noch Giosuè, bei dem Tommasina bis zum Schluss gezögert hatte. Sie hatte sich mit der Frage gequält, ob es richtig war, ihm Vertrauen zu schenken, oder nicht. Sie wusste, dass er ein guter Junge war. Sie wusste aber auch, dass er sich oft wie ein Fähnchen im Wind benahm und sich in die Richtung lehnte, die ihm in dem Moment mehr Vorteile brachte. Seine Agentur lag auf dem Weg zurück zur Bühne dem Blumenladen schräg gegenüber auf der linken Seite der Gasse. Tommasina wollte sich Zeit nehmen, um noch einmal ausdrücklich mit Giosuè zu reden, denn, ja, sie hatte ihn letztendlich eingeweiht. Sie brauchte alle Krieger, die guten und die weniger guten.

Doch als sie vor seiner Agentur ankam, fand sie diese geschlossen vor. Auf dem Weg zu Teresa hatte sie es nicht bemerkt. Dafür war aber auch zu viel los in der Gasse. Sie wünschte, dem wäre nicht so, aber sie war plötzlich verunsichert. Was ging hier vor? Hatte er einen Rückzieher gemacht oder gar gepetzt?

Das war aber auch ärgerlich jetzt, so kurz vor dem Ziel.

Na, wenn das so war, dann musste sie jetzt handeln, und zwar sofort.

»Tommasina, auf in den Kampf!«, sagte sie zu sich selbst und stapfte los.

In ihren letzten Kampf.

Ja, sie hatte beschlossen, dass sie danach aufhörte.

Die Zeit als aktives Mitglied der Via dell'Amore war für sie zu Ende. Und, wenn sie sich etwas wünschen konnte, dann war es, zumindest als Siegerin zu gehen.

Natürlich brach es ihr das Herz, aber sie hatte jetzt auch jemanden, der sehr gut darin war, es zu heilen. Sie wünschte sich eine friedliche Zeit mit Peppino und den Hunden. Sie wünschte sich viele Besuche von der *bambina*. Chiaras *bambina*, toi, toi, toi, ihre Urenkelin, die hoffentlich bald gesund zur Welt kommen würde. Und wenn es ein *bambino* sein würde, dann war es ihr natürlich auch recht.

Dio mio, eine Uroma ... war das zu glauben? Wo waren die Jahre nur hin? Wo war das Leben nur hin?

Sie blickte sich um.

Hier war es, all ihr Leben, all ihr Handeln. Hier, in ihrer Via dell'Amore. Und das Resultat ihrer Mühe würde niemals verschwinden. Das konnte ihr keiner nehmen.

Tommasina kam mit großer Anstrengung zur Bühne durch und zog die Aufmerksamkeit von Letizia auf sich, die zu diesem Anlass in einer reizenden Tracht in der Tradition Capris aufgetreten war. Sie trug eine weiße Bluse mit schwarzem Oberteil und grünem Rock mit farbigen, horizontalen Streifen. Über dem Rock die klassische weiße Schürze, an die seitlich der gleiche Stoff genäht war, der auch für die charakteristische Kopfbedeckung verwendet wurde – ein Stoffbalken, der am Oberkopf befestigt war und wie langes Haar bis zur Mitte des Rückens reichte.

Sie war eine hervorragende Künstlerin, ihre Stimme unglaublich. Egal, was sie sang, Modernes oder Folkloristisches, sie überzeugte auf ganzer Linie. Das zeigte auch ihr begeistertes Publikum, das trotz des Trubels an der Bühne verharrte, nur um einen Blick auf sie werfen zu können. Tommasina war sehr froh, dass Graziano und sie sich gefunden hatten. Sie passten zusammen. Und Tommasina befürwortete Grazianos Entschluss, in der Pasticceria etwas kürzerzutreten, um der Beziehung eine stabile Basis geben zu können.

Tommasina wartete eine kurze Pause zwischen zwei Liedern ab und gab Letizia das verabredete Zeichen, die nickte und damit zeigte, dass sie verstanden hatte.

So.

Und nun konnte Tommasina nicht mehr viel tun, außer zu hoffen, dass sie das Resultat erzielen würde, dass sie sich wünschte.

Sie wartete noch ab, die ersten Töne des Liedes zu hören, das allen das Zeichen gab, mit dem Verteilen der Flyer anzufangen.

Letizia sang laut und deutlich, Tommasina war sich sicher, dass die Lautsprecher ihre Stimme in alle Ecken transportieren würden, in denen jemand darauf wartete, sie zu hören.

Als das geregelt war, suchte Tommasina die Leute vom Fernsehsender auf, die dafür verantwortlich waren, den Werbespot abzuspielen. Sie gab ihnen eine Stunde, bevor sie ihn auf der Leinwand zeigen konnten.

Und nun musste Tommasina sich setzen. Sie schaffte es gerade noch so zur Bank, auf der Peppino auf sie wartete.

»Meine Liebste, trink etwas«, bot er an und reichte ihr eine Flasche. Armer Peppino, der Gips war zwar ab, aber er konnte noch nicht wieder richtig laufen. Er würde wohl ein paar Monate Krankengymnastik machen müssen.

»Danke«, sagte sie und trank. »Die Hunde müssen ein bisschen Luft schnappen«, gab sie zu bedenken. Und Peppino öffnete den Reißverschluss des Rucksacks. Diego, Ciro und Fabio streckten ihre Köpfe heraus und schnupperten, gähnten, sahen alles in allem so aus, als hätten sie einen Kater. Tommasina gab ihnen einen Kuss und flüsterte ihnen zu: »Mammina hat es euch versprochen, dass ich euch rächen werde, meine Lieblinge. Wartet es nur ab!« Die Hunde wirkten perplex, aber es war auch viel los in der Via dell'Amore, auf der es zuging wie auf einem Jahrmarkt.

Peppino nahm ihre Hand und hielt sie ganz fest.

Seine Unterstützung war wertvoll. Und sie merkte, dass es auch alles war, was sie brauchte. Sie lehnte sich zurück, blickte zu ihrem Balkon, von dem aus Alfonsa winkte.

Ach, die gute Alfonsa, wenn sie nur wüsste ...

Die ersten Flyer begann Tommasina schon nach den ersten fünf Minuten zu sehen. Die Leute lasen, fotografierten den seltsamen QR-Code ab, zu dem Graziano geraten hatte, und dann kam die Empörung. So und nicht anders hatte Tommasina es sich vorgestellt. Sie spürte, wie die Anspannung ein wenig nachließ.

Immer mehr Passanten hatten Flyer dabei. Nur wenige steckten ihn direkt weg, die Neugierde überwog meist. Nach weiteren Minuten war eine allgemeine Empörung zu spüren. Die Nachricht verbreitete sich unaufhaltsam. Der von Martino De Luca geschriebene Artikel zeigte seine Wirkung, die Videoaufnahmen, die zum Beweis dienten und die per QR-Code abrufbar waren, sprachen eine noch deutlichere Sprache.

Es war eine gute halbe Stunde vergangen, als die ersten Passanten sich vor Pamelas Laden stellten und empörte Buhrufe von sich gaben. Aus zwei Passanten wurden drei, dann vier und dann immer mehr.

Bis Pamela vor die Tür trat.

Tommasina konnte sie von ihrer Position aus gut sehen.

Sie verstand nicht, was vor sich ging. Natürlich nicht. Sie hatte schließlich keine Flyer bekommen. Doch die Leute begannen, mit den Flyern nach ihr zu werfen, und sie hatte irgendwann die Eingebung, einen davon aufzuheben.

Sie las, und die Panik in ihr wurde deutlich sichtbar. Verwirrt blickte sie um sich, und da entdeckte sie Tommasina, die noch immer seelenruhig auf der Bank saß. Tommasina winkte ihr zu.

Pamela stapfte mit dem Fuß auf, und Tommasina hätte schwören können, dass sie Dampf aus ihrer Nase stieß. Pamela blieb nichts anderes übrig, als auf dem Absatz kehrtzumachen, alle aus ihrem Brautmodenladen zu scheuchen, abzuschließen und sich möglichst schnell zu verziehen. Und das war der Moment, in dem der Werbespot auf der Leinwand erschien. Die Menge wandte sich der Bühne zu. Es wurde plötzlich mucksmäuschenstill in der Via dell'Amore. Die Aufnahme wurde sichtbar. Es handelte sich um eine kurze Vorrede von Tommasina selbst.

Sie schämte sich nur ein kleines bisschen, ihr Gesicht so groß auf einer Leinwand zu sehen, aber Alfonsa hatte sie perfekt geschminkt und frisiert, und Peppino hielt noch immer ihre Hand. Alles andere war gar nicht so wichtig. Und solange das Publikum auf ihre Worte hörte, würde alles gut werden.

»*Buongiorno*«, hörte man Tommasinas Stimme über Lautsprecher. »Mein Name ist nicht weiter wichtig«, sagte sie, »aber ich bin hier in der Via dell'Amore aufgewachsen, in der Nachkriegszeit. Ja, ich habe den Krieg miterlebt, knapp nur. Den echten Krieg. Und ich habe die Zeit genossen, als nach und nach alles wieder besser wurde. Möchten Sie wissen, wie es in der Zeit damals hier ausgesehen hat? Hm? Nicht viel anders als jetzt. Denn die Liebe, die hat es schon immer gegeben, selbst in den Grauen des Krieges, bis zum heutigen Tag, an dem man sich fast nur noch übers Handy kennenlernt. Die Liebe gerät nie aus der Mode, die Liebe gibt in Zeiten schwerster Not Halt, die Liebe bewegt die Welt. Und wir in der Via dell'Amore unterstützen die Liebe, wo wir nur können. Was wir nicht unterstützen, ist Gewalt in jeglicher Form. Aus diesem Grund nehme ich diesen Moment zum Anlass, um offiziell anzukündigen, dass der Brautmodenladen vorübergehend geschlossen wird. Aber keine Sorge, er wird so bald wie möglich unter neuer Leitung wiedereröffnet. Vielen Dank für Ihr Verständnis. Falls Sie mehr zu den Beweggründen erfahren möchten, lesen Sie Martino De Lucas Artikel und werfen Sie einen Blick auf das Videomaterial. Und jetzt wünsche ich Ihnen viel Vergnügen mit unserem Werbespot. *Evviva l'amore nella Via dell'Amore.* Es lebe die Liebe!«

Die Sache mit der Rattenplage

Was tun, wenn man als Redakteur einen anonymen Anruf bekommt, der von einer Rattenplage in einem Betrieb erzählt, in dem Lebensmittel verarbeitet werden?

Ich muss gestehen, persönlich reagiere ich höchst sensibel auf derartige Anschuldigungen. Unserer Stadt haftet schon immer ein schlechter Ruf diesbezüglich an. Der Rest Italiens, vielleicht sogar der Rest der Welt, hält uns für dreckig. Aber wie wir Neapolitaner wissen, handelt es sich oft um Vorurteile. Deshalb bin ich, getrieben von einem verletzten Stolz, selbst zu diesem Betrieb gegangen, um mich zu vergewissern.

Der Inhaber des Betriebs, eine Pasticceria in der weltberühmten Via dell'Amore, war so freundlich, mir alle Bereiche, in denen Lebensmittel verarbeitet werden, zu zeigen. Und das, obwohl ich mich vorher nicht angemeldet hatte. Ich habe mich demnach selbst von der tadellosen Sauberkeit und Hygiene in der Backstube überzeugen können.

Ich hätte den anonymen Anruf als misslungenen Schabernack archivieren können, doch meine Neugierde war geweckt. Und wieder war es ein Tipp, aber diesmal der richtige, mit dem Hinweis auf Machenschaften, die eine Gefahr für die Harmonie in der Via dell'Amore darstellen.

Persönliche Angriffe, Spielchen, unkollegiales Verhalten, Machenschaften mit der Mafia, Betrug und zuletzt sogar eine Entführung.

Die Übeltäterin?

Immer dieselbe.

Nun stellt sich mir die Frage, ob die Ratten vielleicht im Brautmodenladen der Via dell'Amore zu finden sind ...

MARTINO DE LUCA

Epilog

Alfonsa war aufgeregt. Sie hatte die ganze Nacht damit verbracht, den Laden zu putzen und alles vorzubereiten für die große Wiedereröffnung. Die neue Besitzerin, eine Frau, die lieber anonym bleiben wollte, hatte ihr freie Hand gelassen. Kontakt hatten sie einzig über Chiara.

Um ehrlich zu sein, war Alfonsa beinahe depressiv geworden, nachdem Tommasina sie entlassen hatte. Verständlich eigentlich, da Peppino nun bei ihr eingezogen war. Verletzt hatte es Alfonsa trotzdem. Aber nur einen Tag später hatte sie dieses Wahnsinnsangebot bekommen, als Leiterin des Brautmodenladens anzufangen. Und sie hatte Ja gesagt, obwohl sie rein gar nichts über Brautmode wusste. Doch sie schreckte nie vor Herausforderungen zurück. Nie!

Alfonsa warf einen letzten Blick in den Ganzkörperspiegel und war ganz froh, dass die neue Besitzerin darauf bestanden hatte, den Bereich pinkfrei zu halten. Pink stand Alfonsa nämlich gar nicht. Stattdessen hatte sie ein sehr elegantes dunkelblaues Kostüm angezogen, das ihren Typ mehr unterstrich. Sie hatte am Morgen extra ihre Haare mit dem Glätteisen bearbeitet und einmal statt Tommasina sich selbst geschminkt. Dabei hatte sie bemerkt, dass sie gar nicht so übel aussah. Ja, sie sah sogar aus wie eine Geschäftsfrau, die noch so viel erreichen konnte in ihrem Leben.

Sie hob ihren Kopf, reckte den Hals nach oben und lächelte ihrem Spiegelbild zu.

Ihr neues Leben konnte nun beginnen.

Sie ging zur Tür und öffnete zum ersten Mal den Laden, und es war so, als würde sie einen Sprung wagen. In ein vollkommen neues Leben.

Die Verkäuferinnen waren von der neuen Besitzerin übernommen worden. Um ehrlich zu sein, hatte Alfonsa zunächst etwas Angst vor ihnen gehabt, aber dann hatte sich herausgestellt, dass sie so froh waren, Pamela los zu sein, dass sie Alfonsa geradezu vergötterten und ihr halfen, wo sie nur konnten.

Obwohl Alfonsa noch nicht sehr gut mit den Brautkleidern umgehen konnte, war an diesem Morgen ein Termin für sie eingetragen. Jemand hatte speziell nach ihr verlangt. Und, wie gesagt, Alfonsa lief vor Herausforderungen nicht davon.

Sie blickte auf ihre Armbanduhr und hoffte auf eine pünktliche Braut. Ein bisschen nervös, wie sie war, ging sie noch einmal an die Kasse, wo ihr großes Buch mit den Terminen lag. Sie kontrollierte, ob eine Telefonnummer hinterlassen worden war, doch dann blickte sie wieder auf und sah gerade noch, wie drei Frauen, die ihr mehr als bekannt vorkamen, den Laden betraten.

Tommasina, Chiara und Letizia.

Eigentlich war Alfonsa noch ein bisschen verletzt, aber sie begann, zwei und zwei zusammenzuzählen und zu begreifen, dass Tommasina mit der Übernahme des Ladens vielleicht mehr zu tun hatte, als sie sie wissen lassen wollte. Deshalb ging Alfonsa nach kurzem Zögern auf sie zu und umarmte sie, bis die Tränen flossen.

Sie sprachen die Dinge nicht aus, doch das war auch nicht immer notwendig.

Tommasina räusperte sich und wischte sich Tränen aus den Augen. »Ich hätte es ja niemals für möglich gehalten, aber wir heiraten. Alle drei zusammen. Auf einer kleinen Dachterrasse auf Capri. Und jetzt, meine liebe Alfonsa, brauchen wir dafür die richtigen Kleider. Kannst du uns helfen?«

»Es wäre mir ein Vergnügen!«

So und nicht anders würde es von nun an im Brautmodenladen zugehen. Das versprach Alfonsa sich selbst, aber auch Tommasina, die bereit war, die Via dell'Amore in andere Hände abzugeben.

ENDE

Zwischen Orangenduft und Mittelmeerwind – Familiengeheimnisse auf Mallorca

Magdalena ist Patissière und lebt ihren Traum – gerade hat sie ihr eigenes erfolgreiches Café in London eröffnet. Da erfährt sie vom überraschenden Erbe eines alten Herrenhauses und einer Orangenplantage auf Mallorca. Aber wer sollte ihr etwas vererben, noch dazu auf einer Insel, auf der sie nie war?

Neugierig macht sie sich auf den Weg und entdeckt nicht nur die Schönheit Mallorcas, sondern auch ein lang gehütetes Familiengeheimnis. Was hat das Schicksal der jungen Maria Lourdes Fuentes, die vor hundert Jahren auf der Plantage lebte, mit Magdalena zu tun?

Eva-Maria Bast

Das Orangenblütenversprechen

Die Mallorca-Saga

Taschenbuch

Auch als E-Book erhältlich

www.ullstein.de

ullstein